CHRISTINE BOLLMANN

Sancta Trinitas am Bodensee

CHRISTINE BOLLMANN

Sancta Trinitas am Bodensee

Roman

GMEINER SPANNUNG

Personen und Handlung sind frei erfunden.
Ähnlichkeiten mit lebenden oder toten Personen
sind rein zufällig und nicht beabsichtigt.

Im Ehnried 5, 88605 Meßkirch
Telefon 07575/2095-0
info@gmeiner-verlag.de

1. Auflage 2018

Lektorat: Claudia Senghaas, Kirchardt
Herstellung: Mirjam Hecht
Umschlaggestaltung: U.O.R.G. Lutz Eberle, Stuttgart
unter Verwendung eines Fotos von: © maraphoto / Fotolia.com
Druck: CPI books GmbH, Leck
Printed in Germany
ISBN 978-3-8392-2332-1

Für Ronja und Julian

»Wir alle fallen. Diese Hand da fällt.
Und sieh dir andre an: es ist in allen.
Und doch ist Einer, welcher dieses Fallen
unendlich sanft in seinen Händen hält.«

Rainer Maria Rilke

PROLOG

Teil 1

Er rannte, als renne er um sein Leben. Längst schon hatte er die Straße verlassen und lief nun querfeldein. Wie besinnungslos keuchte er über die Wiesenwege. Der Schweiß tropfte ihm über das Gesicht und mischte sich mit Tränen, der Körper war klitschnass. Es war, als würde er sich automatisch fortbewegen. Der von irgendwas oder irgendwem Gejagte hörte nichts mehr, sah nichts mehr, nahm keine Gerüche mehr wahr. Da gab es plötzlich einen fürchterlichen Schlag, und ein entsetzlicher Schrei verschmolz mit einem blubbernden Geräusch.

Dann war es totenstill.

*

Teil 2

Kommissar Norbert Schmitt stand entsetzt neben der Leiche, die man aus einer Jauchepfütze gezogen hatte. Doch zum Schutz gegen zu große Emotionen griff er immer schnell auf seinen Humor zurück und murmelte vor sich hin: »Liegt ein Toter in der Gülle, ist es aus mit der Idylle.«

Das hatte er mal in einem Prospekt für Krimis gelesen und ganz witzig gefunden. Jetzt fand er nichts mehr witzig.

»Was hast du gesagt?«, fragte sein Kollege Maximilian Moser, der nichts verstanden hatte, aber immer alles genau wissen wollte.

»Er stinkt«, erwiderte Schmitt.

»Ja, das haben Leichen dieser Art so an sich«, bemerkte Moser treffend.

KAPITEL 1 (MITTWOCH, 04.03.2015)

Die gesamte Klosterschule Sancta Trinitas, Gymnasium, Realschule und Internat, stand gewissermaßen unter Schock: Beat Sommerli, einer der beliebtesten jungen Lehrer an dieser Schule, war tot. Wie ein Lauffeuer hatte sich diese Nachricht verbreitet. Eine halbe Stunde, nachdem Kommissar Norbert Schmitt den Schulleiter Dr. Schuster informiert hatte, wussten es fast alle Kollegen, alle Schwestern, alle Internatsbewohner, alle Angestellten, und nach einigen Stunden hatte es sich in halb Konstanz verbreitet.

Wie üblich in solchen überraschend eintretenden und unerklärlichen Fällen brodelte auch sofort die Gerüchteküche. Von einem Herzinfarkt war die Rede, der aufgrund übermäßigen Trainings eingetreten sei, von einer Nahrungsmittelvergiftung, ja sogar von Selbstmord. Und als durchdrang, dass die Polizei ermittelte, gab es Stimmen, die Mord nicht ausschließen wollten.

In den nächsten Tagen stellte sich jedoch heraus, dass es sich um einen Unglücksfall handelte, der zwar unerklärlich schien, aber eindeutig als solcher feststellbar war. Beat Sommerli war in einer großen Jauchepfütze ausgerutscht, es hatte ihm die Beine nach vorn weggezogen, als er das Gleichgewicht verlor, und sein Kopf war so unglücklich auf dem Weg aufgeschlagen, dass er sich dabei das Genick brach. Fremdeinwirkung konnte ausgeschlossen werden. Auch dass es überhaupt zu dieser ziemlich großen Jauchelache gekommen war, konnte niemandem angelastet werden. Es handelte sich um das Gelände des Auerhofs, also um Privatgelände, und der Eigentümer hatte die Pfütze noch gar nicht bemerkt, weil er anderweitig beschäftigt war.

Die Tränen allerdings, die Beat Sommerli den Blick verschleiert hatten, und den Schweiß aufgrund des verzweifelten Rennens konnte niemand mehr wahrnehmen, der Körper war ja überall mit Jauche bedeckt. So sollte es lange ein Rätsel bleiben, was zu diesem schrecklichen Unfall geführt hatte.

Nun war in der Eingangshalle des Schulgebäudes ein Trauertisch aufgestellt worden: Eine Kerze brannte, von einem für manchen Geschmack viel zu großen Foto blickte der Verstorbene mit seinem fröhlichen Lächeln auf die vielen Menschen, die sich aus unterschiedlichsten Gründen und mit mehr oder weniger ehrlich gemeinten Kommentaren ins Kondolenzbuch eintrugen. Bei manchen hätte er wohl sagen wollen: »Komm, lass es lieber.« Und auch das aus unterschiedlichsten Gründen. Vielleicht hätte er am ehesten noch der knappen Bemerkung »Warum?« zustimmen wollen.

Das Zentrum der Trauerbekundung war natürlich die Kapelle. Auch hier war ein Foto aufgestellt. Auf den untersten Stufen des Altarraums und rundherum breitete sich ein Meer aus Sträußen und einzelnen Blumen aus, die hauptsächlich von Schülern und Schülerinnen stammten, denn Beat Sommerli war sehr beliebt gewesen und der angebetete Schwarm von so manchem Mädchen. Unter den Kollegen gab es nicht wenige, die den dynamischen Optimisten etwas weniger geschätzt hatten, und der eine oder andere hatte beim Anblick der überwältigenden Sympathiebekundungen Gedanken im Kopf, die den laut ausgesprochenen Worten des stellvertretenden Schulleiters Rainer Maria Mahler ähnelten.

»Das ist ja ein Spektakel, fast wie bei Lady Di«, hatte er spöttisch zu Schwester Digna gesagt, als sie einmal gemeinsam davorstanden. Diese musste über die Bemerkung schmunzeln, da sie selbst schon gedacht hatte, es fehlten nur noch die Kuscheltiere. Ansonsten war ihr aber gar nicht heiter zumute, denn sie hatte Beat Sommerli von der ersten Begegnung an ins Herz geschlossen.

Am Tag der Trauerfeier blieb Schwester Digna noch lang in der Kapelle sitzen. Fast alle Teilnehmer des Gottesdienstes waren schon nach draußen gegangen, aber Schwester Wiltrudis ließ den Kirchenraum noch von dem nun brausenden Orgelspiel erzittern. Die Lautstärke störte Schwester Digna nicht, im Gegenteil, die wogenden Klänge ließen sie in eine tiefe Betrachtung versinken, eine Mischung von Nachdenken und Traurigkeit breitete sich in ihr aus, sodass sie noch lange bewegungslos in ihrer Bank saß, als Schwester Wiltrudis längst ihre Noten eingepackt hatte.

Ihre Gedanken schweiften zurück zu dem Tag, an dem sie Beat Sommerli zum ersten Mal gesehen hatte.

Es war ein warmer Spätsommertag, als sie zum Rektorat gebeten wurde. Der neue Lehrer für Sport und Deutsch sei da und sie solle ihn sich »mal ansehen«, so drückte sich die Sekretärin Frau Schmidt-Kessler aus. Der Schulleiter Dr. Schuster sei nicht im Haus, deshalb habe Rainer Maria Mahler den neuen Kollegen in Empfang genommen. Und der … Frau Schmidt-Kessler verdrehte leicht die Augen. Das konnte Schwester Digna zwar nicht sehen, aber sie wusste auch so Bescheid und unterbrach mit einem leichten Seufzer ihre Arbeit, um zum Rektorat zu gehen.

Dort standen Mahler und der junge Mann mit dem Rücken zur Tür und beugten sich gerade über den Lageplan des Schulgeländes, als Schwester Digna leise eintrat.

Die beiden Herren nahmen sie zuerst gar nicht wahr, und sie hörte, wie Mahler auf den Mann einredete.

Schwester Digna räusperte sich: »Guten Tag zusammen.« Und zu Beat gewandt: »Ich bin Schwester Digna. Soso, Sie wollen also zu uns in die Schule kommen.«

Beat Sommerli fuhr herum und grinste.

»Na ja, das Abitur habe ich schon in der Tasche, aber vielleicht kann ich ja Ihren Schülern etwas Sport und Deutsch beibringen.«

Dann stellte er sich mit einer leichten Verbeugung vor.

»Beat Sommerli. Und wie war Ihr Name noch einmal?«

»Schwester Digna«, antwortete diese, der die schlagfertige Antwort des jungen Mannes gefiel. Überhaupt war ihr Beat mit seinen verschmitzt lächelnden Augen sofort sympathisch. Rainer Maria Mahler schaute beide etwas erstaunt an und ergriff nun das Wort:

»Ja, das ist also unsere Schwester Digna, sie führt den Convent mit eiserner Hand … Höhöhö.«

Mit einem breiten Grinsen versuchte er, seinen Arm um Schwester Dignas Schultern zu legen, die einen Schritt zur Seite wich.

»Na, das trifft sich gut, ich habe eine geradezu magnetische Anziehungskraft.«

Beat zwinkerte Schwester Digna dabei zu. Mahler war für einen Moment sprachlos, und Schwester Digna lachte in sich hinein. Gut gekontert, dachte sie.

»Wie dem auch sei, Schwester Digna wird Ihnen nun Ihr Zimmer zeigen, wo Sie sich häuslich einrichten können.«

Mahler ging zu seinem Schreibtisch, die Unterredung war für ihn beendet. Beat Sommerli folgte nun Schwester Digna, als sie zielstrebig durch wild verschlungene Flure ging.

»Wenn Sie mich nun hier allein ließen, würde ich mich

verirren und dann jämmerlich verdursten und verhungern«, seufzte Beat dramatisch.

»Ach, keine Sorge, so schnell stirbt man nicht. Außerdem finden Sie sich nach ein paar Tagen schon zurecht. Sie müssen nur darauf achten, wo die Lichtschalter für die jeweiligen Flure sind, denn die Schwestern sind sparsam, da kann es sein, dass Sie mitten im Gang plötzlich im Dunkeln stehen.« Schwester Digna lächelte belustigt.

»So, da sind wir.« Digna blieb unvermittelt stehen und schloss eine Tür am Ende des Flurs auf. Dahinter verbarg sich ein Einzimmerapartment mit einer kleinen Küchenzeile und einem Duschbad mit Toilette. Es war im Charme der 50er-Jahre eingerichtet, aber zweckmäßig.

»Ich hoffe, dass Sie sich bei uns wohlfühlen. Sind Sie denn ein guter Koch?«

Beat Sommerli zuckte mit den Schultern.

»Wenn nicht, können Sie in der Woche mit den Kollegen in der Schulmensa essen, an den Wochenenden allerdings müssen Sie Ihre Kochkünste auspacken, denn da müssen Sie sich selbst versorgen. Aber das wird ja kein Problem sein.«

Beat bedankte sich und richtete sich in Gedanken schon das Zimmer nach seinem Geschmack ein.

»Woher kommen Sie eigentlich? Sommerli klingt so schweizerisch.«

»Ich komme aus St. Gallen. Sie kennen ja sicher St. Gallen. Mich persönlich beeindruckt natürlich auch die Klosterbibliothek, aber noch mehr, dass es dort eine Mumie gibt.«

»Na, Sie lieben es ja düster«, lachte Schwester Digna. »Aber auf einen Todesfall verzichten wir doch lieber.«

Dieser Gedanke versetzte Schwester Digna unsanft wieder in die Wirklichkeit, nämlich dass soeben die Trauerfeier für Beat stattgefunden hatte.

Mit einem tiefen Seufzer stand sie auf und ging langsam, ohne noch einen Blick auf Beat Sommerlis Foto zu werfen, zum Ausgang der Kapelle. Dabei streifte aber ein Blick aus dem Augenwinkel die Marienstatue, die in einer Nische neben dem Eingang stand, und kurz schoss ihr der Gedanke durch den Kopf: Jaja, du heilige Jungfrau Maria, eigentlich mag ich dich nicht.

Schwester Digna ging in ihr Apartment. Sie hatte eine kleine Wohnung innerhalb des Internats, das hieß zwei Zimmer, Dusche und WC. Diesen kleinen Luxus hatte sie sich erkämpft, weil er ihr mehr Freiraum gab und sie sich trotz Zugehörigkeit zum Orden immer vehement dagegen wehrte, ein »Herdentier« zu sein, wie sie es nannte. Zwar trug sie die Ordenstracht, obwohl es auch erlaubt, wenn auch nicht gern gesehen war, nach amerikanischem Vorbild in Zivil zu gehen. Aber sie spielte schon lang mit dem Gedanken, diese sehr unbequeme »Uniform«, die auch einen Teil ihrer Individualität wegnahm, gegen normale Kleidungsstücke zu tauschen.

Dieser Gedanke kam ihr auch in den Sinn, als sie sich in ihrer Wohnung den Schleier runterzog und gleichzeitig beschloss, ganz unkonventionell mitten am Tag in die Badewanne zu steigen. Mit einem Seufzer dachte sie an das große Haus ihrer Eltern, in dem sie aufgewachsen war. Auf jeder Etage der Villa gab es ein Badezimmer. Jetzt musste sie das Gemeinschaftsbad der Schwestern mitbenutzen, denn eine Wanne gab es in ihrem Apartment nicht. Aber trotz ihres fast zwanghaften Duschens zweimal am Tag liebte sie es, zu baden, einfach unterzutauchen und dabei den Gedanken nachzuhängen. Am liebsten dachte sie an die Zukunft, aber gerade in der Badewanne holte sie die Vergangenheit schließlich immer wieder ein. Denn wenn der Badeschaum sich allmählich auflöste, konnte sie zwangsläufig ihre riesige Narbe auf dem Bauch sehen und musste an die OP denken, bei der sie damals fast gestorben wäre. So kam es, dass sie meist ganz abrupt ihren »Badeurlaub«, wie sie es nannte, beendete und nach einem ganz resoluten Abduschen wieder in ihre derzeitige Welt zurückkehrte.

Heute allerdings wich sie ihren Erinnerungen nicht so entschieden aus. Die Gedanken an ihre Kindheit und Jugend ließen sie einfach nicht los, und sie wehrte sich auch nicht dagegen. Ihre Eltern hatten eine Brauerei in Regensburg, die Brauerei Vorderhofer. Eigentlich hätte sie bei der Weiterführung des Unternehmens mit einsteigen sollen. Aber nun war es ja ganz anders gekommen. Sie war ins Kloster eingetreten. Dass ihre Familie davon begeistert gewesen wäre, konnte man wirklich nicht behaupten. Aber schließlich hatten es alle geschluckt. Der Bruder führte die Brauerei nun allein weiter, und man hatte mit gekonnten Schachzügen eines überaus fähigen Juristen erreicht, dass kein Erbteil an das Kloster gehen würde. Und das mit voller Zustimmung von Schwester Digna, die aber von ihrer Familie nach wie vor bei ihrem Taufnamen »Veronika« beziehungsweise »Vroni« genannt wurde.

Als Digna ein unangenehmes Frösteln überkam, weil das Badewasser inzwischen sehr abgekühlt war, drehte sie wie üblich entschlossen die Brause an, dieses Mal aber in der eben gewonnenen Erkenntnis, dass es höchste Zeit war, mit ihrer Mutter endlich über den Grund ihres Eintritts ins Kloster zu sprechen. Und zwar bald. Das übernächste Wochenende wollte sie dazu nutzen, nach Regensburg zu fahren.

Aber dazu sollte es nicht kommen.

KAPITEL 2 (MITTWOCH, 13.05.2015)

Mitten in die Stille des frühen Morgens erklangen Punkt sechs Uhr unbarmherzig laut die ersten Töne des 5. Satzes aus Gustav Mahlers 3. Sinfonie. Rainer Maria Mahler stöhnte kurz auf und drehte sich auf die andere Seite – doch die Musik, die er mit Bedacht gewählt hatte, die ihn aber in diesem Moment nervte, verstummte nicht. Schließlich gab Mahler nach und erhob sich langsam, setzte sich eine Weile auf den Bettrand, sprang dann hellwach auf und ging ins Bad, wo er eine ausgiebige Dusche unter seiner Regenschauerbrause nahm.

Punkt 6.30 Uhr verließ er – wie immer – seine Vier-Zimmer-Penthouse-Wohnung im Konstanzer Stadtteil Paradies, schwang sich auf sein neues Mountainbike und radelte in die Stadtmitte zur Marktstätte, um sich im »Piano« das Frühstück zu gönnen.

Rainer Maria Mahler betrat sein Stammlokal und nahm wie gewohnt an einem Tisch am Fenster Platz. Es war noch nicht viel los um diese Zeit, Marktstätte und Restaurant waren fast menschenleer. Ein Ober kam an seinen Tisch.

»Einen schönen guten Morgen, Herr Mahler. Was darf ich Ihnen heute bringen?«

Man kannte ihn, schätzte ihn als Stammgast und bediente ihn mit ausgesuchter Höflichkeit. Mahler bestellte etwas unwirsch: »Wie immer, das wissen Sie doch, Herr Franz.«

Bald darauf stand auf Mahlers Tisch eine Kanne mit starkem Kaffee samt Sahnekännchen, ein Croissant mit Butter und ein halbes Lachsbrötchen mit frisch geriebenem Meerrettich lagen appetitlich angerichtet auf einem Teller.

»Herr Franz, wo bleibt mein Orangensaft?«

Man entschuldigte das Versehen und brachte das Gewünschte. Rainer Maria Mahler aß mit Genuss, las dabei aber trotzdem in der Süddeutschen Zeitung. Schließlich schob er die nicht völlig geleerte Tasse auf die Seite, schaute auf seine Swatch, die ihm zeigte, dass in 30 Minuten die erste Schulstunde, in der er eine achte Klasse in Kunst zu unterrichten hatte, begann, beglich die Rechnung, der er großzügig 50 Cent Trinkgeld hinzufügte, und fuhr auf seinem Bike eilends am See entlang zur »Sancta Trinitas«.

Kurze Zeit später betrat er schwungvoll das Lehrerzimmer und stieß beinahe mit der Internatsleiterin Schwester Lea zusammen, die gedankenverloren vor dem Vertretungsplan stand. Mahler stellte sich dicht neben sie.

»Na, Schwester Lea, schon so früh in der Schule heute?«

Während er sie von der Seite ansah, strich er sachte mit der Hand über ihren Rücken, und als er keine Antwort bekam, fügte er mit dunklem Timbre hinzu:

»Ja, meine Liebe, Morgenstund hat Gold im Mund.«

Die Berührung von Rainer Maria Mahler hatte Schwester Lea erstarren lassen.

»Und Mahler am Morgen bringt Kummer und Sorgen.«

Mit dieser bissigen Bemerkung ließ sie den verdatterten Kollegen stehen und ging hoch erhobenen Hauptes aus dem Lehrerzimmer. Dieser schaute ihr verärgert nach und dachte: »Götz von Berlichingen«.

In diesem Augenblick betrat der Schulleiter Dr. Helmut Schuster den Raum. »Ah, Herr Mahler, gut, dass ich Sie treffe. Wir müssen uns über die Schülerin Channtall Hohlmaier aus der Internatsgruppe von Schwester Bianca unterhalten. Sie haben doch bei ihr die Klassenleitung. Ihre Noten sind total im Keller, was aber auf ihre private Situation zurückzuführen ist. Vor einigen Wochen hat Channtalls Vater zu ihr plötzlich Kontakt aufgenommen. Bisher hatte sie überhaupt nichts von ihm gewusst. Das bringt sie nun total aus dem Gleichgewicht. Und ihre Mutter kann ihr keinen Halt geben. Wie Sie wissen, hängt die ja schon seit Jahren an der Flasche. Schwester Bianca ist da natürlich auch keine große Stütze, wenn Sie verstehen, was ich meine. Und Schwester Lea, unsere geschätzte Internatsleiterin, gleicht ja eher einem eisernen Besen.«

Dr. Schuster versuchte, Rainer Maria Mahlers versteinerte Miene mit einem Lächeln aufzuweichen. Vergeblich. Dieser war nämlich mit jedem Wort aus Schusters Mund immer ärgerlicher geworden.

Dauernd dieser Schmusekurs des Chefs, schoss es ihm durch den Kopf. Laut sagte er: »Ich bin der Meinung, dass Schwester Lea das genau richtig sieht und eine angemessene Strategie verfolgt. Channtall nutzt doch ihre Lebensumstände nur aus, um sich Vorteile zu verschaffen. Schauen Sie, sie kommt ja aus ganz asozialen Verhältnissen, was im Übrigen schon ihr Vorname an sich und die völlig falsche Schreibweise mehr als deutlich machen. In solchen Kreisen ist man schon seit der Geburt abgehärtet – um nicht zu sagen: schon vor der Geburt. Da hat ein plötzlich auftauchender Vater doch keine Auswirkung auf die schulischen Leistungen! Meiner Meinung nach sollte man Channtall einfach konsequent zum Arbeiten anhalten, dann wird sie ihr privates Unglück – wie sie es nennt – am ehesten vergessen. Aber ehrlich gesagt glaube ich sowieso nicht, dass dieses Mädchen es mal schaffen wird, einen passablen Schulabschluss zu machen und aus seinem Milieu rauszukommen.«

Schuster schaute Mahler ungläubig an: »Wie meinen Sie das nun konkret? Geben Sie Channtall einfach auf, nur weil sie nicht das Glück hatte, in einer sozial höheren Schicht aufzuwachsen? Und vergessen Sie so einfach, dass ein katholisches Internat andere Wertmaßstäbe hat – oder wenigstens haben sollte – als die, die Sie gerade vertreten?«

Mahler blickte Schuster direkt in die Augen, sagte aber nichts, und so fuhr Schuster nach einer kurzen Pause fort:

»Gut, ich werde eine Klassenkonferenz einberufen, und dann werden wir alle zusammen Vorschläge sammeln, wie wir Channtall helfen können.«

Mahler reagierte aufgebracht. Etwas lauter als nötig erwiderte er:

»Lieber Herr Schuster, Ihre Kuschel-Pädagogik nützt Channtall in keiner Weise, im Gegenteil. Es gilt immer noch: Arbeit ist die beste Medizin. Und es wird einem im Leben nichts geschenkt.«

Worauf Schuster nur kurz angebunden sagte: »Wir werden sehen, Herr Mahler!« und ins Rektorat verschwand.

So ein Waschlappen, dachte Schusters Stellvertreter wütend auf dem Weg zu seinem Unterricht. Dr. Schusters Angriff auf seine Sicht der Dinge hatten ihn zutiefst verärgert. Widerspruch konnte er nicht vertragen.

Rainer Maria (er legte großen Wert auf den Namen »Maria«, da er sich dem Dichter Rainer Maria Rilke sehr verbunden fühlte) Mahlers Stimmung war nach diesen diversen, eher unangenehmen Situationen am frühen Morgen äußerst gereizt. Da vibrierte zu allem Überfluss auch noch sein iPhone (natürlich das neueste Modell, das soeben herausgekommen war). Er schaute schnell nach, von wem die Nachricht kam … und rollte die Augen. Sie war von Eva-Maria Schuster, der Frau des Schulleiters, die schon beim ersten Zusammentreffen aufgrund des Namensbestandteils

»Maria« eine Seelenverwandtschaft vermutet hatte. Heute wollte sie sich, offiziell, zu einer Farbberatung mit ihm im Inselhotel treffen, denn er war gerade dabei, seinem Wohnzimmer einen neuen stylischen Touch zu geben. Was sie wirklich wollte, konnte sich Mahler aber schon denken.

»Die kann jetzt erst mal warten!«, murmelte er unwirsch vor sich hin und hatte glücklicherweise gerade sein Klassenzimmer erreicht. Aber dieser Aufschub ging viel zu bald vorbei. Um 11.20 Uhr, nach der vierten Stunde, musste er einfach antworten, denn Eva-Maria Schuster hatte ein Treffen für 13 Uhr im Inselhotel vorgeschlagen. Da er wusste, dass es kein Entrinnen geben würde, wollte er es möglichst schnell hinter sich bringen und sagte zu. Als Antwort erschienen gleich mehrere Smileys, eines davon hatte Augen in Herzform, die immer wieder aufmunternd blinkten. Leider bewirkte das das Gegenteil von dem, was beabsichtigt war.

Als Mahler kurz nach 13 Uhr etwas abgehetzt im Inselhotel ankam, hatte Eva-Maria Schuster schon einen Tisch am Fenster belegt. Sie selbst saß so, dass sie den Ausblick auf die Seestraße genießen konnte. Für Rainer Maria reichte es, wenn er *sie* anschaute, dachte sich Frau Schuster. Vor ihr stand eine leere Tasse, die einmal Cappuccino enthalten hatte. Eva-Maria musste also schon eine ganze Weile gewartet haben. Vielleicht fühlte sie sich deswegen so entnervt, dass sie ganz ohne Umschweife auf den eigentlichen Anlass ihrer Verabredung kam.

»Rainer Maria«, stieß sie hervor, kaum dass er Platz genommen hatte, »wir müssen unbedingt über unsere Beziehung reden. So geht das nicht weiter. Wir können nicht …« Sie redete ohne Punkt und Komma. Rainer Maria schnappte manchmal nach Luft, es gelang ihm aber nicht, auch nur ein einziges Wort zu platzieren. Auch den Kellner ignorierte sie und nahm ihm nur, ohne ihn eines Blickes zu würdigen, die Karte aus der Hand. Rainer Maria Mahler schaute den erstaunten Kellner etwas hilflos an und zuckte mit den Achseln, worauf dieser mit einem wissend-verständnisvollen Gesichtsausdruck lächelte und sich wieder entfernte.

Als Frau Schuster dann doch irgendwann mal aufhörte zu reden und »ihren« Rainer Maria nur noch mit den großen, dunklen Kinderaugen ansah, konnte dieser nicht mehr anders reagieren als mit der bissigen Bemerkung: »Das hättest du dir jetzt alles sparen können und unser Essen wäre schon auf dem Weg. Ich habe tierisch Hunger. Im Gegensatz zu dir habe ich nämlich heute Morgen nicht bloß die Zeit totgeschlagen. Und deine Fantasien über eine Verbindung zwischen uns sind dermaßen unrealistisch, dass sogar *du* es merken müsstest. Verdammt noch mal!«

Eva-Maria Schuster war bei seinen Worten immer mehr erstarrt. Aber als Mahler geendet hatte, sprang sie so ruckartig auf, dass ihr Stuhl nach hinten kippte, sie selbst beugte sich nach vorn zu Rainer Maria Mahler und zischte: »Du bist doch ein riesiges Arschloch.« Das hätte der so Beschimpfte nun wieder nicht aus dem gepflegten Mund der enttäuschten Dame vermutet.

Als Eva-Maria Schuster hocherhobenen Hauptes hinausgerauscht war, winkte er den Kellner zu sich.

»Einen doppelten Whisky bitte, Herr Ober.«

Nach dem zweiten Doppelten fühlte er sich in der Lage, ein Menü mit gegrilltem Bodenseefelchen zu bestellen. Und man darf nicht verschweigen: Er aß mit Genuss – und nach einem Platzwechsel mit Blick auf die idyllische Seestraße.

Anschließend versuchte er, sich im Einkaufsparadies ›Lago‹ etwas zu zerstreuen, was ihm aber immer weniger gelang, denn die Problematik, die er sich mit der Frau seines

Chefs eingehandelt hatte, ließ ihn einfach nicht los. Nach einigen Frustkäufen, wie man sie sonst eher Frauen zuordnen würde, fuhr er missmutig nach Hause. Aber auch hier wurde er nur allzu deutlich an Eva-Maria erinnert. Aus dem Briefkasten zog er nämlich einen an ihn adressierten Brief ohne Briefmarke. Er erkannte sofort die Schrift von Eva-Maria Schuster. Sie war also da gewesen. Vermutlich nach dem Zwischenfall im Insel-Hotel. »Das reinste Stalking«, zischte Mahler. Neugierig war er aber schon, deshalb öffnete er den Umschlag, sobald er in seiner Wohnung angekommen war. Kopfschüttelnd schob er das Schreiben danach in einen Gedichtband, der noch auf dem Couchtisch lag, weil Mahler am Abend zuvor in den Werken seines Lieblingsdichters geschmökert hatte. Er wollte auf den Brief nicht antworten, ihn aber auch nicht sofort wegwerfen.

Dann versuchte er, sich auf den Unterricht des nächsten Tages vorzubereiten. Aber das wollte natürlich auch nicht gelingen, Mahler war völlig unkonzentriert. Schließlich murmelte er halblaut vor sich hin »Notbremse«. Für ihn bedeutete das, im Schwimmbad der Schule einsame Runden zu ziehen. Das half meistens.

Leider nicht immer.

KAPITEL 3 (DONNERSTAG, 14.05.2015)

Marisa, ein Mädchen aus der achten Klasse, die heute in der ersten Stunde Schwimmunterricht hatte, stieß einen spitzen, gellenden Schrei aus. Sie war als Erste ins Schwimmbad gestürmt, weil sie nie schnell genug ins Wasser kommen konnte. Wie versteinert stand sie aber nun am Becken und starrte auf den leblosen Körper, der am Beckenrand gegenüber auf dem Grund lag, umgeben von rot gefärbten Schlieren. Sie schienen teils von den Stufen, die in den flachen Teil des Beckens führten, teils von der leblosen Person auszugehen. Nur Sekunden später standen auch die meisten anderen Mädchen ihrer Klasse bei ihr. Die Schreie schienen sich gegenseitig zu überbieten, und die zuletzt hinzugekommenen Schülerinnen drängten so nach vorn, um etwas zu sehen, dass die vorne stehenden fast ins Wasser gefallen wären.

Von dem Geschrei aufgeschreckt, stürzte nun auch die Sportlehrerin, Frau Gulden, in die Sporthalle, in der es nach dem spontanen Schreien plötzlich totenstill geworden war. Frau Gulden war auf einen Sportunfall gefasst gewesen. Trotz aller Instruktionen und Vorsichtsmaßnahmen passierten immer wieder Unfälle.

»Was ist denn jetzt schon wieder los?«, rief sie in ihrer unnachahmlich barschen Art. »Kann man euch nicht mal zwei Minuten aus den Augen lassen?« Aber da erfasste auch sie die Situation und, was äußerst selten vorkam, es verschlug ihr die Sprache. Allerdings fing sie sich auch schnell wieder. Mit einem Ton, der Widerspruch schon im Keim erstickte, wies sie die Schülerinnen an, sofort die Schwimmhalle zu verlassen und sich wieder anzuziehen. Die Klassensprecherin erhielt den Auftrag, im Sekretariat anzurufen und schon mal Bescheid zu geben. Sie selbst werde sich auch gleich persönlich melden.

Als alle Mädchen den Raum verlassen hatten, näherte sich Frau Gulden vorsichtig der auf dem Boden des Schwimmbeckens liegenden Person und stellte aus einiger Entfernung halb entsetzt, halb erleichtert fest, dass es sich wirklich schon um eine Leiche, nicht um einen rettungsbedürftigen Menschen handelte. Aber wer war es? Das Gesicht konnte sie nicht sehen, denn es zeigte nach unten auf den Boden. Und die nassen Haare gaben auch keinen Aufschluss. Doch die Statur des Toten ließ eine Ahnung in der Lehrerin hochsteigen.

Jetzt kam hastige Bewegung in sie. Sie konnte sich gerade noch fangen, als sie über den Schlauch stolperte, der zum Abspritzen des Bodens benutzt wurde und nicht ordnungsgemäß aufgerollt worden war. Auf dem Weg in ihr Sportlehrerzimmer kam sie an der Mädchenumkleide vorbei und ordnete an, dass alle Schülerinnen in ihr Klassenzimmer gehen und dort auf einen aufsichtführenden Lehrer warten sollten. Außerdem komme sie auch gleich nach. Zunächst aber rief sie im Sekretariat an, um selbst den Sachverhalt zu schildern. Der Schulleiter war schon auf dem Weg zum Schwimmbad und die Sekretärin, Frau Schmidt-Kessler, hatte bereits den Notarzt gerufen. Jetzt kümmerte sie sich auch noch darum, dass Frau Waldvogel, die Schulpsychologin, sofort die Betreuung der Klasse 8a übernahm.

Inzwischen war Dr. Schuster im Schwimmbad angekommen, und auch er verharrte erst einmal regungslos an dem Beckenrand, der weit von der Leiche entfernt war. Frau Gulden stand plötzlich hinter ihm, er hatte sie nicht kommen hören und fuhr erschrocken zusammen. »Wer ist es?«, flüsterte er fast tonlos.

»Ich weiß nicht«, flüsterte die sonst so stimmgewaltige Kollegin genauso leise zurück. »Aber ich denke, es könnte Kollege Mahler sein.«

Frau Guldens Vermutung bestätigte sich.

Während Frau Waldvogel mit viel Einfühlungsvermögen und psychologischem Sachverstand die betroffenen Mädchen und später auch die hinzukommenden Jungen der Klasse betreute, verbreitete sich die Nachricht wie ein Lauffeuer und drohte Panik auszulösen. Über die Lautsprecheranlage gab der Schulleiter die Anweisung, dass die Lehrer gemäß dem Stundenplan in den Klassen sein sollten, und er versuchte zu beruhigen, indem er behauptete, die Angelegenheit sei zwar tragisch, aber insofern unproblematisch, als es sich um einen Unfall, nicht um einen gewaltsamen Tod handeln würde. Er gab auch bekannt, dass es sich bei dem Verunglückten um Rainer Maria Mahler handle, was bei den meisten Schülern kein großes Mitleid auslöste. Viele fanden das düstere Ereignis dann nur noch spannend und sahen es als willkommenen Anlass dafür, dass der Unterricht nicht mehr wie geplant stattfinden konnte.

Allerdings sah die Sachlage in Wirklichkeit völlig anders aus.

Kommissar Norbert Schmitt, sein Assistent Maximilian Moser, der Gerichtsmediziner Attila Hunne (er stammte aus einer sehr humorvollen Familie) und die KTU waren mittlerweile eingetroffen. Doktor Hunne hatte festgestellt, dass ein gewaltsam herbeigeführter Tod eben doch nicht ausgeschlossen werden konnte. Bis zu einem genauen Ergebnis wurde die Schwimmhalle erst einmal zum möglichen »Tatort« deklariert und versiegelt.

KAPITEL 4 (DONNERSTAG, 14.05.2015)

Die Ermittlungen gestalteten sich schwierig.

Gleichzeitig waren Schule und Kloster in Aufruhr, da ein zweiter Todesfall binnen weniger Wochen dem guten Ruf der Schule alles andere als zuträglich war. Und im Gegensatz zu Beat Sommerli gab es nur wenige Menschen, die Rainer Maria Mahler gemocht hatten, eigentlich niemanden. Bestenfalls war man ihm gleichgültig gegenübergestanden. Das waren vor allem diejenigen, die nicht näher mit ihm zu tun hatten. Dagegen gab es viele, die ihn völlig ablehnten, wenn nicht sogar hassten. Allerdings wollte das nun fast niemand zugeben, um nicht in den Kreis der Verdächtigen zu kommen. In diesem Zusammenhang, um etwas Licht ins Dunkel zu bringen, wurde Schwester Digna eingeschaltet. Sie war einerseits für die Öffentlichkeitsarbeit und die Außenwirkung der Schule zuständig, andererseits war es sehr hilfreich für Kommissar Schmitt, dass er Schwester Digna noch aus seiner Studienzeit in Hamburg kannte. Damals hatte sie noch Veronika Vorderhofer geheißen und lebhaft am Studentenleben teilgenommen. Das bedeutete: Partys bis ins Morgengrauen, Engagement beim ASTA, aber auch gewissenhafte Vorbereitung für die Klausuren, und da sie die am besten geeigneten Räumlichkeiten dafür besaß, weil ihre Eltern sie nicht zu knapp unterstützten, auch intensive Lerntreffen bei ihr daheim. Mathe und Chemie waren ihre Fächer, einige Semester auch Physik. Bei den Lerntreffen hatten sie sich näher kennengelernt, alle drei: Veronika, Norbert und dessen spätere Frau Sabine.

Norbert Schmitt musste nun den Balanceakt vollbringen,

einerseits seine guten Beziehungen zu Schwester Digna für die Aufklärung zu nutzen, andererseits gegenüber Digna nicht zu viele Details der Ermittlung preiszugeben.

Um der Situation ein bisschen Schärfe zu nehmen, fand ihr erstes Treffen in der »Seekuh« statt, einem Lokal, das an eine Studentenkneipe aus den 80er-Jahren erinnerte. Dort hatten sie sich auch in den letzten Jahren öfter mal getroffen, allerdings immer zusammen mit Schmitts Ehefrau. Die drei waren damals in Hamburg ein fast unzertrennliches Kleeblatt gewesen und hatten vieles miteinander erlebt. Schönes, Trauriges, Lustiges …

Das durfte momentan aber keine Rolle spielen. Trotzdem war Kommissar Norbert Schmitt froh, dass ausgerechnet Schwester Digna die Aufgabe hatte, die Schule zu repräsentieren und überhaupt alle Außenkontakte zu pflegen.

Kommissar Schmitt und Schwester Digna trafen sich noch am selben Abend des Tages, an dem die Wasserleiche entdeckt worden war, am 14. Mai. Da es ein wunderschöner, warmer Abend geworden war, setzten sie sich in den Biergarten, und trotz des düsteren Anlasses machte sich bei Schwester Digna kurz ein Glücksgefühl bemerkbar, denn schöne Erinnerungen an ihre Kindheit und Jugend in Regensburg stiegen in ihr auf. Sie schreckte hoch, als der Kellner plötzlich vor ihr stand und nach ihrer Bestellung fragte.

»Eine große Apfelschorle bitte«, antwortete sie schnell und verdrängte den Wunsch nach einem Weißbier. Sie hatte keine Lust, als Alkohol trinkende Nonne ins Konstanzer Gerede zu kommen, und sie musste davon ausgehen, wie alle Lehrer unter ständiger Beobachtung zu stehen. Das Bier hätte ja sowieso nicht so gut geschmeckt wie daheim aus der Brauerei Vorderhofer.

»Kein Bier?«, fragte Schmitt scheinbar arglos. Er kannte Dignas Dilemma und stichelte gern ab und zu, weil er bis heute nicht begriffen hatte, warum eine so bodenständige, lebenslustige und attraktive Frau im Kloster verschwinden konnte. Meistens nahm Schwester Digna seine mehr oder weniger provozierenden Anspielungen gelassen und humorvoll auf. Aber heute entgegnete sie in gereiztem, man könnte sogar sagen bissigem Ton: »Ich kann mir ja kein Schild umhängen: STAMME AUS EINER BRAUEREI! ALLES GUT!!!«

»Auauau, Vronilein, deine Nervchen liegen ja ganz schön blank. Kommen wir also am besten gleich mal zur Sache, Schwester Digna!«

Der Kellner brachte die Getränke. Schmitt hob das Glas und prostete Digna zu. »Auf die notwendigen Geistesblitze!«

»Cheers!«, entgegnete Digna und lächelte zurück. Sie hatte sich wieder gefangen.

»Also wie gesagt: zur Sache! Kannst du mir mal aus deiner Sicht den Toten charakterisieren und seine Lebensumstände beschreiben? Und wie stand das Kollegium zu ihm, wie die Schüler? Welche Rolle spielte er bei den Klosterschwestern? Du kannst davon ausgehen, dass mich jedes Detail interessiert!«

»Jaja, ich erinnere mich, du warst schon immer so«, brummte Schwester Digna.

Aber dann begann ein ernsthaftes Gespräch, das sich so lang hinzog, dass Kommissar Schmitt längst auch seinerseits vom Bier auf Wasser umgestiegen war und dass Schwester Dignas erster Apfelschorle eine zweite gefolgt war und danach viel pures Mineralwasser serviert wurde. Gegen Mitternacht allerdings, als kaum noch Leute im Biergarten saßen und die Dunkelheit mehr Diskretion verschaffte, gab es für Schwester Digna noch ein kleines Pils.

Sie hatte sich kein Blatt vor den Mund genommen und den Finger in so manche Wunde gelegt. Vor allem, was die Verhältnisse im Kloster anbelangte.

»Du musst nicht das Buch ›Der Name der Rose‹ gelesen oder den Film gesehen haben, um auf ein paar ganz realistische Ideen bezüglich des Klosterlebens zu kommen. Die Probleme sind ähnlich. Sie äußern sich heute nur anders. Ob dabei auch ein Mord drin ist – ich weiß nicht …«, hatte sie einmal gesagt.

Schmitt, der sich immer wieder Notizen machte, hatte für einen Moment aufgehört zu schreiben und Schwester Digna nachdenklich angesehen. Bisher war er davon ausgegangen, dass das Kloster nicht in den Todesfall involviert war.

»So«, sagte Digna, nachdem sie den letzten Schluck Bier getrunken hatte. »Jetzt müssen Sie nur noch überprüfen, welche Rolle *ich* in dem ganzen Geflecht spiele, Herr Kommissar. Sie glauben zwar, mich zu kennen – aber wer bin ich wirklich?«

Norbert Schmitt schüttelte lachend den Kopf: »Ich glaube, das Bier hat dir doch nicht so gutgetan, Veronika! Wir brechen jetzt besser auf. Außerdem wollen wir vermeiden, dass du mit deiner Konventoberin Ärger bekommst, weil du noch so spät mit einem Mann unterwegs bist.«

»Ach, kein Problem! Konvent Oberin bin ich doch selber«, lachte Schwester Digna zurück. Aber sie war jetzt auch entsetzlich müde – erschöpft von den Ereignissen und von dem Erzählen, das sie sehr aufgewühlt hatte.

KAPITEL 5 (FREITAG, 15.05.2015)

Mitten im Leben bist du vom Tod umgeben, schoss es Schwester Digna durch den Kopf, als sie gegen ein Uhr morgens durch die dunklen Gänge des Internats zu ihrem Apartment ging. Eine Taschenlampe gehörte aber zur Grundausrüstung jeder Internatsbewohnerin, egal ob Schwester oder Schülerin, denn auch bei den nächtlichen »Spaziergängen«, welchen Grund auch immer sie haben mochten, harmlos oder weniger, war die Heimlichkeit, von manchen auch »Diskretion« genannt, ein ungeschriebenes Gesetz. Offiziell wollte man natürlich nur Strom sparen oder andere durch die plötzliche Helligkeit nicht erschrecken.

Norbert Schmitt hatte darauf bestanden, Schwester Digna bis zum Eingang des Internatstrakts, in dem sie wohnte, zu bringen. Und die sonst so unerschrockene, taffe Frau war froh darüber gewesen, denn schon seit dem ersten Todesfall stiegen immer wieder beklemmende Gefühle in ihr auf, derer sie kaum Herr wurde.

Der Heimweg, der die beiden am See entlangführte, war fast schon ein romantisches Erlebnis, zumal es auch noch eine vom Mond silbrig erhellte Nacht war. Da bot es sich geradezu an, von den vergangenen gemeinsamen Zeiten zu sprechen, als sie beide und Schmitts Frau in Hamburg studiert hatten.

Nach längerem gemeinsamem Schweigen schnitt Schmitt dieses Thema an. »Erinnerst du dich noch, Veronika, wie Sabine, du und ich die Radtour an der Elbe entlang gemacht haben und in der Dämmerung alle drei zeitgleich platte Reifen hatten, weil wir die Glasscherben, durch die wir fuhren, nicht gesehen hatten?«

»Du glaubst doch nicht, dass ich das vergessen könnte«, erwiderte Schwester Digna eine Spur zu laut für die gefühlvolle Stille am vom Mond beschienenen Wasser. Auch damals, es war ziemlich genau 28 Jahre her, waren sie im Mondschein am Wasser unterwegs gewesen. Sabine hatte vorgeschlagen, das Licht an den Fahrrädern auszuschalten, um das romantische Glänzen des Mondes besser genießen zu können. »Als würden wir auf Pferden durch die Nacht reiten«, hatte Sabine geflüstert. Schwester Digna erinnerte sich noch genau daran und auch daran, dass sie die Augen verdreht und gedacht hatte: Spinnt die denn jetzt völlig vor lauter Verliebtsein in Norbert?

Aber um keine Spielverderberin zu sein, hatte auch sie ihr Licht ausgeschaltet, und genau dieser »Ritt durch die Dunkelheit« war die Ursache dafür gewesen, dass keiner die Glasscherben rechtzeitig sehen konnte. Der Rest war das Gegenteil von romantisch gewesen. Und an eine Reparatur bei Dunkelheit war nicht zu denken.

Allerdings hatten sie noch Glück im Unglück und mussten die Räder nicht allzu lange schieben. Nach ungefähr einer halben Stunde hatten sie Hetlingen erreicht, und schon am Ortseingang leuchtete ihnen eine Telefonzelle entgegen. Von denen fand man in der damals handylosen Zeit Gott sei Dank noch genügend. Sie riefen ein Taxi, das sie zuerst einmal zum nächsten Bankautomaten brachte, damit Veronika Geld für die Fahrt abheben konnte. Sie war aufgrund ihrer reichen Eltern die Einzige, bei der der Automat noch etwas ausspucken würde. Das stand von vornherein fest. Die Räder mussten sie notdürftig angekettet in der Nähe der Telefonzelle zurücklassen. Ein Kommilitone hatte sie dann am nächsten Tag dort tatsächlich noch vorgefunden und mit dem geräumigen Auto seines Onkels abtransportiert. Damals war niemandem zum Lachen gewesen, und Schwester Digna erinnerte sich ungern an die Diskussion, die sie mit ihren Eltern führen musste wegen des außerplanmäßig abgehobenen Geldes. Denn Vorderhofers waren zwar wohlhabend, aber nicht dazu bereit, Geld zum Fenster rauszuwerfen. Dazu gehörte auch, dass sie ihren Kindern einen verantwortungsvollen Umgang mit Geld vermitteln wollten.

Mit dem Abstand der vielen Jahre war aber auch Schwester Digna dafür zugänglich, alles eher von der humorvollen Seite zu sehen, und im Laufe des Heimwegs wurde noch so manche Anekdote ausgegraben.

Nun leuchtete sich Schwester Digna also zu ihrem Apartment durch. In den düsteren Gängen tauchten in ihr auch wieder die düsteren Gedanken auf. »Mitten im Leben … dieses Mal war es auch noch mitten in der Woche, an einem Mittwoch …« Diese Wortspielerei lockte ihr gerade einen Hauch von einem Lächeln aufs Gesicht, als sie der Lichtkegel einer anderen Taschenlampe am Ende des langen Flures aufschrecken ließ. Die Taschenlampe erlosch sofort, und Schwester Digna hörte, wie sich Schritte über das hintere Treppenhaus entfernten. Sie hatte keine Ahnung, wer das gewesen sein konnte.

Bis zu dem Todesfall im Schwimmbad hätte das Schwester Digna überhaupt nicht beunruhigt. Jeder wusste oder ahnte wenigstens, dass nachts reges, wenn auch heimliches Leben über die Gänge huschte. Seit Mahlers Tod fühlte sich Schwester Digna aber nicht mehr richtig wohl. Auch in der vorigen Nacht, in der Mahler zu Tode gekommen war, hatte sie, obwohl sie von dem Todesfall noch gar nichts wusste, Beklemmung verspürt, als sie plötzlich Schwester Angelika gegenüberstand. Diese hatte gerade ohne jegliche Lichtquelle am Eingang des Gemeinschaftstoilettenraums gestanden.

»Mein Gott, können Sie nicht Licht machen, wenn Sie nachts unterwegs sind?«, hatte Schwester Digna sie angefahren.

»Strom sparen«, war die lapidare Antwort von Schwester Angelika gewesen, die unbeirrt ihren Weg nach Irgendwohin fortsetzte. Schwester Digna hatte noch, vor sich hin schimpfend, weiterhin ihr Ziel angesteuert. Sie wollte in die Kapelle, wo sie sich manchmal aufhielt, wenn sie nachts nicht schlafen konnte. Kurz vor der Kapelle hatte sie den Eindruck, dass ein leichter Geruch von Lavendel in der Luft lag. Sie konnte ihn aber nicht einordnen. In dieser Nacht war Schwester Digna zu sehr in ihre Gedanken verstrickt gewesen, als dass sie irgendwelche äußeren Eindrücke hätte sinnvoll verknüpfen können.

Auch an diesem frühen Morgen, es ging schon auf zwei Uhr zu, als sie endlich im Bett lag, waren Schwester Dignas Gedanken durcheinander.

»Ich muss Daniel einen ausführlichen Brief schreiben und mir bei ihm Rat holen«, dachte sie, bevor sie endlich einschlief.

KAPITEL 6 (FREITAG, 15.05.2015)

Kommissar Schmitt saß an seinem Schreibtisch und schüttelte immer wieder den Kopf. Er hatte die Notizen vor sich, die er sich am gestrigen Abend während des Gesprächs mit Schwester Digna gemacht hatte.

Maximilian Moser, sein Mitarbeiter, kam ins Zimmer, als Schmitt gerade vor sich hin murmelte: »Du glaubst es nicht, du glaubst es nicht.«

»Ja, was denn?«, riss Moser seinen Chef aus seinen Betrachtungen. Schmitt fuhr hoch, er hatte Moser gar nicht bemerkt, so versunken war er ins Studium seiner Aufschriebe gewesen.

»Nun ja, kurz gesagt: So ›sanctus‹, wie man glauben möchte, ist es im Sancta Trinitas gar nicht!«, erwiderte Schmitt.

»Wie das?« Moser setzte sich neugierig neben den Kollegen.

»Schwester Digna, mit der ich mich gestern zu einem längeren informativen Gespräch getroffen habe, hat so einiges preisgegeben. Vieles ist für unseren, nennen wir es mal vorsichtig ›Todesfall‹, sicher nicht relevant, aber anderes sollten wir schon mal unter die Lupe nehmen. Da ist zum Beispiel eine gewisse Schwester Angelika, die überall ihr Gift verspritzt.«

»Hm, sollte man gar nicht meinen bei diesem Namen. Nomen ist wohl doch nicht immer Omen«, grinste Moser. »In welcher Form verspritzt sie denn ihr Gift?«

»Man könnte es ›Intrigen‹ nennen. Da sie zutiefst mit sich und der Welt unzufrieden ist, gönnt sie offensichtlich keinem anderen, in Frieden zu leben, geschweige denn glücklich zu sein. Oder besser gesagt: ›keiner anderen‹, denn ihr Unwesen treibt sie vor allem gegenüber ihren Mitschwestern.«

»Na ja«, holte Moser zu einem längeren Kommentar aus. »Weißt du, eigentlich wundert mich das ja nicht. Oder anders ausgedrückt: Mich würde es eher wundern, wenn im Kloster alles friedlich wäre. Überleg doch mal: So viele Frauen auf einem Haufen …« Er machte eine rhetorische Pause, als er Schmitts spöttischen Gesichtsausdruck sah. »… sind doch genauso unerträglich wie nur Männer, die gewissermaßen zusammengepfercht sind.«

Schmitt lachte herzlich. »Jaja, der liebe Gott hat schon gewusst, warum er zwei von Grund auf verschiedene Geschlechter geschaffen hat, die sich ergänzen.«

Er strich sich unbewusst über seinen schon lange nicht mehr flachen Bauch und musste, als er es bemerkte, unwillkürlich an die guten Kochkünste seiner Frau denken. So emanzipiert sie sonst auch war, alles, was das Kochen anbelangte, ja eigentlich den ganzen Haushalt, betrieb sie mit Begeisterung. Daran hinderten sie ihr abgeschlossenes Chemiestudium und ihre Berufstätigkeit als Lebensmittelchemikerin in keiner Weise. Es war gewissermaßen ihr Hobby. Und Norbert Schmitt genoss es. Solange er sich mit seinem Fitnesstraining im Studio, er ging zweimal pro Woche hin, und mit Joggen, Radfahren und Schwimmen beweglich und gesund halten konnte, hatte er auch keinen Grund, auf die kulinarischen Lichtblicke in seinem Alltag zu verzichten.

Moser war es nicht entgangen, dass die Gedanken seines Chefs abgeschweift waren.

»Du denkst wohl an Sabine?«

Schmitt nickte schmunzelnd. Sein Assistent kannte ihn

wirklich gut. Schmitt arbeitete gern mit ihm zusammen, und auch privat kreuzten sich öfter ihre Wege. Zum Beispiel, wenn sie bei Spielen des SC Konstanz den Verein gemeinsam anfeuerten. Oder wenn sie zu dritt eines der wunderbaren Abendessen von Sabine genossen. Moser war Single, aber unermüdlich auf der Suche nach einer Partnerin fürs Leben oder wenigstens für einen längeren Lebensabschnitt. Bisher leider ohne Erfolg. Keine hatte bisher seinen Ansprüchen genügt, obwohl Sabine und Norbert Schmitt bei der einen oder anderen doch grünes Licht gegeben hatten. Auf der anderen Seite waren aber auch manche Frauen von Mosers Beruf abgeschreckt worden.

»Ihr seid auch ein ideales Paar«, fuhr Moser fort. »Wobei, wenn ich es mir recht überlege, du und Schwester Digna, also natürlich als ›Veronika‹, sicher auch gut zusammengepasst hättet.« Moser grinste schelmisch. »Oder etwa nicht?«, fügte er noch hinzu.

»Papperlapapp«, beendete Schmitt kurz und bündig Mosers Ausführungen. »Deine abwegigen Überlegungen zeigen nur, dass du einige Defizite in deinem Liebesleben hast. Da kommt man leicht auf verrückte Fantasien! Jetzt aber Spaß beiseite!«, fuhr er fort. »Ich habe mal eine Liste derer gemacht, die wir heute noch vernehmen müssen, und zwar aus den unterschiedlichsten Gründen.«

»Schieß los, ich bin gespannt!« Moser, der inzwischen zu seinem Platz gegangen war, ließ sich ächzend auf den Schreibtischstuhl am Tisch gegenüber von Schmitt fallen. Der Stuhl krachte bedenklich.

»Du wirst doch nicht zehn Gramm zugenommen haben und damit deinen Stuhl überfordern«, kommentierte Schmitt, der seinen zwölf Jahre jüngeren Kollegen insgeheim um dessen schlanke und muskulöse Figur beneidete. Er ließ Moser aber keine Zeit für eine Antwort, denn sie wollten beide ja zur Sache kommen, die Zeit drängte.

»Was die Todesursache anbelangt, so müssen wir ja noch die genauen Ergebnisse der KTU abwarten. Unser Leichenfledderer meinte aber, vermutlich sei Rainer Maria Mahler ertrunken.«

Mit »Leichenfledderer« bezeichnete Schmitt respektlos den Gerichtsmediziner Dr. Attila Hunne, der den Humor wohl geerbt hatte (wer gab seinem Kind schon den Vornamen ›Attila‹, wenn er mit Nachnamen ›Hunne‹ hieß?). Und mit Humor ließen sich sowohl die Aufgaben eines Gerichtsmediziners als auch die eines Kommissars leichter bewältigen. Deshalb schätzte Schmitt Hunne nicht nur wegen der gewissenhaften Arbeit sehr.

»Na ja, ertrinken kann man ja auch in einer Pfütze«, meinte Moser, »warum dann nicht im Schulschwimmbad? Ich frage mich nur, was passiert ist, dass es so weit kommen konnte. Schließlich soll Rainer Maria Mahler doch ein guter Schwimmer gewesen sein, der sogar manchmal im Bodensee am Hörnle publikumswirksam die Wellen geteilt hat«, fügte er ironisch lächelnd hinzu.

»Unter dem Beifall der Schüler und vor allem Schülerinnen«, haute Schmitt ebenfalls spöttisch in die Kerbe. »Und warum geht ein solch selbstverliebter Schönling einsam und allein nachts in ein Schulschwimmbad? Immerhin wäre ja zu dieser Zeit auch noch die Bodensee-Therme geöffnet gewesen. War er vielleicht doch nicht ganz allein, sondern mit einer einzelnen Person zusammen?«

»Fragen über Fragen«, bemerkte Moser lakonisch. »Am besten verhören wir zunächst einmal die Bewohnerinnen des Internats, sie waren dem Ort des Geschehens am nächsten. Freiwillig hat sich ja bisher noch niemand für eine Aussage gemeldet.«

An oberster Stelle der nun folgenden Befragungen stand Schwester Lea, die Internatsleiterin. Sie wohnte zwar im Schwesterntrakt, aber sie sollte über Regeln und Gewohnheiten im Internat informieren und eventuell sachdienliche Hinweise über Personen geben. Außerdem lag der Schwesterntrakt gegenüber dem Schwimmbad, sodass es durchaus denkbar war, dass sie, ebenso wie vielleicht andere Schwestern, etwas bemerkt hatte, was zur Aufklärung beitragen konnte.

Letztere Hoffnung erwies sich bei ihr schnell als unberechtigt, denn sie war zur fraglichen Zeit mit Schwester Angelika in deren Zimmer zusammen gewesen, weil diese ihr wichtige Informationen über einige interne Schülerinnen geben wollte. Schwester Angelika war eigentlich Krankenschwester und half manchmal in der Krankenstation aus. Da sie aber schon über 70 war, hatte sie keinen offiziellen Posten mehr und wurde überall eingesetzt, wo man sie brauchte. Dadurch kam sie viel in den einzelnen Gruppen herum und gewann Einblicke. Auch dass sie ihr Zimmer innerhalb einer Internatsgruppe, nämlich der von Schwester Bianca, hatte, trug dazu bei, dass sie viel mitbekam.

Schwester Lea führte ein straffes Regiment. Disziplin stand für sie an oberster Stelle. Die Regeln mussten eingehalten werden, nicht nur, weil sie eine positive Funktion für das Zusammenleben hatten, sondern auch, weil das Einhalten der Regeln an sich schon einen Wert darstellte. In diesem Zusammenhang machte es auch Sinn, wenn völlig veraltete Putzmethoden weiterhin akribisch gepflegt wurden. So mussten die Schülerinnen beim jährlichen Großputz zum Beispiel die Bettenroste nicht etwa absaugen, sondern sorgfältig mit dem Pinsel reinigen. Beim Fensterputzen durfte kein Abzieher benutzt werden, sondern es wurde klassisch in mehreren Arbeitsgängen mit Fensterleder, Trockentuch und Nachreiben mit Brennspiritus gereinigt. Und so weiter. Ebenso streng wurden die Arbeitszeiten, die sogenannte Freizeit und die Schlafgewohnheiten überwacht.

Eine ganz extreme Befürworterin von Schwester Leas Prinzipien war Schwester Bianca. Und das wiederum nicht, weil sie diese Prinzipien selbst so gut fand, sondern weil sie Schwester Leas eifrigste Anhängerin war.

Schwester Lea breitete nun vor den Kommissaren ihren Führungsstil aus, wobei sie sich sehr lobend über Schwester Bianca äußerte. Kommissar Moser fiel es sichtlich schwer, Schwester Leas Äußerungen neutral zu registrieren. Kommissar Schmitt hatte dabei den Vorteil, schon ausführlich von Schwester Digna vorbereitet worden zu sein.

Das Ergebnis des Gesprächs war zwar ein interessanter Einstieg in das Internatsleben, für die Ermittlungen war es weniger ergiebig.

Man ging dazu über, jede Schwester einzeln zu befragen. Bei 20 Personen war das ein nicht unerheblicher Aufwand, auch wenn manche Gespräche nur sehr kurz dauerten. Dafür gestalteten sich andere Befragungen aus den unterschiedlichsten Gründen umso komplizierter.

Zum Beispiel die von Schwester Angelika. Sie konnte sich einfach nicht an Fakten halten. Immerzu flossen ihre Vermutungen mit ein, und zwar oft auf so subtile Weise, dass man die Vermutungen zunächst für Tatsachen halten musste. So erweckte sie einmal den Eindruck, sie wisse, dass sich Rainer Maria Mahler mit Eva-Maria Schuster, der Frau des Schulleiters, im Schwimmbad getroffen habe. Sie hatte ein Gespräch am Mittwochmorgen ganz »zufällig« mitbekommen … Schließlich musste sie aber zugeben, dass sie nichts sicher wisse.

Die Kommissare wurden immer gereizter und Schmitt fuhr Schwester Angelika einmal barsch an, sie solle sich doch jetzt mal zusammenreißen. Mit demütigem Gesichtsausdruck flüsterte Schwester Angelika: »Ich will Ihnen ja nur behilflich sein.«

»Das ist in der Tat sehr anerkennenswert«, griff Moser ein. »Aber am meisten helfen Sie uns wirklich, wenn Sie nur sagen, was Sie tatsächlich gehört oder gesehen haben.«

»Gehört oder gesehen habe ich eigentlich gar nichts«, wandte sich die von Schmitt Gekränkte nun ausschließlich Moser zu. »Aber gerochen habe ich etwas.«

»Ja???«, kam es gleichzeitig von beiden Ermittlern.

Schwester Angelika genoss das plötzliche Interesse und kostete den Augenblick mit einer Kunstpause aus.

»Es lag so ein Geruch in der Luft … Lavendel. Sehr angenehm.«

»Und wo waren Sie da?«, hakte Moser nach.

»Dort, wo ich meistens abends bin: in der Kapelle. Aber gesehen oder gehört habe ich nichts.«

KAPITEL 7 (FREITAG, 15.05.2015)

Der Freitag war für die Kommissare mit Verhören vorbeigegangen. Als sie nach 20 Uhr das Internat verließen, waren sie sichtlich erschöpft.

»Magst du auch noch mit in die ›Seekuh‹ kommen?«, fragte Schmitt. »Ich bin dort mit meiner Frau verabredet.«

»Da sag ich nicht Nein«, antwortete Moser erfreut. Er war gern mit den beiden zusammen und erwartete einen heiteren Abend. Doch dieses Mal war es alles andere als das, denn Norbert Schmitt konnte entgegen seinem üblichen Verhalten einfach nicht loslassen. Immer wieder kam er auf den Fall zu sprechen und seine Frau nahm das auch ganz geduldig hin. Aber Moser, der den anstrengenden Tag lieber anders abschließen wollte, war sichtlich genervt und verabschiedete sich deshalb relativ bald. So konnten Sabine und Norbert Schmitt alles in Ruhe durchkauen. Der eine oder andere Gedanke war durchaus hilfreich.

Zur selben Zeit saß Schwester Digna an ihrem Schreibtisch, vor sich den Laptop. Ja, heute würde sie endlich mal wieder an ihren Cousin Daniel schreiben, der in Kolumbien ein Kinderheim betreute und sich als Priester auch um das Seelenheil der Kinder kümmerte. Und so entstand folgende Mail:

Lieber Daniel,

lange haben wir nichts mehr voneinander gehört. Ich glaube, das letzte Mal war es, als Onkel Albert tödlich verunglückt ist, also vor sieben Jahren. Wenn man bedenkt, dass wir vor zig Jahren so viele unbeschwerte Ferien gemeinsam bei Oma verbracht haben, ist es umso bedauerlicher, dass wir uns immer mehr auseinanderleben. Aber mir ist schon klar, dass du in deinem Kinderheim von der Arbeit absorbiert wirst, und auch bei mir sind die Tage eigentlich zu kurz.

Wahrscheinlich wunderst du dich, dass ich dir heute schreibe, wo ich doch sonst innerhalb der Verwandtschaft, und dazu gehörst nun einmal auch du, nicht besonders kommunikationsfreudig bin. Und du vermutest daher sicher schon, dass es einen konkreten Anlass gibt. In der Tat, so ist es.

In unserem Kollegium haben sich im Abstand von wenigen Wochen zwei Todesfälle ereignet. Bei dem ersten handelt es sich um einen Unfall, der junge Kollege ist beim Joggen in einer Jauchepfütze ausgerutscht und hat sich dabei das Genick gebrochen. Bei dem zweiten Todesfall, der erst vor drei Tagen eingetreten ist, laufen noch die Ermittlungen. Dabei wird auch der Konvent gründlich auf den Kopf gestellt, und du kannst dir wahrscheinlich denken, was für eine ungute Stimmung momentan überall herrscht.

Der ermittelnde Hauptkommissar ist mein früherer Studienfreund Norbert Schmitt. Vielleicht erinnerst du dich noch an ihn. Du hast ihn mal kennengelernt, als das Familienfest bei Tante Elli war und er mich dort abgeliefert hat. Sabine, die jetzt seine Frau ist, war auch dabei. Aber es ist ja nicht wichtig, ob du dich erinnerst. Auf jeden Fall ist es für mich schon eine Erleichterung, in einer so unangenehmen Situation eine vertraute Person in meiner Nähe zu haben, die ich auch noch gut leiden kann. Er, seine Frau und ich treffen uns öfter mal zum Reden. Aber jetzt ist die Lage doch eher unerfreulich, weil wir oft dienstlich miteinander sprechen müssen. Da ich aber auch ein paar ganz persönliche Überlegungen aussprechen möchte, bist du mir eingefallen.

Mein Problem ist in erster Linie der Tod eines jungen Kollegen, Beat Sommerli. Du erinnerst dich vielleicht noch, dass ich mit 16 ein Jahr lang bei Tante Regula und Mamas Bruder, Onkel Friedrich, in Luzern gewohnt habe. Seit dieser Zeit stimmt es mich immer wehmütig, wenn ich Schweizer treffe. Noch dazu war dieser junge Mann so unglaublich sympathisch. Die Eltern habe ich bei der Beerdigung kennengelernt. Auch zwei ganz sympathische, herzliche Menschen. Sie versuchten so tapfer, mit der für sie entsetzlichen Situation umzugehen. Aber vor allem der Mutter wollte es nicht wirklich gelingen. Dabei ist Beat gar nicht der leibliche Sohn des Ehepaares gewesen, er war adoptiert. Ich bin überzeugt, dass sie ihm gute Eltern waren – so, wie ich sie erlebt habe. Aber sie hatten ihm lange verschwiegen, dass er ein adoptiertes Kind war, erst vor vier Jahren konnten sie sich dazu überwinden, ihm reinen Wein einzuschenken – und da war Beat immerhin schon 31 Jahre alt. Es muss ein furchtbarer Schock für ihn gewesen sein. Zuerst, so erzählten Romina und Urs Sommerli, war er richtig wütend auf sie, weil sie ihn, wie er es nannte, so lange »getäuscht« hatten. Danach war der bisher so lebensfrohe Sohn zeitweise sogar depressiv. Das sei erst wieder besser geworden, nachdem er angefangen hatte, nach seinen leiblichen Eltern zu suchen. Allerdings bis jetzt ohne Erfolg. Und sie selbst konnten ihm auch nicht behilflich sein, denn sie haben wirklich keine Ahnung, woher der Junge, den sie als Säugling mit sieben Tagen bekamen, stammt. Alles war ganz diskret abgelaufen, ohne Einschalten von Behörden, durch die Vermittlung über Freunde von Freunden … Da Romina Sommerli sogar eine Schwangerschaft vorgetäuscht hatte, galt Beat von Anfang an als das eheliche Kind der Sommerlis. Trotzdem hatten sie sich letztendlich dazu entschlossen, Beat die Wahrheit zu sagen, da ihnen bei einem Krankenhausaufenthalt von Urs Sommerli noch einmal klar geworden war, dass ihre Blutgruppen überhaupt nicht zu der von Beat passten.

Und sie wollten verhindern, dass Beat durch einen Zufall sich in diesem Zusammenhang Fragen stellte.

Ich schreibe dir das alles so ausführlich, weil mich die Problematik nicht loslässt. Ich überlege mir immer wieder: Wie viel Wahrheit muss sein? Wäre es nicht besser gewesen, Sommerlis hätten von Anfang an dazu gestanden, dass Beat ein angenommenes Kind war? Oder: War es überhaupt nötig, es ihm dann so spät noch zu sagen? Und: Warum musste seine Mutter anonym bleiben? Überhaupt die Mutter: Warum konnte sie ihr Kind nicht behalten???

Immerhin ist Beat nicht in einem Heim aufgewachsen. Aus deiner Erfahrung weißt du ja, wie die Kinder dort, auch bei bester Betreuung, leiden. Ob die Mutter gewusst hat, dass ihr Kind in gute Hände kommt? Was hältst du eigentlich von Adoptionen?

Mich beschäftigt das so sehr, weil ich es einfach immer noch nicht akzeptieren kann, dass dieser fröhliche, humorvolle und hilfsbereite junge Mann so früh sterben musste. Vor allem beschleicht mich immer wieder das Gefühl, dass dem Tod etwas vorausgegangen ist, von dem wir nichts wissen, was aber eine Rolle spielt. Mir ist es nämlich unbegreiflich, dass man beim Joggen durch eine Jauchelache rennt. Jeder normale Mensch würde doch einen Bogen darum machen.

Wie siehst du das aus dem Blickwinkel deiner völlig anderen Welt? Antworte mir doch bitte!

Und es wäre auch schön, wenn du bald mal wieder aus deinem Leben berichten würdest. Notfalls auch in einem Rundbrief, wie du es früher öfter gemacht hast. Das ist besser, als jahrelang gar nichts von dir zu hören.

Herzliche Grüße
deine Cousine Veronika

Digna las die Mail noch einmal durch, navigierte den Mauszeiger auf SENDEN, zögerte kurz und schickte die Mail dann doch mit einem Klick auf die Reise.

Unruhig ging sie im Zimmer auf und ab, räumte nebenbei das eine oder andere, das herumlag, dorthin, wo es hingehörte, und beschloss endlich, heute doch etwas früher als sonst – und vor allem am gestrigen Abend – ins Bett zu gehen.

Sie verbrachte eine unruhige Nacht, in der sie zusammenhanglos von ihrem Cousin, ihrer Mutter und der Eisenbahnbrücke von Maria Ort bei Regensburg träumte.

Schweißgebadet wachte sie am Samstagmorgen noch vor sechs Uhr auf und stellte sich erst einmal sehr lange unter die Dusche. Auch sonst duschte sie gern ausgiebig, aber heute dauerte es noch länger, und sie verbrauchte dabei fast eine ganze Flasche Duschgel. Duftnote Sport. Ein Blick in den Spiegel hatte ihr vorher gesagt, dass es heute noch zu früh war, die Haare nachzutönen, der gewohnte Kastanienschimmer war immer noch diskret vorhanden, der Haaransatz nicht auffällig. So föhnte Schwester Digna die Haare nur sorgfältiger, als es sich eigentlich lohnte, denn sie mussten ja zum größten Teil wieder unter dem Schleier verschwinden. Als sie die schulterlangen Haare in Gedanken versunken über die Bürste zog, beschloss sie, dass jetzt bald der Zeitpunkt kommen musste, zu dem sie zwar nicht den Orden verließ, aber die Ordenstracht ablegte, wie eine Schlange, die sich häutet und damit einen Teil von sich hinter sich lässt.

KAPITEL 8 (SAMSTAG, 16.05.2015)

Für den Samstag hatten die Kommissare Befragungen der Internatsschülerinnen und weiterer Schwestern angesetzt. Um sich gegenseitig zu unterstützen, führten Schmitt und Moser alle Gespräche gemeinsam durch. Und um eine entspanntere Atmosphäre zu haben, die die Mitteilungsbereitschaft fördern sollte, fanden die Befragungen im Internat statt, und zwar im Gruppenwohnzimmer der Gruppe von Schwester Bianca. Schwester Lea hatte das angeordnet, da sie eine besonders intensive Beziehung zu Schwester Bianca hatte.

Schwester Bianca war für ihre immerhin schon 33 Jahre oft noch sehr kindlich und deshalb auch noch leicht »formbar«. Sie bewunderte Schwester Lea sehr, vielleicht, weil diese so ganz anders als sie selbst war. Und Bianca versuchte fast schon verbissen, ihrem Vorbild Lea nachzueifern. Das hatte zur Folge, dass sie oft »päpstlicher als der Papst« war. Einerseits litt sie selbst darunter, denn sie tat häufig etwas, was ihrem Naturell völlig widersprach. Andererseits war sie regelrecht süchtig nach Lob und Anerkennung von Schwester Lea. Unbeschreiblich waren die Glücksmomente, wenn Schwester Lea ihr ein richtiges Verhalten attestierte. So betrachtete Bianca es auch als Ehre, dass Schwester Lea ihr Gruppenwohnzimmer ausgesucht hatte, und zwar mit den Worten: »Bei dir kann ich sicher sein, dass alles sauber und aufgeräumt ist.«

Schwester Lea ihrerseits genoss es, einen Menschen nach ihren Vorstellungen formen zu können.

Nicht so gern gesehen waren Schwester Blandina, die sich bei den Schülerinnen oft anbiederte, Schwester Stella

Maris, die den Schülerinnen in ihrer Naivität leicht auf den Leim ging, Schwester Digna, die an sich schon wegen ihrer Aufgeschlossenheit suspekt war, besonders aber deshalb, weil sie offen sagte, dass sie langfristig die Internatsleitung anstrebte. Auf Schwester Leas »Abschussliste« standen zwei weltliche Erzieherinnen, Susanne Dupont und Tanja Maier-Waldsee, da sie für geregelte Arbeitszeiten kämpften und für das Recht, in der Freizeit außerhalb des Internats wohnen zu dürfen. Am liebsten hätte Schwester Lea den weniger geschätzten Mitarbeiterinnen vorgegeben, wie sie sich bei den Vernehmungen zu verhalten hatten und was sie aussagen durften. Sie konnte sich aber nur darauf beschränken, darum zu bitten, dass Schwester Bianca als Letzte drankäme. Davon erhoffte sie sich einen positiven Gesamteindruck für die Kommissare, denn sie war gar nicht so sehr daran interessiert, dass die Todesursache Mahlers aufgeklärt wurde, sie wollte nur den guten Ruf des Internats retten. Sie war daher froh, als die Kommissare nichts gegen ihren Vorschlag einzuwenden hatten.

Zunächst wurden die Erzieherinnen befragt.

Die beiden weltlichen Angestellten Frau Dupont und Frau Maier-Waldsee, zuständig für die Oberstufenschülerinnen, machten unabhängig voneinander keinen Hehl daraus, wie unsympathisch ihnen Rainer Maria Mahler gewesen war.

»Ein schleimiger Kerl«, sagte Frau Dupont geradeheraus. Einen »eitlen Gockel« nannte ihn Frau Maier-Waldsee. Aber sachdienliche Hinweise konnte keine von beiden geben. Sie selbst hatten in der fraglichen Zeit Gruppenabend gehabt und konnten deshalb nicht im Schwimmbad gewesen sein.

Schwester Stella Maris ging da mehr ins Detail. Sie hatte vom Balkon des ersten Stocks im Internat II, wo sie eine

Gruppe der Mittelstufen-Schülerinnen betreute, beobachtet, dass am Mittwoch, dem Todestag von Rainer Maria Mahler, jemand durch die diversen Schulgebäude zum Schwimmbad ging. Man konnte das leicht nachverfolgen, denn abschnittweise ging die Beleuchtung an und wieder aus, wenn der nächste Streckenabschnitt erreicht war. Der Ort der entsprechenden Lichtschalter war allen Schwestern bestens bekannt, denn immer wieder fühlte sich eine von ihnen abends verpflichtet, ein in der Schule von den allzu sorglosen Lehrern vergessenes Licht auszuschalten. So hatte auch Schwester Stella Maris schon gesehen, dass aus dem Schwimmbad ein Lichtschein drang, und war froh, als sie bemerkte, dass schon jemand anders, mit aller Wahrscheinlichkeit eine Mitschwester, zum Schwimmbad unterwegs war. Tatsächlich erlosch auch nach kurzer Zeit das Licht in der Schwimmhalle. Für Schwester Stella Maris hatte nun alles seine Ordnung.

Inzwischen plagte sie allerdings die Frage, wer das gewesen sein konnte, und das teilte sie den Kommissaren auch mit. Auf die Frage, wo sie selbst in der fraglichen Zeit gewesen sei, konnte sie sich erleichtert auf insgesamt 15 Zeugen berufen: Sie war fast bis Mitternacht ständig mit irgendwelchen Mädchen ihrer Gruppe zusammen gewesen, auch während ihrer Beobachtungen vom Balkon aus. Zuletzt hatte sie Cathrin Siebeneicher, die eine Magenverstimmung hatte, noch einen Pfefferminztee ans Bett gebracht.

Schwester Blandina, die ebenfalls Mädchen aus der Mittelstufe betreute, war für die Aufklärung des Falls völlig unbrauchbar. Sie hatte bei Schwester Lea durchgesetzt, dass sie mit ihrer Gruppe mitten in der Woche ins Kino gehen durfte, denn nur an diesem Mittwoch lief im ›Scala‹ der Film »Die Welle«, dessen Buchvorlage gerade im Deutschunterricht von Klasse 9 besprochen wurde. Offiziell ging Schwester Blandina mit den ihr Anvertrauten dort hin. Tatsächlich wollte sie aber bei ihren Mädchen punkten, indem sie sich mit ihnen den Film »Fack ju Göhte« ansah. Sie bat die Kommissare inständig, sie bei Schwester Lea nicht zu verraten.

Auch Schwester Digna musste sich noch offiziell äußern. Sie war von Mahler ebenso wie Frau Dupont und Frau Maier-Waldsee nicht gerade begeistert gewesen, erwähnte aber auch, dass er ihr irgendwie leidgetan hatte. In seiner öligen Stimme vermutete sie den Ausdruck von Werbung um Anerkennung. Die fand er aber weder im Kollegium noch bei den Schülern. Einige Schwestern ließen sich noch eher einwickeln. Andere Schwestern lehnten ihn aber auch vehement ab. Die allgemeine Ablehnung kam in erster Linie durch seine arrogante Art, die von den vielen zur Schau gestellten Statussymbolen unterstrichen wurde.

Er müsse wohl auch sehr einsam gewesen sein, meinte Schwester Digna. Soweit sie wisse, seien alle nahen Familienmitglieder schon verstorben. Er hatte nur hin und wieder einen Cousin erwähnt, der in Norwegen lebte und Polarforscher war. Mit ihm hatte er offenbar noch Kontakt. Aber der Cousin war weit weg und Schwester Digna hielt es für möglich, dass Mahler nur von ihm gesprochen hatte, um mit ihm anzugeben. Auf die Frage, ob sie es sich vorstellen könne, dass sich Mahler mit jemandem im Schwimmbad getroffen habe, lachte Digna nur laut heraus. Schmitt und Moser quittierten das ihrerseits mit einem Lächeln. Auch sie hatten Schwester Angelikas gestrige Äußerung diesbezüglich nicht ernst nehmen können. Trotzdem wollten sie es nicht ganz in Vergessenheit geraten lassen.

Schwester Digna selbst hatte ein Alibi: Zunächst hatte sie nachweislich über eine Stunde vom Festnetz aus in ihrem Zimmer mit ihrem Bruder telefoniert, danach war sie Schwester Angelika auf dem Flur begegnet.

Bei der Vernehmung der internen Schülerinnen gingen die Kommissare sehr einfühlsam vor, man konnte merken, dass sie psychologisch geschult waren. Sie redeten nacheinander mit den einzelnen Gruppen in Schwester Biancas Gruppenwohnzimmer und verteilten dann Kärtchen mit ihren Handynummern. Wer etwas aussagen wolle, der könne diskret per SMS oder Anruf einen Termin vereinbaren. Die Mädchen jeder Gruppe atmeten immer fast hörbar auf, wenn sie von dieser Vorgehensweise erfuhren. Sie hatten sich, von Fernsehkrimis inspiriert, schon die furchtbarsten Verhöre vorgestellt. Vorgeladen wurde aber niemand, weil es keinen Anhaltspunkt für die Notwendigkeit gab.

Schmitt und Moser taten sich schwer bei der Einschätzung, wie viele Meldungen sie wohl bekämen. Schmitt war optimistisch und baute auf die Redseligkeit der Mädchen. Moser dagegen meinte, dass auch Frauen in manchen Situationen die Sprache und das damit verbundene Redebedürfnis wegbleibe. Er sollte Recht behalten. Allerdings brachte das einzige Gespräch, um das gebeten worden war, eine entscheidende Erkenntnis.

Eine SMS von Loreen Lehmann aus der Gruppe von Schwester Stella Maris war kurz vor 17 Uhr bei Moser eingegangen. Sie bat um ein Gespräch, wollte es aber ohne die zugesicherte Diskretion lieber in ihrem Zimmer, das sie mit Cathrin Siebeneicher teilte, führen. Die Kommissare hatten dagegen nichts einzuwenden, und Schwester Stella Maris erlaubte großzügig diesen Männerbesuch. Als die Kommissare anklopften, hörten sie ein schwaches »Herein« und stießen auf zwei eingeschüchtert wirkende, aber sehr erwachsen aussehende Mädchen.

Nachdem sie sich den Kommissaren vorgestellt hatten, kam Schmitt ohne Umschweife zur Sache.

»Ihr wollt etwas zur Aufklärung beitragen?«

Nach einer kurzen Pause ergriff Loreen das Wort. Sie habe Cathrin davon überzeugen können, dass sie unbedingt die Wahrheit sagen müsse.

»Welche Wahrheit?«, hakte Moser nach, als keines der Mädchen weiterredete.

»Also, es ist so«, begann nun Cathrin zögerlich. »Ich habe einen Freund, Bastian. Er wohnt ganz in der Nähe, aber wir haben kaum Gelegenheit, uns allein zu treffen. Und da sind wir vor einiger Zeit auf die Idee gekommen, dass Bastian sich manchmal abends in der Schule einschließen lässt, nachdem der Hausmeister seinen Rundgang gemacht hat. Das ist ganz leicht, weil es ja so viele Nischen gibt. Wichtig ist nur, dass Bastian an ein ganz bestimmtes Fenster im Erdgeschoss kommt, das durch keine weitere Zwischentür vom Sporttrakt getrennt wird. Wenn die Luft rein ist, macht er das Fenster auf und ich kann reinklettern und später wieder raus. Und Bastian natürlich auch. Das Fenster ziehen wir hinter uns zu, sodass es wie geschlossen aussieht. Der Hausmeister schließt die Schule nach dem Abendessen, also ungefähr um sieben. Und ich komme meistens gegen halb acht. Dass ich weg bin, hat noch nie jemand gemerkt, weil Loreen das geschickt in die Hand nimmt. Ich bin dann meistens bis kurz vor neun mit Bastian in der Mädchen-Umkleide im Keller des Sportbaus. Da sind wir sicher, auch wenn mal ein Lehrer zum Schwimmen kommt.«

Cathrin machte eine Pause.

»Und? Habt ihr an dem Abend etwas davon mitbekommen, was da oben lief?« Schmitt war jetzt merklich angespannt.

»Ja«, antwortete Cathrin leise. »Zuerst haben wir mitbekommen, dass jemand oben eine Tür knallen ließ und nach kurzer Zeit die Dusche aufdrehte. Dann fiel noch einmal eine Tür sehr laut ins Schloss. Anschließend war es aber ganz still. Wir dachten schon, wir hätten jetzt Ruhe, da hörten wir, wie noch einmal eine Tür aufging, dieses Mal aber im Kellergeschoss, in dem wir uns befanden. Wir sind zu Tode erschrocken und haben uns kaum noch getraut zu atmen. Aber die Person ging an der Umkleide vorbei und die Treppe hoch. Wir waren wie gelähmt und haben uns minutenlang nicht gerührt. Und da kam diese Person auch schon wieder zurück und hat das Gebäude verlassen. Wir haben sie nicht gesehen, nur den Schein einer Taschenlampe. Aber wir haben ganz deutlich Lavendel gerochen.«

»Und das weiß doch jeder hier im Haus, um wen es sich da gehandelt haben muss!«, fügte Loreen hinzu.

Schmitt und Moser schauten fragend.

Als der Name fiel, sahen sich die beiden Kommissare erstaunt und ungläubig an. Sie bedankten sich bei den Mädchen und lobten sie, dass sie so mutig die Wahrheit gesagt hatten, obwohl die Polizei sie leider nicht vor Ärger mit der Internatsleitung schützen könnte. Sie wollten aber ein gutes Wort bei Schwester Lea einlegen.

»Ja, bitte!«, stießen beide Mädchen gleichzeitig hervor.

Schmitt und Moser steuerten wortlos auf ihr letztes Ziel zu. Es war, wie Schwester Lea es gewollt hatte, Schwester Bianca. Die Tür ihres Mini-Apartments, das aus zwei kleinen Zimmern, einer Dusche und einem WC bestand und sich im Bereich ihrer Gruppe befand, war verschlossen. Schmitt klopfte laut. Es wurde sofort geöffnet, Schwester Bianca hatte ganz offensichtlich schon gewartet. Die Kommissare durften in das Zimmer, das sich gegenüber dem Eingang befand, eintreten. Hier fanden auch immer die Einzelgespräche mit den Schülerinnen statt. So manche Träne war an diesem Ort schon geflossen.

Schmitt und Moser waren erstaunt, wie gemütlich Schwester Bianca das Zimmer mit wenigen Mitteln hergerichtet hatte. Direkt ins Auge fiel ein schmales, aber hohes Regal neben dem Fenster. Es enthielt eine dekorativ angeordnete Sammlung von Blechdosen. Moser trat näher heran.

»Eine schöne Dosensammlung haben Sie, Schwester Bianca.«

Schwester Bianca strahlte. »Ja, mein ganzer Stolz, denn es sind auch sehr seltene Exemplare dabei. Und wenn Sie genau hinschauen: Ich habe mich spezialisiert. Es sind nur Dosen, in denen sich mal Lavendelprodukte befanden!«

»Sie lieben nicht nur die Lavendeldosen, sondern auch den Lavendelduft, nicht wahr, Schwester Bianca?« Schmitt sah sie forschend an.

»Ja, seit ich mit meinen Eltern als Kind einmal in der Provence war, liebe ich diesen Duft«, antwortete Bianca unbefangen.

Die Kommissare schwiegen eine Weile. Dann ergriff Schmitt das Wort.

»Schwester Bianca, es tut uns leid, aber wir haben durch eine Zeugenaussage erfahren, dass Sie am Mittwoch zur Tatzeit im Schwimmbad waren. Der Lavendelgeruch hat Sie verraten. Nun müssen wir Sie bitten, am Montag um zehn Uhr ins Präsidium zu einem Verhör zu kommen. Ich hoffe, dass sich alles zu Ihren Gunsten aufklärt. Aber vorerst stehen Sie unter Verdacht, etwas mit dem Tod Rainer Maria Mahlers zu tun zu haben.«

Schwester Bianca starrte die Kommissare sekundenlang mit offenem Mund an. Sie brachte kein Wort heraus. Schließlich brach sie schluchzend zusammen und war nicht mehr zu beruhigen. Nach einiger Zeit rief man den Notarzt, der Schwester Bianca eine starke Beruhigungsspritze gab und es für besser hielt, sie ins Krankenhaus bringen zu lassen.

Schwester Lea wurde gerufen. Sie war außer sich und ging die Kommissare heftig an. Sie warf ihnen mangelnde Sensibilität vor und dass sie aus Bequemlichkeit voreilige Schlüsse zögen. Die Ermittler ließen das unkommentiert im Raum stehen. Sie waren solche Angriffe gewohnt.

Schwester Bianca hatte trotz Spritze wieder angefangen, heftig zu weinen. Erst als Schwester Lea sie in die Arme nahm und leise auf sie einredete, wurde sie allmählich ruhiger.

Schwester Lea begleitete sie ins Krankenhaus. Schwester Angelika, die ihr Zimmer ja ohnehin in dieser Gruppe hatte, kam die Aufgabe zu, nach den Mädchen von Schwester Bianca zu sehen, solange diese im Krankenhaus war.

KAPITEL 9 (SONNTAG, 17.05.2015)

Am Sonntag war um neun Uhr Messe in der Kapelle, zu der stets auch die Internatsschülerinnen kommen mussten. Es war immer noch verboten, sonntags Hosen zu tragen, und manche Schülerinnen rächten sich dafür, indem sie Oberteile anzogen, die tiefe Einblicke zuließen. Vor allem, wenn sie dem Pfarrer Timotheus van Houten oder dem Kaplan Konrad Molitor gegenüberstanden oder einer der Nonnen, von denen sie zwar wussten, dass sie sie damit provozierten, von denen sie aber ebenfalls wussten, dass sie sich nicht trauen würden, etwas zu sagen. Und das aus dem einfachen Grund, weil sie als aufgeschlossen gelten wollten. Zu diesen Schwestern gehörte zum Beispiel auch Schwester Blandina, die eine Gruppe von 13- bis 16-jährigen Mädchen leitete. Um richtig »cool« zu wirken, hatte sie sich einige Ausdrücke, die sie bei ihren Schützlingen hörte, angeeignet und benutzte sie nun öfter, als es für die Kommunikation gut war. Die Mädchen warfen sich inzwischen nur noch belustigte Blicke zu, wenn es aus dem klösterlichen Mund »voll geil« tönte oder »wie geil ist das denn?«, »echt krass«, »gehst du Edeka?« und so weiter. Auf dem neuesten Stand war sie sowieso nicht mehr.

Die Mädchen waren aber auch so gewieft, dass sie die anstößige Bekleidung ganz schnell in ein harmloses Outfit verwandeln konnten, wenn sich eine »gefährliche« Person näherte. Das ging mit einem blitzartigen Hochziehen des Ausschnitts oder dem schnellen Umwerfen einer Jacke. Timotheus van Houten tat, als merke er nichts. Als Priester war er in einer besonders misslichen Lage. Gleichgültig, wie er sich in dieser Sache verhielt, es wurde ihm immer ein Strick daraus gedreht. Und das machte manchen Mädchen so richtig Spaß. Obwohl van Houten ein durch und durch friedliebender Mensch war, hätte er manchmal sein Gegenüber am liebsten geohrfeigt, wenn er frech und provozierend angegrinst wurde. Auch Kaplan Molitor hätte sich am liebsten mit Körpereinsatz gewehrt, denn er war alles andere als souverän. Er spürte, wie ihm jedes Mal die Röte ins Gesicht schoss, und die Mädchen sahen es. Sie warteten voller Schadenfreude darauf.

Aber heute war auch fast allen Quertreiberinnen die Lust an der Provokation vergangen. Es herrschte eine düstere Atmosphäre. Für die Toten wurde viel gebetet, aber auch dafür, dass die Todesursache Mahlers bald aufgeklärt würde und dass es kein gewaltsam herbeigeführter Tod gewesen sei.

Als alle geplanten Fürbitten schon vorgetragen worden waren, ging Cathrin Siebeneicher nach vorne und fügte eine weitere Fürbitte hinzu: »Gott, falls es sich doch um einen Mord handeln sollte, so vergib bitte dem Mörder und mache, dass er sich zu seiner Tat bekennt.«

Ein leises Raunen ging durch die Reihen der Versammelten und Cathrin zog die Schultern hoch, als wolle sie signalisieren: Es ist doch möglich, dass es ein Mord war.

Die Messe ging ohne weitere bemerkenswerte Vorfälle nach mehr als einer Stunde zu Ende. Thema war jetzt nur noch das Frühstück, denn niemand hatte vor dem Gottesdienst etwas zu essen bekommen. Allerdings war auch niemand dabei, der nicht heimlich im Zimmer Vorräte gehortet hätte, die Schwestern genauso wie die Schülerinnen. Daher musste niemand besonders leiden, und beim offiziellen Frühstück wurde dann so wenig gegessen, dass man problemlos schon um 12.30 Uhr zum Mittagessen gongen konnte. Und das war sonntags immer lecker. Selbst die Schülerinnen beklagten sich nicht, denn man fütterte sie mit ihren Lieblingsgerichten ab: Schnitzel mit Pommes, Pizza, Lasagne, Nudeln in allen Variationen, tolle Cremespeisen als Nachtisch, und für die, die sich tatsächlich gesund ernähren wollten, stand ein nicht zu verachtendes Salatbuffet zur Disposition.

Vor allem für die Schwestern gab es jedoch einen Festschmaus, vielleicht um damit die Besonderheit des Sonntags an sich noch mehr hervorzuheben. Im Goldrandgeschirr wurde zum Beispiel eine mit frischen Kräutern aus dem Klostergarten angereicherte, wie frisch zubereitet schmeckende Päckchensuppe gereicht, danach feinste Küche in Form eines Kalbsfrikassees, dazu breite Nudeln und Reis zur Auswahl, Blumenkohlgemüse in Béchamelsauce und grüner Salat. Als Dessert folgten, auch schon einige Zeit vor der Saison, frische Erdbeeren mit Schlagsahne. Gut war das Essen jedenfalls immer am Sonntag.

Trotzdem meldete sich Schwester Digna heute vom Essen ab. Sie wollte eine Radtour machen und hoffte, den Kopf dabei freizubekommen. Vorher ging sie nur noch schnell an ihren PC, um nachzusehen, ob Daniel schon geantwortet hatte. Tatsächlich, die Antwort war eingetroffen. Ihr Herz klopfte schneller, als sie die Mail öffnete. Dann las sie:

Meine liebe Cousine,

ja, ich war wirklich überrascht, als ich gestern auf deine Mail stieß. Aber sie war nicht im Spam-Ordner gelandet, sondern, wie es sich gehört, bei »Freunde und Bekannte«. Das zeigt dir, dass du trotz unserer langen Sendepause nicht aus dem Raster gefallen bist! ☺ Allerdings wäre ich froh gewesen, wenn du aus einem erfreulicheren Anlass geschrieben hättest. Leider kann ich dir heute nur kurz antworten, weil wir dieses Wochenende ein sogenanntes »Familienfest« im Kinderheim feiern. Aber davon erzähle ich ausführlicher in meinem Rundbrief, den ich bald verfassen werde. Du hast mich daran erinnert, dass das früher schon mal eine wirklich gute Sache war. Danke dir!

Nun aber zum »Problem Beat Sommerli«.

Abgesehen davon, dass schon in den Zehn Geboten die Wahrheit eingefordert wird, kannst du dich auch ganz modern an dem Ausspruch der bekannten Schriftstellerin Ingeborg Bachmann orientieren, nämlich: »Die Wahrheit ist dem Menschen zumutbar«.

Damit ist also deine so intensiv gestellte Frage beantwortet. Die Lüge der Adoptiveltern war in dieser Familie die Wurzel allen Übels. Andererseits musste auch Beat mit der Wahrheit leben können.

Was die leibliche Mutter von Beat anbelangt, so kann ich nur sagen: Für mich ist sie ein MONSTER. Anders als bei uns in Kolumbien, wo das Elend in vielerlei Hinsicht ungeheuer groß ist, besteht bei euch in Deutschland oder in der Schweiz, eigentlich überall im westlichen Europa, wo »Milch und Honig fließen«, überhaupt nicht der geringste Grund, ein Kind wegzugeben. Du musst kein Mitleid mit dieser Frau haben. Im Gegenteil. Aber glaube mir, jede schlimme Tat rächt sich einmal. Und für Beat kannst du froh sein, dass er nicht in einem Heim gelandet ist.

Diese knappe Antwort muss für heute leider ausreichen. Du hörst aber bald ausführlicher von mir. Auch persönlich, nicht nur durch den Rundbrief.

Ich wünsche dir viel Kraft und Gottes Segen in deiner schwierigen Situation im Konvent. Ich schließe dich in mein Gebet ein.

Mit herzlichen Grüßen Daniel

Digna saß einige Minuten wie versteinert vor dem Bildschirm. Dann stand sie langsam auf und holte bedächtig den im Schrank versteckten Drucker. Er war ein Geschenk ihres Bruders, der alles tat, um zu mehr Unabhängigkeit seiner Schwester beizutragen. Er war wohl der Einzige in der Familie, der sich in sie hineinversetzen konnte.

Digna schloss wie in Zeitlupe das Gerät an, druckte Daniels

Brief aus, faltete das Blatt und legte es in ihre Bibel. Dann tauschte sie ihre Ordenstracht mit ihrer offiziellen Fahrradkleidung, nämlich schwarzem Trägerrock und weißer Bluse, und verließ ihr Apartment in Richtung Fahrradkeller. Auf halber Strecke fiel ihr auf, dass sie ihre Umhängetasche vergessen hatte. Da sie aber nicht ohne Geld und Ausweis unterwegs sein wollte, kehrte sie um. Sie bemerkte, dass sie den Drucker gar nicht weggeräumt hatte. Aber das war ihr jetzt gleichgültig. Sollte eine der schnüffelnden Mitschwestern das Gerät entdecken, könnte sie nicht einmal darüber reden, sonst käme ja raus, dass sie heimlich in Dignas Apartment gewesen war.

Als sie sich schließlich aufs Fahrrad schwang, hörte sie nicht, dass ihr jemand »Gute Fahrt!« nachrief. Es war Schwester Angelika, der wieder einmal nichts entging.

KAPITEL 10 (SONNTAG, 17.05.2015)

Kurz zuvor hatte Schwester Angelika schon beobachtet, dass Schwester Lea das Internat verließ, allerdings zu Fuß. Ihr hatte sie aber nichts nachgerufen, da sie wusste, dass Lea ihre Aktivitäten sehr diskret behandelt wissen wollte. Sie war auf dem Weg zum nahe gelegenen Pfarrhaus der Gemeinde St. Florian, in der der auch für die Schule, das

Internat und die Schwestern zuständige Pfarrer Timotheus van Houten tätig war. Wie schon der holländische Name vermuten ließ, hatte van Houten niederländische Wurzeln, und auch seine Denkweise hatte viel von der liberalen Grundhaltung, die in Holland auch in kirchlichen Kreisen häufig zu finden war. Damit war er das pure Gegenteil von Schwester Lea, trotzdem kamen die beiden gut miteinander aus. Die Gespräche waren für beide Seiten konstruktiv, denn beide mussten sich jeweils mit einer völlig anderen Ideenwelt auseinandersetzen.

Auch heute hatte Schwester Lea das dringende Bedürfnis, die aktuellen Probleme mit van Houten zu besprechen. Dabei genoss sie ein kurzes Stück den Weg am See entlang und bog dann in die Säntisstraße ein, die geradewegs zur Kirche führte. Sie bekam nicht viel mit von dem Weg, sie kannte ihn und hing ihren Gedanken nach. Als sie gerade die Mainaustraße überquert und völlig grundlos auf die linke Seite der Säntisstraße gewechselt hatte, wurde sie unsanft aus ihren Überlegungen gerissen. Ein Gartentor war aufgeflogen, und eine schwarze Gestalt in Motorradkleidung schob ihre schwere Maschine auf die Straße, ohne nach links oder rechts zu schauen. Schwester Lea war zu Tode erschrocken.

»Können Sie nicht aufpassen?«, entfuhr es ihr aufgebracht. Aber der Motorradfahrer hatte schon sein Gefährt gestartet und düste mit einem Höllenlärm in dieselbe Richtung, die auch Lea anvisierte.

Doch er hatte eine längere Strecke vor sich. Am Kloster Hegne mit überhöhter Geschwindigkeit vorbei ging es über Radolfzell auf die Höri nach Gaienhofen. Mehrfach kam es zu riskanten Überholmanövern. Kurz vor dem Ortseingang von Gaienhofen verlangsamte das Motorrad die Geschwindigkeit drastisch und kam am Ufer des Sees zum Stehen. Der Fahrer stieg bedächtig ab, setzte sich auf eine der vielen Bänke, klappte das Visier hoch und betrachtete so minutenlang den See. Schließlich nahm er den Helm ab. Kastanienbraune Haare fielen auf die Schultern. Der Motorradfahrer war eine Frau. Sie starrte noch nahezu eine Stunde fast bewegungslos auf den See und das Schweizer Ufer. Es war Schwester Digna.

Schwester Lea war schon zwei Minuten nach der Begegnung mit dem unerkannten Motorradfahrer an ihrem Ziel, dem Pfarrhaus, angekommen. Pfarrer Timotheus van Houten öffnete ihr die Tür. Er hatte Schwester Lea bereits erwartet.

Timotheus van Houten bewohnte den ersten Stock des Pfarrhauses, im Erdgeschoss war das Pfarrbüro eingerichtet, ein Raum wurde für persönliche Gespräche mit dem Pfarrer genutzt, zwei Zimmer standen den Ministranten und der KJG für ihre Versammlungen zur Verfügung. Im zweiten Stock befand sich die Wohnung des Kaplans Konrad Molitor. Während van Houten, als Priester nicht zu erkennen, meist in Jeans und Shirt gekleidet war, brachte es der Kaplan durchaus fertig, auch mal mit wehender Soutane durch Konstanz zu laufen, immer in Eile, als sei er auf dem Weg zur Letzten Ölung eines Sterbenden. Viele lächelten über seine Auftritte, vor allem, wenn er wie einst Don Camillo in voller Montur auf seinem Mofa durch die Stadt kreuzte, andere fanden aber gerade das sehr charmant und liebenswert. Vor allem aber hatte er glühende Anhänger, ja Verehrer bei denen, die mit Pfarrer van Houtens Interpretation von kirchlichem Leben nicht klarkamen. Auch vom Erzbischöflichen Ordinariat in Freiburg wurde er sehr geschätzt.

Das Pfarrhaus hatte, passend zur Barockkirche, eine barocke Fassade. Innen war das Gebäude aber kernsaniert und bot alle Annehmlichkeiten des modernen Lebens, jedoch ohne sich an Limburger Exzessen zu orientieren. Van Houtens Rückzugsort bestand aus vier Zimmern: Wohnzimmer, Schlafzimmer, Arbeitszimmer und einem Gästezimmer, alles eingerichtet mit Möbeln von Ikea, und einer Wohnküche, die der Traum so manch einer Familie gewesen wäre. Nicht wegen der Geräte, hier handelte es sich um eine normale Grundausstattung, sondern wegen des Platzes und der Möglichkeit, sie für viele Personen gemütlich zu gestalten. Van Houten war sich durchaus bewusst, dass er sehr privilegiert war. Aber erstens hätte es niemandem etwas gebracht, einige Zimmer leer stehen zu lassen, zweitens nutzte er sämtliche Räume, um auch anderen Gelegenheit zu bieten, einen Zufluchtsort zu finden und Geborgenheit zu spüren. Dabei war ihm auch seine Leidenschaft für das Kochen sehr hilfreich. Da er vor allem gern Gerichte aus der traditionellen Küche aller Regionen Deutschlands zubereitete, erreichte er viele Menschen über gute Erinnerungen an Omas oder Mutters Essen.

Auch Schwester Lea hatte er bei einem stimmungsaufhellenden Abendessen näher kennengelernt. Das war vor ungefähr anderthalb Jahren gewesen. Sie hatten eine heftige Auseinandersetzung gehabt wegen einer Schülerin, die Schwester Lea unbedingt aus dem Internat entfernen wollte, van Houten aber davon ausging, dass das Mädchen dann mit Sicherheit unter die Räder kommen würde. Widerwillig hatte Schwester Lea eingewilligt, van Houtens Einladung anzunehmen. Sie rechnete sich mit diesem Nachgeben Pluspunkte für ihre Position aus. Aber der Abend verlief völlig anders, als sie es sich vorgestellt hatte. Irgendwie hatte van Houten in Erfahrung gebracht, dass Schwester Lea seit ihrer Kindheit ein Lieblingsessen hatte: Apfelstrudel mit Vanillesauce. Den hatte ihre Mutter, die sich sonst nicht viel um sie kümmerte, immer zur Belohnung gemacht, wenn Lea in Mathe statt einer Fünf oder Sechs eine Vier bis Fünf oder eine noch bessere Note (was selten vorkam) nach Hause brachte. Diesen Grund kannte Timotheus van Houten allerdings nicht, aber dass ein Lieblingsessen immer mit positiven Erinnerungen verbunden ist, war ihm natürlich bewusst, und diese Tatsache wollte er für sein Ziel ausnutzen, nämlich die »Rettung« der vom Rauswurf bedrohten Schülerin.

Es war zunächst nur ein sehr schöner Abend geworden. Der Apfelstrudel weckte tatsächlich angenehme Erinnerungen bei Schwester Lea, von denen sie auch, entgegen ihren sonstigen Gewohnheiten, ausführlich sprach. Noch verwunderlicher war, dass sie auch über manches Unangenehme redete, was durch van Houtens ehrlich gemeintes einfühlsames Zuhören begünstigt wurde. Beide erinnerten sich noch oft an diesen Abend, dem ein trüber Oktobertag vorausgegangen war. Ganz und gar nichts von dem sprichwörtlichen goldenen Oktober war zu sehen gewesen. Nebel hatte sich über dem See und der Stadt ausgebreitet. Die Stimmung war dementsprechend auch bei Schwester Lea nicht gut gewesen, zumal sie den Besuch bei van Houten schon seit Tagen fürchtete. Sie, die sonst so Starke, fühlte sich ihm irgendwie nicht gewachsen. Aber nachdem sie in seine Wohnung eingetreten war, ging es ihr sofort besser. Vielleicht lag das auch ein bisschen daran, dass ihr der Duft vom Apfelstrudel entgegenschlug, womit sie natürlich überhaupt nicht gerechnet hatte. Die gute Stimmung kippte jedoch von einer Sekunde auf die andere, als van Houten nach dem Apfelstrudel Kakao servierte.

Eigentlich war das von ihm mehr als Gag gedacht gewesen wegen des Namens »van Houten«, einer Kakao-Marke, die zwar längst von einem Großkonzern übernommen worden, aber den älteren Generationen durchaus noch geläufig war. Er war nicht auf Schwester Leas Reaktion gefasst gewesen. Schon während er die Tasse mit dem dampfenden Getränk vor sie hinstellte, sah er, wie ihr Tränen über das Gesicht liefen. Zunächst schaute er sie nur völlig entgeistert an. Bisher hatte er sie lediglich von einer Seite kennengelernt, die ihr sowohl bei den Schülern als auch bei den Lehrern den Spitznamen »Eiserne Lady« eingebracht hatte. Jetzt aber saß ihm ein völlig anderer Mensch gegenüber.

»Schwester Lea, was ist denn los?«, hatte er hilflos hervorgestoßen. Als er keine Antwort bekam, hatte er sich neben sie gesetzt und den Arm um ihre Schulter gelegt. Das hatte aber nur die gegenteilige Wirkung von der, die beabsichtigt war. Schwester Lea fing an, bitterlich zu weinen. Sie machte eine abwehrende Bewegung. Daraufhin ging er wieder zu seinem Platz zurück, goss für sich selbst eine Tasse Kakao ein und wartete nachdenklich ab, bis Schwester Lea sich schließlich wieder beruhigt hatte. Dieser war der Vorfall nun sichtlich unangenehm, aber van Houten fand wie fast immer die richtigen Worte, und so konnte der Kakao von beiden noch genossen werden. Allerdings sollte es noch lange dauern, bis van Houten den Grund für Schwester Leas Tränen erfuhr.

Das eigentliche Thema des Abends, der Rauswurf der Schülerin aus dem Internat, war dann schnell erledigt: Schwester Lea war bereit gewesen, auch hier ihre weiche Seite zu zeigen, und willigte ein, das Mädchen mindestens bis zum Ende des Schuljahres zu behalten. Mit einer so schnellen Lösung des Konflikts hatte van Houten nicht im Traum gerechnet.

Seit diesem Oktoberabend war es immer mehr zur Gewohnheit geworden, dass die beiden sich öfter bei van Houten trafen, meistens tagsüber während der Bürozeiten, oft aber auch am Wochenende oder abends. Das war überall bekannt, und obwohl sie jede Heimlichkeit vermieden, kochte natürlich die Gerüchteküche. Für Lea war das die Hölle, aber Timo – sie duzten sich schon sehr bald – redete beschwichtigend auf sie ein. Außerdem ertrug Lea lieber die Verdächtigungen, als dass sie auf die Geborgenheit in van Houtens Nähe verzichtet hätte.

Auch heute war Timo van Houten wieder Leas Lichtblick in dem Chaos, das seit dem Tod Mahlers in ihrer Umgebung herrschte. Er hatte schon Tee gekocht, Blutorange, der auf einem Stövchen vor sich hin dampfte. Kakao hatte es seit besagtem Abend nicht mehr gegeben.

Es entwickelte sich ein ausführliches Gespräch, in dem Timo wieder einmal versuchte, Leas harte Haltung aufzuweichen, ihr die Augen für Zusammenhänge zu öffnen, sie daran zu erinnern, dass ein Gott der Liebe keine unglücklichen Menschen haben wolle …

Als Lea kurz vor der Abendessenszeit das Pfarrhaus verließ, winkte Timo ihr nach, überzeugt davon, dass Lea bereit war, die notwendigen Maßnahmen, die sie als Internatsleiterin durchführen musste, mild ausfallen zu lassen.

KAPITEL 11 (MONTAG, 18.05.2015)

Am nächsten Morgen ließ Schwester Lea die Schülerin Cathrin Siebeneicher noch vor der ersten Schulstunde zu sich kommen und bestrafte sie hart.

Schon das Verhör, dem sie sie unterzog, war von Kälte geprägt und ließ der »Übeltäterin« kaum die Möglichkeit, etwas zu ihrer Verteidigung hervorzubringen. Nur die Fakten wurden berücksichtigt, und die waren nun mal Verstöße gegen viele Regeln: heimliches Entfernen aus der Gruppe, »Einbruch« ins Schulhaus, Gefährdung der Sicherheit durch ein unverschlossenes Fenster nach dem heimlichen Treffen (Bastian musste ja auch irgendwie aus dem Gebäude kommen), Kontakt ohne Aufsicht mit einem Jungen, Verführung der Zimmergenossin zur Lüge, Hintergehen der Erzieherin und der Eltern …

Schwester Lea hatte keine Mühe, weitere Punkte zu finden. Besonders verwerflich aber sei, und da entfernte sich Schwester Lea ihrerseits hemmungslos von den puren Fakten, dass sich Cathrin moralisch auf »niedrigstes Niveau« begeben habe. So nannte es Schwester Lea und ihre Augen funkelten dabei, als habe sie durch die Verfehlung ihrer Schülerin zu einem Racheengel mutieren müssen.

Cathrin verstand die Welt nicht mehr. Sie war in diesem Haus ja schon viel gewöhnt. Aber was bitte war daran moralisch niedrigstes Niveau, wenn man sich mit dem Menschen traf, den man liebte? Und dass sie es heimlich taten, war ja nicht ihre Schuld. Man hätte es doch nur nicht verbieten müssen, dass sich die beiden trafen.

Ein paar Mal hatte Cathrin angesetzt, etwas einzuwenden, aber Schwester Lea schnitt ihr jedes Mal das Wort ab. Und schließlich wurden die Strafen verhängt:

Sechs Wochen dreimal täglich Küchendienst

Sechs Wochen die Säuberung der sanitären Anlagen in ihrer Gruppe übernehmen

Zwei Monate kein Ausgang und das Verbot, am Wochenende heimzufahren

Und natürlich die Benachrichtigung der Eltern mit einem ausführlichen Bericht über die Vorkommnisse

Letzteres war für Cathrin am schlimmsten, weil sie genau wusste, dass ihr Vater sie zusätzlich bestrafen und außerdem ihrer Mutter Vorhaltungen machen würde, sie habe in der Erziehung versagt. Ihre Mutter würde dann wieder in einer Phase der Depression versinken.

Wie in Trance verließ Cathrin Schwester Leas Büro. In Zeitlupe bewegte sie sich zu ihrem Zimmer. Loreen war schon in die Schule gegangen, dort hätte Cathrin nun auch sein müssen. Stattdessen warf sie sich auf ihr Bett und schluchzte lange Zeit vor sich hin. Ein ganzes Päckchen Papiertaschentücher hatte sie verbraucht, bis die Tränen endlich versiegt waren. Sie richtete sich auf.

»Das wird die Drecksau noch büßen!«

Mit diesen Worten stand sie vom Bett auf, entsorgte ihre Taschentücher und ging hoch erhobenen Hauptes in den Unterricht. Chemie bei Herrn Hofstetter. Dessen Ausführungen erreichten sie heute aber nicht, obwohl Chemie eigentlich zu ihren Lieblingsfächern gehörte. Sie malte sich heute einen brutalen Giftmord aus.

KAPITEL 12 (MONTAG, 18.05.2015)

Für zehn Uhr war das Verhör von Schwester Bianca angesetzt gewesen, und es wurde auch durchgeführt.

Am Sonntagmorgen hatte man sie aus dem Krankenhaus entlassen. Schwester Lea selbst hatte sie noch vor dem Gottesdienst abgeholt, was seitens Schwester Biancas sehr emotional ablief, seitens Schwester Leas gewohnt sachlich. Keine Berührungen, nur nüchterne Worte. Aber da das Schwester Bianca gewohnt war, spielte es keine Rolle. Sie war schon überglücklich, dass Schwester Lea selbst gekommen war. Trotzdem leistete Bianca Widerstand, was äußerst selten geschah, als Schwester Lea sie dazu überreden wollte, mit in die Messe zu gehen. Und Schwester Lea gab überraschend schnell nach. Allerdings informierte sie Bianca auch nur kurz und unterkühlt, dass sie sich dann heute nicht mehr sehen würden, denn Lea habe sich vom Mittagessen abgemeldet, sie habe ein »Krisengespräch« bei Pfarrer van Houten. Schwester Bianca war zwar enttäuscht, aber auch sofort bereit, die Notwendigkeit einzusehen. Schließlich hatte sie selbst ja auch zur Verschärfung der unguten Lage beigetragen. Sie hatte genau das Gegenteil erreicht von dem, was sie gewollt hatte, als sie sich in die Schwimmhalle aufgemacht hatte, um die Lichter auszumachen: Sie wollte mit ihrem Engagement einerseits zum Stromsparen beitragen, andererseits gut bei den anderen dastehen, vor allem bei Schwester Lea.

Und dass möglichst viele ihren Einsatz bemerkten, gehörte bei Schwester Bianca grundsätzlich zu ihrer Vorgehensweise. Nicht zuletzt deshalb war sie durch die Gebäude in die Schwimmhalle gegangen, obwohl die laue Frühlingsnacht es nahelegte, den Weg durch das Gelände zu gehen. So aber konnte sie durch das An- und Ausknipsen der Schalter damit rechnen, dass sie bei ihrer Tätigkeit bemerkt wurde. Eigentlich war auch ihr fast schon exzessiver Gebrauch von Lavendelwasser und -puder ein Teil ihrer Strategie. Sie wusste nämlich sehr wohl, dass man sie durch den Geruch leicht orten konnte, was sie bisher mit einer gewissen Selbstgefälligkeit betrachtet hatte. So bekamen nämlich die anderen mit, dass sie sich an verschiedenen Orten engagierte, und kein Aufsuchen der Kapelle blieb verborgen. Aber in der Aufregung über den Tod Mahlers hatte sie ganz vergessen – oder verdrängt –, dass man sie auch dieses Mal erkennen konnte, was aber in dem Fall nicht in ihrem Sinn war.

Trotz des schönen Wetters vergrub sich Schwester Bianca, nachdem Lea gegangen war, in ihrem Zimmer. Auch sie erschien nicht zum Mittagessen, aber ohne sich abgemeldet zu haben. Daher schaute Schwester Angelika während des Essens nach ihr und brachte ihr dann einen Teller Suppe. Zu mehr war Bianca nicht zu überreden. Allerdings erbrach sie die Suppe wieder, und zwar unfreiwillig und so unaufhaltsam, dass sie anschließend den weit verspritzten Mageninhalt minutenlang aufwischen musste. Danach legte sie sich vollständig angezogen auf ihr Bett und grübelte unruhig vor sich hin.

Gegen Abend, als es bald Zeit für das Abendessen war, wuchs ihre Unruhe, denn sie hoffte, dass Schwester Lea noch bei ihr vorbeikommen würde, sobald sie den Besuch bei van Houten hinter sich hatte. Da aber nichts dergleichen geschah und Bianca von ihrem Fenster aus nicht sehen konnte, wann Lea zurückkam, entschloss sie sich, zum Abendessen ins Refektor zu gehen, auch wenn sie wohl keinen Bissen runterbringen würde. Aber Lea kam nicht zum Abendessen. Die anderen Schwestern wunderten sich darüber nicht, denn sie waren bei Schwester Lea an unregelmäßiges Erscheinen gewöhnt, das brachte ihre Position als Internatsleiterin einfach mit sich. Aber Bianca spürte, dass das Fernbleiben heute einen anderen Grund hatte, zumindest vermutete sie das.

Nach dem Abendessen lauschte sie wieder, ob sie draußen nicht Schwester Leas Schritte hörte. Sie hatte die Tür geschlossen, für die Mädchen war sie heute nicht zu sprechen, und Schwester Angelika vertrat sie immer noch. Zu ihrer allmählich immer größer werdenden Verzweiflung hörte Schwester Bianca aber nur die Geräusche, die die Schülerinnen oder Schwester Angelika verursachten. Gegen 20 Uhr hatte sie sich so sehr in ihr Elend hineingesteigert, dass sie, ohne es bewusst zu verursachen, anfing zu hyperventilieren und schließlich an den erschrockenen Mädchen vorbei zu Schwester Angelika rannte und dieser signalisierte, am Ersticken zu sein. Als Krankenschwester hatte Angelika die Situation relativ schnell im Griff, aber sie hatte auch durchschaut, dass wohl das Einzige, was Schwester Bianca heute noch dauerhaft helfen konnte, die Anwesenheit von Schwester Lea war.

Nach Schwester Angelikas Anruf kam sie binnen kürzester Zeit, aber entgegen des von Bianca erhofften Zuspruchs fand Lea nur strenge Worte für ihre leidende Mitschwester. »Jetzt reiß dich mal zusammen. Die Situation ist für uns alle nicht leicht!«, waren ihre letzten Worte, bevor sie die wieder in Tränen aufgelöste Bianca zurückließ.

Nach einer durchwachten Nacht war Schwester Bianca pünktlich im Polizeipräsidium erschienen. Einer der vier Hausmeister, Herr Kauffmann, hatte den Auftrag, sie hinzubringen und später wieder abzuholen. Noch nie zuvor war Bianca so dankbar gewesen für die warmherzige Art dieses guten Geistes der Schule. Ihr wurde bewusst, dass sie es bisher nicht einmal richtig wahrgenommen hatte, wie viel Menschlichkeit von ihm ausging. Und es stieg in ihr der Gedanke auf, dass sie wohl ihre Einstellung zu manch einem Mitmenschen in Zukunft ändern müsste. Doch diese Erkenntnis wurde schnell wieder weggedrückt durch die dunkle Wolke der Verzweiflung darüber, dass sie Schwester Lea in eine so schreckliche Situation gebracht hatte.

Mit zehn für Schwester Bianca qualvollen Minuten Verspätung holte Kommissar Schmitt die Schwester ins Vernehmungszimmer. Er und auch sein Kollege Moser gingen mit ihr weitaus weniger energisch um, als sie es für gewöhnlich mit zu Verhörenden taten. Aber irgendwie stand eine Art »Klosterbonus« im Raum, der die beiden bremste. Das hieß allerdings nicht, dass sie ungenauer forschten. Sie fragten geschickt und präzise und ließen sich auch nicht von Schwester Biancas oft konfuser Darstellung aus der Ruhe oder aus dem Konzept bringen.

Letztendlich konnte folgender Sachverhalt protokolliert werden:

Schwester Bianca hatte die Tür zur Schwimmhalle geöffnet, aber nicht hineingeschaut, weil alles still war, sondern nur den Lichtschalter ausgeknipst. Den fand sie blind, denn wie oft schon hatte sie das Licht ausmachen müssen, weil es einer dieser unordentlichen Sportlehrer wieder einmal nicht getan hatte! Auch als das Licht aus war, habe sie nichts gehört, und sie habe deshalb definitiv geglaubt, dass niemand in der Halle war. Dann sei sie unverzüglich zurück in ihre Gruppe gegangen.

Mit zitternder Hand unterschrieb Schwester Bianca das Protokoll, Schmitt rief den Hausmeister an, damit er Schwester Bianca abholte, und sie verabschiedete sich von den Kommissaren mit einer so nassen Hand, dass diese, als sie wieder allein waren, zunächst einmal das Bedürfnis hatten, sich zu waschen.

Schwester Bianca wartete vor dem Polizeipräsidium auf Herrn Kauffmann. So ersparte sie ihm die Parkplatzsuche, und ihr selbst tat die frische Luft gut, auch wenn sie mit Abgasen versetzt war. Unaufhörlich schickte sie Stoßgebete zum Himmel – aber sie fühlte sich von Gott und der Welt verlassen. Vor allem von Schwester Lea.

*

Anschließend sollten eigentlich die Lehrer in der Schule vernommen werden, aber das wurde kurzerhand abgeblasen. Die KTU hatte ergeben, dass es sich auch bei Mahlers Ableben um einen Unfall handeln musste. Zumindest konnte man keine Anhaltspunkte für das Gegenteil feststellen. Auf dem Boden wurden von der Tür bis zum Beckenrand keine Spuren festgestellt, außer denen von Mahler selbst und natürlich von Frau Gulden und Dr. Schuster, die ja am Donnerstagmorgen nach der leblosen Gestalt geschaut hatten.

Der Gerichtsmediziner Dr. Hunne vermutete mit an Sicherheit grenzender Wahrscheinlichkeit, dass Mahler einen Schwächeanfall erlitten hatte, weswegen er das Becken verlassen wollte, dann aber auf den Stufen ohnmächtig geworden und auf sein Gesicht gefallen war. Danach sei er wohl ohne Fremdeinwirkung allmählich ins Wasser zurückgerutscht.

Folglich mussten die Kommissare die Geschichte, die ihnen Schwester Bianca geschildert hatte, für möglich halten, obwohl sie ihre Zweifel hatten. Vor allem Norbert Schmitt.

KAPITEL 13 (MONTAG, 18.05. UND DIENSTAG, 19.05.2015)

Mit großer Erleichterung war überall die Nachricht aufgenommen worden, dass es sich beim Tod von Rainer Maria Mahler nicht um Mord gehandelt hatte. Vom Zweifel der Kommissare erfuhr niemand, und so war es für die meisten anderen eine klare und beruhigende Sache.

Der Schulleiter Dr. Schuster und – da es keinen Stellvertreter mehr gab – Schwester Digna als Repräsentantin des Klosters konzentrierten sich nun auf die Trauerfeier und die Beerdigung, die am kommenden Montag stattfinden sollte.

Schuster war froh um die Unterstützung durch Schwester Digna, denn ihn hatte es mit der anfänglichen Aufregung um Mahlers Tod noch zusätzlich privat heftig erwischt. Nicht dass er selbst um seinen Stellvertreter besonders getrauert hätte. Nein, es war Eva-Maria, seine Frau, die ihm Sorgen machte. Sie war bei der Nachricht von Mahlers Tod völlig zusammengebrochen. Helmut Schuster hatte sie am Donnerstagnachmittag informiert, er war eigens dafür nach Hause gefahren, um die Nachricht persönlich zu überbringen. Er hatte sich schon gedacht, dass seine Frau sehr emotional reagieren würde, das tat sie bei jedem Todesfall, selbst wenn sie nicht unmittelbar betroffen war. Aber so heftig hatte er sich die Reaktion nicht vorgestellt, und er konnte sie überhaupt nicht einordnen, zumal es nach der ersten Resonanz gar nicht besser werden wollte, führte sie aber schließlich auf die etwas hysterische Veranlagung seiner Frau zurück.

Helmut Schuster und seine Frau hatten sich auseinandergelebt. Verheiratet waren sie mittlerweile seit 25 Jahren, in zwei Monaten feierten sie Silberhochzeit. Bei ihrer Heirat war Eva-Maria erst 23 Jahre alt gewesen, Helmut schon 36, aber gerade der Altersunterschied machte die Beziehung für beide noch reizvoller. Dass sie geheiratet hätten, weil Eva-Maria schwanger war, stimmte nicht, obwohl viele das immer noch beharrlich behaupteten, weil Sohn Jonas ziemlich genau sieben Monate nach der Hochzeit zur Welt kam. Eva-Maria hatte noch während der Schwangerschaft ihr Studium der Innenarchitektur abgebrochen. Es war kein Opfer gewesen. Insgeheim war Eva-Maria froh, dass sie auf diese Weise dem bevorstehenden Prüfungsstress ausweichen konnte. Und als dann anderthalb Jahre nach der Geburt von Jonas Tochter Jasmin geboren wurde, war das junge Glück perfekt. Beide waren mit der klassischen Rollenverteilung zufrieden und sehr ausgelastet. Eva-Maria hielt Helmut den Rücken frei, damit er die Karriereleiter nach oben klettern konnte und schließlich vor fünf Jahren im Sancta Trinitas Schulleiter wurde. Eine Bilderbuchfamilie war es anfangs gewesen. Zu kriseln begann es, als Jonas und Jasmin in die Mittelstufe kamen und selbstständiger werden wollten. Das vertrug Eva-Maria überhaupt nicht. Krabbelgruppe, Kindergarten, Grundschule und die ersten Jahre im Gymnasium, das waren Betätigungsfelder, die sie ausfüllten. Und sie machte es wirklich gut! Der Wendepunkt war, als Jonas ihr gesagt hatte, er wolle nicht, dass sie weiterhin als Elternvertreterin kandidiere, und Jasmin sich ihm vehement anschloss. Auch Helmut brauchte sie kaum noch, zumindest wollte er ihre Unterstützung nur noch selten. Dabei ging es dann in erster Linie um Einladungen. Eva-Maria hatte nämlich alles perfekt im

Griff, wenn es darum ging, eine gemütliche Atmosphäre zu schaffen, wenn Besprechungen oder Essen im kleinen Rahmen bei ihnen zu Hause stattfanden. Aber genauso organisierte sie scheinbar mühelos große Einladungen, wo sie den Catering-Service immer mit eigenen, sehr fantasievollen und leckeren Kreationen ergänzte. Überhaupt war sie eine hervorragende Köchin, was auch Helmut immer noch mit Begeisterung würdigte.

Allein die Tatsache, dass sich im häuslichen Umfeld nun eins nach dem anderen grundlegend änderte, war der Beginn einer nie gekannten inneren Leere bei der früher meist positiv gestimmten Eva-Maria. Nur Helmut war weiterhin zufrieden, eigentlich merkte er gar nichts von den Umwälzungen, die gerade in seiner Familie stattfanden. Dabei war er gewiss kein Egoist. Die Hinwendung zu seinen Mitmenschen äußerte sich jedoch hauptsächlich im Berufsleben, wo er sich sehr für die Schüler, aber auch für die Lehrer und die Schwestern einsetzte.

Viele Kämpfe hatte er mit Rainer Maria Mahler ausgefochten, dessen harte Linie Schusters Auffassung diametral entgegenstand. Die jüngste Auseinandersetzung hatte ja an Mahlers Todestag stattgefunden und war die letzte Begegnung Schusters mit dem Verstorbenen gewesen. Ein Umstand, der Schuster großes Unbehagen bereitete. Umso mehr hatte er nun das Bedürfnis, zu einer gelungenen Trauerfeier beizutragen. Problematisch war dabei nur, dass er von Mahler eigentlich nichts wusste. Außer den augenfälligen Äußerlichkeiten wie den Statussymbolen und dem arroganten Auftreten war ihm nur durch Zufall zu Ohren gekommen, dass Rainer Maria Mahler nachgeforscht habe, ob er mit dem berühmten Komponisten Gustav Mahler irgendwie verwandt sei. Er hatte geglaubt, dafür

Anhaltspunkte gefunden zu haben. Diese liefen aber leider ins Leere, und es blieb ihm nur die Liebe zu Gustav Mahlers Musik. Das also war Schuster bekannt, aber nicht mehr, zum Beispiel auch nicht, dass Rainer Maria sich jeden Morgen mit einem Satz aus Gustav Mahlers 3. Sinfonie wecken ließ. Doch seine Ahnungslosigkeit sollte sich bald ändern, denn der »Zufall« kam ihm in der Person von Schwester Digna zu Hilfe.

Nachdem die Polizei Mahlers Wohnung am Dienstag freigegeben hatte, erhielt Schwester Digna einen Anruf von Kommissar Norbert Schmitt. Ganz im Vertrauen teilte er ihr mit, dass der Fall, auch wenn die Akte jetzt geschlossen wurde, für ihn persönlich nicht erledigt sei. Er habe ein »ungutes Gefühl« und sie, Schwester Digna, solle doch weiterhin Augen und Ohren offen halten.

Danach kam er zum eigentlichen Grund seines Anrufs. Die Polizei habe bei Mahlers persönlichen Unterlagen einen verschlossenen Brief gefunden, der an Schwester Digna adressiert sei. Schmitt werde ihn selbst vorbeibringen, denn er hoffe, dass er erfahren dürfe, was in dem Brief stünde.

Schwester Digna, die erst einmal sprachlos war, als sie von dem Brief erfahren hatte, lachte nun:

»Ist es berufliches Interesse oder deine ewige Neugier?«

»Beides!«, antwortete Schmitt ernst. Ihm war da so manches, was mit dem Tod von Mahler zu tun hatte, nicht ganz geheuer.

»Ich bin um 14 Uhr bei dir, dann haben wir heute, je nachdem, was in dem Brief steht, auch noch genügend Zeit zu reagieren.«

Schwester Digna war nun selbst neugierig und deshalb ganz froh, dass sie den Brief so bald zu lesen bekam.

Schmitt und Schwester Digna trafen sich im allgemeinen Besucherzimmer der Schwestern. Schwester Sarah, die Küchenschwester, hatte eine Thermoskanne mit Kaffee auf den Tisch gestellt, dazu ein Schälchen mit ihren selbstgebackenen Keksen. Ihre Nichte hatte ihr einen dieser zurzeit beliebten Keksstempel geschenkt, und nun war auf Schwester Sarahs Plätzchen »Made with love« zu lesen. Das entsprach im Übrigen auch der Wahrheit, und wahrscheinlich schmeckten sie deshalb besonders gut. Schwester Sarah hatte es sich auch nicht nehmen lassen, Tassen und Teller der »Goldrand-Kollektion« aus dem Schrank zu holen, obwohl Schwester Digna meinte, das sei etwas übertrieben.

»Der Herr Kommissar ist nicht nur ein wichtiger Mann, er ist auch wirklich sehr sympathisch. Nicht so missmutig oder sogar ruppig wie viele aus dem Fernsehen. Aber die Unfreundlichsten sind dort in den meisten Fällen sowieso die weiblichen Kommissare! Also ich finde, er hat eine gute Behandlung verdient!«

Schwester Sarah verlieh ihren Worten Nachdruck mit heftigem Nicken. Sie war nicht nur in der Küche äußerst fähig, sondern kannte sich auch gut mit Krimis aus. Vor allem Psycho-Krimis faszinierten sie. Deshalb war sie fast ein bisschen enttäuscht, dass nun Mahler doch eines natürlichen Todes gestorben sein sollte.

Kommissar Schmitt traf überpünktlich ein. Entgegen seiner sonstigen Gewohnheit hatte er nicht vor, noch viele Worte mit Schwester Liliana zu wechseln, obwohl das immer vergnüglich war. Die kugelrunde, fast 80-jährige Schwester an der Pforte, die von sich selbst behauptete, sie sei »fit wie ein Turnschuh«, war auch tatsächlich quicklebendig und dazu mit hintergründigem Humor ausgestattet. Genauso wie ernsthafte Gespräche waren auch lockere Plaudereien jederzeit möglich. Dass Schmitt aber heute nicht viel Zeit hatte, war ihr sofort klar durch die Art, wie er hereinstürmte.

»Sie sind wohl wieder in wichtiger Mission hier?«, sagte sie mehr feststellend als fragend und griff schon zum Telefonhörer, um Schwester Digna vom Eintreffen ihres Besuchs zu informieren.

»Schwester Digna, der Mann Ihres Herzens ist schon eingetroffen!«

Schmitt machte sich lachend auf den Weg.

»See you later, Alligator.«

»After' while, crocodile!«, kam es aus der Pförtnerloge zurück.

Inzwischen hatte Schwester Digna Kaffee eingegossen. Sie musste sich irgendwie beschäftigen, denn ein Brief an sie von Rainer Maria Mahler, das war ihr nicht geheuer.

Norbert Schmitt ging es ähnlich. Er hielt sich nicht lang mit der Begrüßung und mit Smalltalk auf, sondern drückte Schwester Digna erwartungsvoll den Brief in die Hand. Diese machte ihm ein Zeichen, dass sie sich setzen sollten und er gleich mitlesen könne. Genau das hatte sich auch Schmitt vorgestellt.

Was sie nun zu lesen bekamen, erstaunte und berührte sie beide, wenn auch aus unterschiedlichen Gründen. Schwester Digna bekam plötzlich das Gefühl, versagt zu haben, Norbert Schmitt war fasziniert von den zwischenmenschlichen Verwicklungen, die ganz unerwartet aus neuen Perspektiven beleuchtet wurden.

Und so dauerte es einige Zeit, bis beide alles erfasst hatten und sich schließlich wortlos ansahen. Schmitt fand als Erster die Sprache wieder.

»Na, Vroni, da hast du jetzt ja eine nicht leichte Aufgabe.

Aber du weißt, ich helfe dir gern. Nicht nur aus beruflichen Gründen.«

Während Digna den Brief noch einmal las, goss sich Schmitt Milch in seinen Kaffee, der schon längst nicht mehr warm war, weil Digna ihn ja noch vor der Ankunft Schmitts eingegossen hatte. Aber das störte Schmitt nicht, Kaffee war für ihn sowieso in erster Linie zum Wachbleiben da, kein Genussmittel.

Als könne sie selbst nicht glauben, was in dem Brief stand, las Digna nun laut:

Konstanz, 02.08.2014

Ehrwürdige Schwester Digna,

ich wähle mit Absicht diese etwas antiquierte Anrede, weil ich damit gleich zu Beginn zum Ausdruck bringen will, dass ich Sie verehre. Und ich finde es auch faszinierend, wie richtig diejenigen lagen, die Ihnen im Kloster den Namen »Digna« gegeben haben. »Digna«, die »Würdige«. Auch wenn die wenigsten Menschen wissen, was dieser Name bedeutet, so wissen Sie es doch selbst und versuchen wirklich, diesem Anspruch gerecht zu werden.

Mir ist bewusst, dass Sie mich nicht leiden können. Das beruht aber überhaupt nicht auf Gegenseitigkeit. Ich kann auch verstehen, dass Ihnen meine Arroganz zuwider ist, meine Angeberei und vor allem meine harte Haltung gegenüber den Schülern. Ich mag das alles selbst nicht, aber trotz vieler Bemühungen schaffe ich es nicht, diese Verhaltensweisen abzulegen. Natürlich gibt es hierfür Gründe, die ich aber nicht näher darlegen will. Ich hätte mir nur gewünscht, dass Sie meine unsympathische Fassade durchschauen und auf das gestoßen wären, was auch in mir steckt. Gern hätte ich mich mit Ihnen einmal ausführlich unterhalten. Aber da Sie immer so abweisend waren, habe ich begriffen, dass das doch keine gute Idee war.

Wenn Sie diesen Brief in den Händen halten, werde ich tot sein. Wohlgemerkt: Dies ist kein Abschiedsbrief, den ich hinterlasse, weil ich vorhätte, mir das Leben zu nehmen. Es ist lediglich ein »Vorsorge-Brief« für meinen Todesfall. Da ich keine nahen Verwandten mehr habe, möchte ich Sie, liebe Schwester Digna, bitten, meinen Haushalt aufzulösen und meine Beerdigung nach Ihren Vorstellungen zu regeln, denn in Sie habe ich vollstes Vertrauen.

In der Hoffnung, dass dieser Brief Sie erst in vielen Jahren erreichen muss, danke ich Ihnen schon heute aufrichtig.

Ihr zwiespältiger Rainer Maria Mahler

Schmitt schob Digna ihre Kaffeetasse hin.

»Darauf einen Dujardin!«, sagte er flapsig. Aber er merkte gleich, dass er nicht den richtigen Ton getroffen hatte, und eigentlich war auch ihm nicht zum Scherzen zumute.

»Veronika, ohne dass ich mich jetzt in etwas einmischen will, was mich nichts angeht«, fuhr er nun ernst fort, »möchte ich dich bitten, dass ich mit dir ausräumen darf. Ich habe nämlich immer noch das Gefühl, dass etwas geschehen ist, was wir nicht ahnen, es aber wissen sollten.«

Schwester Digna nickte fast unmerklich und sagte beinahe lautlos:

»Ist doch klar.« Der Brief ging ihr sehr nahe.

Sie vereinbarten, dass sie sich am nächsten Morgen um neun Uhr vor Mahlers Wohnung treffen würden. Schmitt hatte den Schlüssel bei sich, weil er ursprünglich vorgehabt hatte, allein noch einmal in die Wohnung zu gehen, und überreichte ihn nun Schwester Digna.

KAPITEL 14 (MITTWOCH, 20.05.2015)

Am nächsten Morgen wartete Schwester Digna schon zehn Minuten vor neun an der Haustür von Mahlers Wohnung. Allein wollte sie nicht reingehen und war froh, dass Norbert Schmitt sie unterstützen würde. Sie hatte schlecht geschlafen. Ihre Begegnungen mit Mahler liefen wie ein Endlos-Film in ihrem Kopf ab. Und immer wieder dachte sie: Ich hätte freundlicher zu ihm sein müssen!

Punkt neun bog Schmitt um die Ecke. Er schwenkte einen Brief, als er Digna sah, und wirkte äußerst echauffiert.

Schwester Digna wollte gerade sagen: »Schon wieder ein Brief?«, da fuhr Schmitt sie ungewohnt heftig an:

»Sag mal, Veronika, was hast du dir denn dabei gedacht??? Mit 120 Sachen durch Radolfzell zu düsen, wo du ganz genau weißt, dass man das mir zuschreiben wird, weil das Motorrad auf meinen Namen angemeldet ist!«

Digna schnappte nach Luft und wollte etwas sagen. Aber Schmitt fuhr unbeirrt fort: »Und ich kann nicht mal sagen, dass du es warst, weil dieses verdammte Kloster nichts davon wissen darf. Und ist dir eigentlich klar, wie sehr du dabei andere gefährdet hast?«

Er schaute Digna wütend an.

Digna brachte keinen Ton heraus. Ihr war das alles furchtbar peinlich, und erst jetzt wurde ihr bewusst, wie irrsinnig ihr Ausflug vom vergangenen Sonntag gewesen war.

»Norbert, ich kann's dir jetzt nicht erklären«, brachte sie schließlich hervor. »Aber ich schwör dir, es hatte einen triftigen Grund. Und ich werde dazu stehen, dass *ich* gefahren bin, nicht du. Egal, wie viel Ärger ich im Kloster kriege. Und Alois wird für mich das Bußgeld zahlen.«

Alois, das war ihr zwei Jahre älterer Bruder, der ihr auch das Motorrad geschenkt hatte. Die beiden hatten sich schon in der Kindheit gut verstanden, das hatte sich seither nicht geändert. Und seit Digna in den Orden eingetreten war, hatte Alois immer das Gefühl, er müsse seiner Schwester beistehen und ihr das Klosterleben erträglicher machen.

Schmitt hörte Dignas Worte mit Erstaunen und gleichzeitig mit Erleichterung. Ein Polizist, der mit 120 km/h durch eine geschlossene Ortschaft rast, handelt sich noch mehr Probleme damit ein als ein x-beliebiger Bürger. Und er hatte die ganze Motorradgeschichte nur akzeptiert, weil er Veronika voll vertraute. Das Motorrad stand im Schuppen seines Gartens. Er bewohnte das Jugendstilhaus in der Säntisstraße gemeinsam mit seinen Eltern und der Familie seines Bruders, seine Eltern im Erdgeschoss, sein Bruder im ersten Stock, er im zweiten. Alle waren einverstanden gewesen, dass das Motorrad im Gartenhaus untergestellt wurde, und alle schwiegen darüber wie ein Grab. Zudem war es völlig unverdächtig, wenn Digna das Grundstück betrat. Man wusste ja, dass sie mit Familie Schmitt befreundet war. Und wer als Motorradfahrer das Grundstück verließ, war nicht zu erkennen.

Doch so ging es natürlich nicht. Schmitt konnte Schwester Dignas Verhalten weder gutheißen noch nachvollziehen.

»Warum hast du das nur gemacht?«

Und da sah er etwas, was er bei Veronika, auch als Schwester Digna, noch nie gesehen hatte: Sie hatte Tränen in den Augen.

Mit Mühe brachte sie hervor:

»Norbert, das ist eine komplizierte Geschichte. Sie hat

was mit meinem Cousin zu tun, der Pfarrer in Kolumbien ist. Ich habe am Sonntag eine Mail von ihm bekommen, die mich total erschüttert hat. Aber mehr möchte ich dazu nicht sagen.«

Schmitt nickte.

»In Ordnung«, sagte er nur und drückte ihr den Brief in die Hand.

Dann betraten sie das sehr repräsentative Gebäude, in dem sich Mahlers Penthouse-Wohnung befand.

Der Lift brachte sie mit Hilfe eines eigens dafür vorgesehenen Schlüssels direkt in Mahlers Wohnung.

»Nicht schlecht, Herr Specht!«, entfuhr es Schmitt, während Schwester Digna erst mal gar nichts sagte und nach einer Weile ein knappes »Aha« über die Lippen brachte.

»Wie meinst du das jetzt genau?«, hakte Schmitt nach.

»Weiß ich nicht, sonst hätt ich's ja genauer gesagt.«

Schwester Digna war in keiner guten Stimmung. Der Schreck über den Bußgeldbescheid saß ihr noch in den Knochen, und Mahlers Wohnung aufzulösen, war ihr auch sehr unangenehm.

»Auf jeden Fall ein sehr femininer Einrichtungsstil«, fügte sie nach einiger Zeit hinzu.

»Mh«, reagierte dieses Mal Schmitt zunächst eher wortkarg. »Alles ziemlich verspielt. Auf jeden Fall nicht das, was man als typisch männlich bezeichnen würde. Nicht so wirklich mein Geschmack.«

»Aber gemütlich ist es schon«, gab Schwester Digna zu bedenken.

»Na jaaa«, kam es gedehnt von Schmitt. »Gemütlich vielleicht. Aber du bist eben auch eine Frau.«

Schwester Digna ließ ihre Blicke weiter durch die Wohnung schweifen und begann einen Rundgang durch die einzelnen Zimmer. So könnte sie es auch haben, wenn sie nicht in den Orden eingetreten wäre, ging es ihr durch den Kopf. Und in den Orden wäre sie nicht eingetreten, wenn …

Sie unterbrach energisch ihre wenig aufbauenden Überlegungen und wandte sich nun wieder Schmitt zu.

»Was meinst du, sollten wir nicht dem armen Schulleiter Schuster die Chance geben, Mahler ein bisschen besser kennenzulernen, indem er mal in diese Wohnung kommt? Schließlich bastelt der ja gerade ziemlich verzweifelt an Mahlers Grabrede.«

»Eigentlich gar keine schlechte Idee«, meinte Schmitt. »Am besten, wir rufen ihn jetzt an, vielleicht hat er ja Zeit, gleich mal vorbeizukommen.«

Anstelle einer Antwort griff Digna zu ihrem Handy, das in der Jackentasche steckte und in dem Schusters sämtliche Nummern eingespeichert waren. Nach mehreren missglückten Versuchen mit verschiedenen Nummern, bei denen sich immer nur die Mailbox meldete, hatte sie insofern Erfolg, als sie Frau Schmidt-Kessler, die Sekretärin, erreichte. Schusters Apparat hatte sich zu ihr umgeschaltet.

»Ach, Schwester Digna! Sie wollen den Chef sprechen? Aber der ist doch jetzt im Unterricht.«

»Lieber Himmel, klar. Bei diesen Aufregungen bring ich schon alles durcheinander«, seufzte Digna. »Aber sagen Sie ihm doch bitte, er soll sich gleich bei mir auf dem Handy melden, wenn er aus dem Unterricht kommt.«

Frau Schmidt-Kessler versprach, es nicht zu vergessen. Und ungefähr eine Viertelstunde später rief Schuster zurück und war geradezu begeistert von Dignas Vorschlag.

Schmitt und Digna hatten sich inzwischen weiter in der Wohnung umgesehen. Viele kleine Antiquitäten standen überall mehr oder weniger versteckt oder waren sogar auffällig drapiert. Den verschiedenartigen Gegenständen nach zu urteilen, hatte Mahler schon die halbe Welt bereist. Alles war sehr dekorativ angeordnet. Wildes Chaos herrschte jedoch bei seinen Büchern. Diese steckten nicht nur kreuz und quer in den vielen Regalen, sie türmten sich auch überall auf dem Boden, auf dem Sofa, auf dem Couchtisch. Das Schlafzimmer stand dem Wohnzimmer diesbezüglich in nichts nach. Da lag es auf der Hand, dass Schmitt und Digna immer wieder nach dem einen oder anderen Buch griffen. Sie riefen sich gegenseitig zu, was sie wieder entdeckt hatten. Und das waren ganz unterschiedliche Werke. So gab es zum Beispiel neben Wolfram von Eschenbachs »Parzifal«, Werken von Böll, Walser, Bachmann auch Karl May und die Allgäu-Krimis von Klüpfel und Kobr. Und immer wieder Rilke, Rilke, Rilke.

Erstaunlich war ebenfalls, dass der technisch so modern ausgerüstete Mahler auch über eine geradezu an ein Museum erinnernde Ausstattung verfügte. Da befanden sich Plattenspieler verschiedener Generationen neben diversen Stereoanlagen – mit oder ohne Kassettendeck. Aber auch die iPod-Station fehlte nicht. Langspielplatten ohne Ende waren, fein säuberlich alphabetisch geordnet, in offenbar eigens dafür gefertigten Regalen untergebracht. Daneben war eine unglaublich umfangreiche Kollektion von CDs. Alles war ordentlich aufgeräumt, nur CDs von Gustav Mahler lagen verstreut herum, dabei auch die »Kindertotenlieder«, und bei einem neugierigen Blick ins CD-Fach der Stereoanlage entdeckte Schmitt eine CD von Mahlers 3. Sinfonie. Die gleiche Entdeckung machte er später bei dem CD-Player im Schlafzimmer, dessen Weckzeit auf 6.00 Uhr eingestellt war.

»Mich würde mal interessieren, ob Rainer Maria Mahler wirklich Rilke und Mahler so mochte, oder ob es nur ein

Spleen war wegen der Namensgleichheit: »Rainer Maria« und »Mahler«, bemerkte Schmitt schließlich zu Digna.

»Ich fürchte, das wirst du nie erfahren«, kommentierte Digna das Problem trocken.

KAPITEL 15 (MITTWOCH, 20.05.2015)

Kurze Zeit später war auch Helmut Schuster eingetroffen. Er wirkte abgehetzt und fahrig, was nicht unbedingt heißen musste, dass er sich zu sehr beeilt hatte. Schwester Digna konnte sich gut vorstellen, dass es ihm einfach unangenehm war, in den persönlichen Bereich eines Fremden, noch dazu eines Verstorbenen, einzudringen. Allerdings war er eben in der misslichen Lage, eine adäquate Trauerrede halten zu müssen – und irgendwie auch zu wollen, sodass er dankbar für jede Hilfestellung war. Und die fand er auch durch die Konfrontation mit Mahlers persönlich gestaltetem Lebensbereich.

Ebenso wie zuvor Digna und Schmitt war er beim Betreten der Wohnung erst einmal sehr beeindruckt. Nach einer kurzen Begrüßung forderte Kommissar Schmitt ihn auf, zwanglos durch die Räume zu schlendern und sich eventuell auch Anregungen durch die Bücher zu holen. Schuster begann seinen Rundgang zögerlich, aber von Anfang an sichtlich interessiert. Immer wieder verweilte er vor einzelnen Möbeln, dekorativen Gegenständen, CDs und vor allem vor Büchern.

Digna und Schmitt hatten sich inzwischen auf das repräsentative Designer-Sofa gesetzt und nur ab und zu ein paar belanglose Worte gewechselt. Auch sie ließen noch die irgendwie außergewöhnliche Atmosphäre auf sich wirken. Beide registrierten dabei, dass Schuster einmal einen Rilke-Gedichtband in die Hand nahm. Deutlich sichtbar steckte ein Brief darin, aber Schuster öffnete das Buch nicht, er legte es nach kurzer Betrachtung des Einbands wieder zurück auf den Tisch.

Er ist doch wirklich sehr diskret, dachte Digna. Das macht ihn noch sympathischer, hing sie ihren Gedanken nach. Er respektiert eben jeden Menschen. Auch in seiner Eigenheit. Ja, sie hatte Schuster schon immer gemocht. Seine Frau eher nicht. Sie war ihr zu exaltiert und wichtigtuerisch.

Schmitt verfolgte ganz andere Überlegungen. Ihm ging das Verhalten von Schwester Bianca und Schwester Lea nicht aus dem Sinn. Hatten sie vielleicht eine besondere Beziehung zu Mahler gehabt? Aber so sehr er die Sachlage auch drehte und wendete, er kam zu keinem Ergebnis.

Nach ungefähr 20 Minuten stand Schuster wieder vor ihnen:

»Ich glaube, ich habe jetzt genug gesehen, um daraus eine halbwegs ansprechende Rede zusammenzukriegen. Aber sagen Sie, ist Ihnen auch aufgefallen, dass Herr Mahler im Schlafzimmer nur ein Einzelbett stehen hat? So wie er sich gegeben hat, hätte ich das gar nicht vermutet.«

Während Schwester Digna nur etwas Unverständliches brummte, lachte Schmitt kurz auf.

»Ja, so kann man sich täuschen!«, fügte er hinzu. »Wahrscheinlich sieht man eben doch nur mit dem Herzen gut!«

Und so einen poetischen Kommentar hätte nun wiederum Digna ihrem Studienfreund nicht zugetraut.

Gemeinsam traten sie den Heimweg an. Schmitt schlug vor, man könne doch noch auf der Terrasse des Hotels Riva in der Seestraße einen Kaffee trinken und gemeinsam eine Strategie für die Wohnungsauflösung entwickeln. Schuster willigte etwas zögerlich ein. Die Vorbereitungen für die von der Schulgemeinschaft gestaltete Trauerfeier nahmen ihn sehr in Anspruch. Aber kurz wollte er doch noch bei den beiden anderen bleiben und damit wenigstens seinen guten Willen zeigen.

Letztendlich blieb er aber doch länger als geplant, da verschiedene Schwierigkeiten kontrovers diskutiert wurden und er bemerkt hatte, dass seine Mitwirkung für Lösungen hilfreich war. Nach fast drei Stunden und viel Kaffee, Tee, Wasser und Apfelsaftschorle gingen sie schließlich auseinander, jeder nach Hause. Auch Helmut Schuster. Seine Frau erwartete ihn völlig verstört. Er hatte ihr Bescheid gesagt, dass er in Mahlers Wohnung gehen würde, und sie hatte mit allerlei an den Haaren herbeigezogenen Argumenten versucht, ihn daran zu hindern. Aber es war nichts zu machen gewesen.

Nun würde er vermutlich ihren Brief an Rainer Maria gefunden haben und sie erwartete eine Katastrophe. Aber Helmut Schuster war relativ entspannt, und das übertrug sich allmählich auf Eva-Maria. So kam es auch, dass sie seit längerer Zeit zum ersten Mal wieder ein intensives Gespräch führten, ausgehend von Helmuts Eindrücken beim Besuch von Mahlers Wohnung. Eva-Maria Mahler verriet allerdings nicht, dass auch sie die Wohnung kannte.

KAPITEL 16 (FREITAG, 22.05.2015)

»Der Tod ist groß. Wir sind die Seinen lachenden Munds. Wenn wir uns mitten im Leben meinen, wagt er zu weinen mitten in uns.

Dieses Gedicht von Rainer Maria Rilke hat unserem so plötzlich und tragisch verstorbenen Rainer Maria Mahler ganz gewiss zu Lebzeiten gut gefallen, denn er liebte Rilke mehr als jeden anderen Dichter. Und ich bin sicher, er würde sich freuen, dass wir dieses Gedicht heute in seine Beerdigungsfeier einbeziehen.«

Helmut Schuster räusperte sich, dann fuhr er mit weiterhin belegter Stimme fort:

»Ja, ich denke sogar, Rainer Maria Mahler ist in irgendeiner Weise mit bei uns und unterstützt mich dabei, die richtigen Worte zu finden.

Rilkes Gedicht mutet rätselhaft an, nur bei intensiver Betrachtung gelingt es, den Sinn zu entschlüsseln. Und ich wage zu sagen: Auch unser geschätzter Kollege Rainer Maria Mahler war ein rätselhafter Mensch, aber – anders als bei dem Gedicht – immer rätselhafter, je mehr man sich mit ihm beschäftigt hat.

Als Naturwissenschaftler fällt es mir schwer, das Gedicht zu interpretieren. Aber ohne bei Google oder einschlägiger Literatur Rat geholt zu haben, möchte ich behaupten, dass Rilke uns vor Augen führt, wie wir mitten aus dem Leben gerissen werden können, ohne darauf einen Einfluss zu haben. Als Germanist wäre Rainer Maria Mahler sicher noch in eine profundere Interpretation eingestiegen. Ich will es dabei belassen und damit auch auf die Unergründlichkeit von Mahlers Wesen hinweisen. Durch meine Vorbereitung auf diese Feier ist mir klar geworden: Der Verstorbene war nicht so, wie die meisten von uns es glauben. Sicher wurde ihm deshalb auch oft Unrecht getan.

Umso mehr möchte ich uns alle ermahnen, nie vorschnell zu urteilen. Und ich bitte Sie alle, mit mir diese Trauerfeier zum Anlass zu nehmen, unsere Beziehungen zu anderen Menschen zu überdenken.

Nicht unerwähnt will ich lassen, dass der große Komponist Gustav Mahler, den unser Verstorbener neben Rilke sehr verehrte, ebenfalls wie Rainer Maria Mahler im Alter von 51 Jahren gestorben ist, und zwar am 18. Mai 1911.«

Ein Raunen ging durch die Menge. »RMM« war am 13. Mai zu Tode gekommen, und das bot Stoff für Spekulationen in verschiedene Richtungen. In manchen Köpfen tauchte der Gedanke an Selbstmord auf.

Als habe Schuster damit gerechnet, fuhr er fort: »Aber wir können sicher sein, dass es sich bei Rainer Maria Mahler, ebenfalls wie bei dem Komponisten, um einen natürlichen Tod gehandelt hat. Für uns bleibt wieder das Rätselhafte.

So möchte ich den Verstorbenen gewissermaßen als Symbol betrachten für alles Geheimnisvolle, was uns umgibt, und als Mahnung gegen voreilige Schlüsse. In diesem Zusammenhang wollen wir Rainer Maria Mahler auch für alles danken, was er trotz seiner Ecken und Kanten der Schulgemeinschaft Gutes getan hat, und dafür, dass er uns über seinen Tod hinaus Wichtiges zu sagen hat.

Ich bitte Sie nun, sich zu einer Schweigeminute zu erheben und danach die Gelegenheit zu nutzen, während des Adagios aus Gustav Mahlers 3. Sinfonie über vieles nachzudenken.«

Schuster machte einen erschöpften Eindruck, als er zu seinem Platz zurückging.

Die darauf folgende Schweigeminute kam manchen wie eine Ewigkeit vor, und die Kenner von Mahlers Musik, die wussten, dass das Adagio fast eine halbe Stunde dauerte, waren erleichtert, als das Musikstück nach etwa zehn Minuten langsam ausgeblendet wurde.

Man hatte sich in der Aula versammelt. Sie war abgedunkelt und mit vielen Kerzen und Blumen geschmückt, die einen süßlichen Duft verbreiteten. Es herrschte eine würdevolle Atmosphäre. Doch kurz bevor die andächtige Stille beendet werden sollte, zerriss ein bitterliches Schluchzen den Raum. Es kam von Eva-Maria Schuster. Und sie verließ unter neugierigen Blicken eilends den überfüllten Raum – dicht gefolgt von Schwester Bianca.

»Gott sei Dank habe ich meine Ansprache schon hinter mir«, schoss es Dr. Schuster durch den Kopf. Der desolate Zustand seiner Frau irritierte ihn immer mehr. Aber er und die anderen Anwesenden wurden nun von dem Zwischenfall wieder abgelenkt, da der Schulchor in Begleitung des Schulorchesters unter der Leitung der Musiklehrerin Schwester Wiltrudis mit dem Taizé-Lied »Laudate omnes gentes« die Feier gefühlvoll ausklingen ließ.

Beim Verlassen der Aula entgingen Schuster die unschwer zu deutenden Blicke der mit ihm Hinausströmenden nicht. Wer ihn näher kannte, wusste, dass er verunsichert war, denn er fuhr sich immer wieder durch den ohnehin gepflegten, nicht zu üppigen Vollbart, als wolle er ihn nach unten hin glattstreichen. Entgegen seiner sonstigen Gewohnheit, nach Veranstaltungen noch einige Worte mit verschiedenen Leuten zu wechseln, verließ er, zwar immer wieder nach allen Seiten hin freundlich grüßend, sehr zielstrebig das Gebäude des Internats II, in dem sich die Aula im zweiten Stock befand. Er wusste, wo er seine Frau finden würde: Wie immer, wenn sie vor einem Problem weglief, hatte sie sich in ihren Ferrari zurückgezogen und rauchte eine Zigarette nach der anderen. Auch dieses Mal hatte sich Schuster nicht getäuscht, und obwohl er im Allgemeinen wenig auf die Meinung anderer gab, vor allem, wenn es sich um Gerede handelte, so war er heute doch froh, dass Eva-Maria das Auto nicht auf seinem Parkplatz, sondern etwas abseits auf dem fürs Parken freigegebenen Skater-Areal abgestellt hatte.

Sie fuhr zusammen, als er die Beifahrertür aufriss, sie hatte ihn nicht kommen sehen. Mit leerem Blick hatte sie vor sich hin gestarrt, überall lag Zigarettenasche. Eva-Maria hatte sich offenbar nicht einmal die Mühe gemacht, die Asche im Aschenbecher abzustreifen oder sie durchs Fenster nach draußen zu schnippen. Sie sagte auch kein Wort, als sie ihren Blick zu Helmut Schuster wandte.

Schuster hätte sich gern neben sie gesetzt, wusste aber, dass er danach riesige Probleme hätte, aus diesem tief liegenden Auto wieder rauszukommen. Deshalb verzichtete er lieber darauf und sagte stattdessen:

»Warte, Eva, ich hole meinen Wagen und komme hierher. Dann fahren wir zusammen in meinem Auto heim. Wenn es dir morgen besser geht, kannst du deins holen.«

Eva-Maria nickte fast unmerklich. Sie fühlte sich selbst nicht in der Lage, jetzt mit dem Straßenverkehr klarzukommen. Und da ihr momentan alles gleichgültig war, was sie sonst als Problem empfand, verschwendete sie auch keinen Gedanken daran, dass das teure Auto gestohlen werden könnte.

Nach wenigen Minuten stieg sie um zu ihrem Mann, der ebenfalls wortlos und etwas schneller als sonst nach Dingelsdorf in ihr mehr repräsentatives als gemütliches Haus fuhr. Den restlichen Nachmittag und den Abend verbrachten sie unter teils eisigem Schweigen und versuchten, sich so weit wie möglich aus dem Weg zu gehen.

*

Ganz anders verlief der Rest des Freitags bei Schwester Bianca. Sie war geradewegs in ihr Apartment geflohen und saß lange Zeit regungslos auf dem Bett. Ihre Gedanken kreisten um das Problem, dass sie sich heute nicht mehr in der Lage fühlte, ihre Gruppe zu betreuen. Gleich würden die Mädchen aus der Aula zurückkommen. Bis dahin musste sie eine Lösung gefunden haben.

Die Lösung kam ohne ihr Zutun in der Person von Schwester Angelika. Sie bot von alleine an, die Gruppe heute wieder zu übernehmen, und zeigte großes Verständnis für Schwester Biancas Zustand. Diese war so gerührt, dass sie Schwester Angelika schluchzend umarmte und am liebsten nicht mehr loslassen wollte. Die beruhigenden Worte, die sie zum Teil akustisch nicht einmal verstand, und die körperliche Nähe eines Menschen taten ihr gut. Aber schließlich konnte Schwester Angelika sich doch aus der Umarmung wieder befreien und versprach, noch einmal vorbeizukommen, wenn sie Schwester Lea die Vertretung gemeldet habe.

»Ja, bitte tun Sie das!«, stieß Bianca zwischen Schluchzen hervor. Und sie tat Schwester Angelika wirklich leid.

Das hinderte sie jedoch nicht daran, wenig später bei Schwester Lea nicht gerade positiv über Bianca zu sprechen. Unter anderem fielen Sätze wie: »Das Kind sollte endlich mal erwachsen werden!« Und: »Ich habe so das Gefühl, etwas stimmt nicht mit ihr.« Wäre Kommissar Norbert Schmitt dabei gewesen, er hätte dieser Aussage zugestimmt. Aber Schwester Lea seufzte nur genervt.

Schwester Bianca hatte sich inzwischen in ihr Bett verkrochen und versuchte, sich mit Lesen abzulenken. Das schaffte sie aber überhaupt nicht. Teilweise las sie einzelne Stellen bis zu zehnmal. Als Schwester Angelika wieder vorbeischaute, riet diese ihr zu schlafen. Das gelang Bianca jedoch erst, nachdem auch Schwester Lea zu ihr gekommen war und sie zusätzlich mit einer Wolldecke zugedeckt hatte.

KAPITEL 17 (FREITAG, 22.05.2015)

Auch Schwester Lea ging es an diesem Freitag schlecht. Sehr schlecht. Man konnte sagen, besonders schlecht, denn schon seit Wochen schleppte sie Schuldgefühle mit sich herum – und es gab dafür immer neue Anlässe.

Angefangen hatte es etwa zwei Wochen vor Rainer Maria Mahlers Tod. Der eigentliche Auslöser aber lag noch weiter zurück: Es war der plötzliche Tod von Beat Sommerli gewesen.

Nicht etwa, dass sie etwas mit diesem doch auch sehr rätselhaften Tod zu tun gehabt hätte. Vielmehr hatte er sie nachdenklich gemacht in Bezug auf Schwester Bianca. Am Morgen des Tages, an dem Sommerli verunglückte, war sie vormittags in die Pförtnerloge gekommen, als Schwester

Liliana gerade die Post sortierte. Die Briefe für die internen Schülerinnen drückte Schwester Liliana, schon vorsortiert für die einzelnen Gruppen, sofort Schwester Lea in die Hand. Dann zögerte sie:

»Hier ist auch noch ein Brief für unseren Sonnenschein, den Beat Sommerli, den könnten Sie gleich mitnehmen, er wohnt ja im Internatsbereich.«

Lea streckte schon die Hand danach aus, da meinte Liliana:

»Ach, besser wäre vielleicht doch sein Postfach im Lehrerzimmer. Da liegt der Brief sicher, und Sie haben keine Scherereien damit, Beat zu finden. So einfach vor die Tür legen können Sie den Brief ja nicht, ohne dass er diebstahlsgefährdet wäre.« Ihr fröhliches Lachen steckte Schwester Lea an. Sie stimmte ein und fügte hinzu:

»Ja, er ist wirklich *der* Mädchenschwarm schlechthin.«

Im Nachhinein bedauerte Schwester Lea, dass sie sich nicht angeboten hatte, den Brief an Beat persönlich zu übergeben. Zu gern hätte sie gewusst, wer der Absender gewesen war, denn sie vermutete einen Zusammenhang mit Beats Unfall. Sie hatte auch schon bei Schwester Liliana nachgefragt, ob sie sich an den Absender erinnere. Aber diese konnte oder wollte sich nicht mehr erinnern. Sie behauptete sogar, damals gar nicht nach dem Absender geschaut zu haben. Das allerdings bezweifelte Schwester Lea gründlich, denn Schwester Liliana war für ihre Neugier überall bekannt. Sogar sie selbst kommentierte diese Schwäche manchmal: »Ich bin gar nicht neugierig – wenn ich alles weiß!« Und die Schwester der Erzieherin Tanja Maier-Waldsee hatte mit Blick auf die sympathische Pfortenschwester einmal auf eine Postkarte geschrieben: »Herzliche Grüße an alle, die diese Karte lesen! Es gibt ja nur ein Briefgeheimnis, kein Kartengeheimnis!!!«

Schwester Lea hatte also nichts über die Identität des Absenders in Erfahrung bringen können, und auch die Hoffnung, beim Ausräumen von Beats Apartment auf diesen ominösen Brief zu stoßen, zerschlug sich. Aber es war ein Gedankenprozess ausgelöst worden. Lea überlegte sich nämlich, wie ihr Schützling, Schwester Bianca, reagieren würde, wenn sie eine schlechte Nachricht bekäme. Klar, sie würde sofort zu ihr, Schwester Lea, kommen. Aber was, wenn sie mal nicht verfügbar wäre?

Schwester Lea war es in letzter Zeit immer bewusster geworden, in welchem Ausmaß Bianca von ihr abhängig war. Am Anfang hatte sie es noch gut gefunden, einen Menschen nach ihren Vorstellungen formen zu können, ihm Leitlinien mit auf den Weg zu geben, schließlich war sie von der Richtigkeit ihrer Grundsätze überzeugt. Sie hatte Bianca auch gern Geborgenheit vermittelt, denn sie hatte sie richtig ins Herz geschlossen. Aber sie merkte selbst, dass die Situation zu extrem geworden war und zu entgleisen drohte – oder schon entgleist war. Aus diesem Grund hatte sie nach Beats Tod angefangen, mehr Distanz aufzubauen. In kleinen Schritten, aber durchaus deutlich für Bianca. Etwa zwei Wochen vor Rainer Maria Mahlers Tod hatte es ein recht unerfreuliches klärendes Gespräch zwischen Lea und Bianca gegeben. Bianca hatte rundheraus gefragt, was sie denn falsch gemacht habe, dass Lea nun so anders zu ihr sei. Und Lea hatte versucht, die Zusammenhänge zu verdeutlichen. Dass Bianca nichts falsch gemacht habe, eher sie selbst, Lea, und dass sie nun alles wieder in gesündere Bahnen lenken wolle.

Bianca war in Tränen ausgebrochen und flehte Lea an, sich nicht zurückzuziehen. Aber Lea blieb unerbittlich. Sie verzichtete sogar darauf, Bianca tröstend in die Arme zu schließen. Sie wollte nicht den Eindruck vermitteln, dass man bei ihr mit Tränen etwas erreichen könne.

»Da musst du jetzt durch«, hatte sie abschließend gesagt.

Und jetzt überlegte Lea immer wieder und wieder, ob diese Situation eventuell der Auslöser gewesen sein könnte für Biancas doch recht merkwürdiges Verhalten rund um Mahlers Tod.

Das war aber nicht das einzige Problem, das sie quälte. Sie machte sich auch Vorwürfe, Bianca in ein Korsett gezwungen zu haben, in das diese überhaupt nicht reinpasste. Zwar hatte sie sie nicht dazu überredet, in den Orden einzutreten, aber sie hatte sie überredet zu bleiben. Bianca hatte nämlich irgendwann, und zwar noch vor den Ewigen Gelübden, erkannt, dass es ihrem Wesen widersprach, in einer Ordensgemeinschaft zu leben. Aber Lea hatte ihren Einfluss auf Bianca dahingehend ausgenutzt, Bianca zu überzeugen, dass sie diesen Weg zu Ende gehen müsse. »Man läuft nicht einfach fort, wenn es schwierig wird«, war ihre Devise. Und: »Etwas anderes ist nur anders, aber nicht besser.«

Anfangs hatte Bianca noch widersprochen und sich geradezu gewehrt gegen diese Beeinflussung. Aber dann kam doch der Tag, an dem sie Schwester Lea Recht gab und ihrem großen Vorbild folgte. Es glich einer totalen Kapitulation, und Bianca veränderte sich nach und nach völlig in ihrem Wesen. Sie machte sich abhängiger von Lea, was mit sich brachte, dass sie in einer Art »vorauseilendem Gehorsam« versuchte, Leas Wünsche und erwartete Reaktionen vorwegzunehmen und deshalb oft noch strenger und übertriebener als Lea selbst handelte.

Schwester Lea war das nicht entgangen. Aber anstatt die Notbremse zu ziehen, hatte sie in gewisser Weise ihre Macht genossen.

Das allerdings wurde ihr jetzt selbst zum Verhängnis, denn sie hatte Rat beim Pfarrer ihres Vertrauens gesucht. Nun hatte sie ein drittes Problem. Es hieß Timotheus van Houten. Und das quälte sie am meisten.

KAPITEL 18 (SAMSTAG, 23.05.2015)

Die Beerdigung fand am Samstag auf dem Hauptfriedhof statt. Im Nachruf, der im ›Konstanzer Generalanzeiger‹ erschienen war, stand schon der Hinweis, dass die Plätze in der Aussegnungshalle für die Schwestern, die weltlichen Erzieherinnen und die Lehrer reserviert seien. Auch an den beiden Eingängen hatte man diesbezüglich Schilder aufgestellt. Das war wegen der beengten Verhältnisse in der Halle notwendig. Natürlich durften auch die beiden Schülersprecher und die Gesamtelternvertreter anwesend sein, und hätte man welche ausfindig machen können, wären natürlich in erster Linie die Familienmitglieder berücksichtigt worden. Schwester Digna hatte aber bei ihren Recherchen lediglich *einen* Hinweis in Mahlers Unterlagen gefunden. »Im Todesfall bitte benachrichtigen: ›Kassandra Reifferscheidt …‹ Es folgte eine Adresse in Köln. Digna hatte an diese Anschrift eine Benachrichtigung geschickt, aber keine

Antwort bekommen. Und die Suche in Mahlers Adressbuch blieb insofern erfolglos, als kein Name Rückschlüsse zugelassen hätte, dass es sich um ein Familienmitglied handelte. Nicht einmal eine Adresse in Norwegen, wo angeblich der im Bereich der Polarforschung tätige Cousin wohnte, war zu finden gewesen.

Die Aussegnungsfeier dauerte nicht lang. Man hatte ja schon die Gedenkfeier in der Aula gehabt, und ein Gottesdienst würde in den kommenden Tagen folgen.

Von den Versammelten unbemerkt wäre das verspätete Eintreten einer ganz in schwarz gekleideten Dame mittleren Alters geblieben, hätte sich Kaplan Molitor nicht bemüßigt gefühlt, das Wort an sie zu richten.

»Hier vorn ist noch ein Platz frei!«, rief er ihr, wie immer in bester Absicht, aus seiner alles überschauenden Position aus zu. Sie winkte dankend ab, konnte aber nicht verhindern, dass nun alle Augen auf sie gerichtet waren. Der Beginn der Feier setzte der Peinlichkeit ein Ende.

Nach dem »Laudate dominum«, das von einer CD aus Mahlers Sammlung abgespielt wurde, folgten sieben neutral gehaltene Fürbitten, vorgetragen von den beiden Schülersprechern, Dr. Schuster, Schwester Lea, Schwester Digna, dem Vorsitzenden des Personalrats und einem Gesamtelternvertreter. Danach kamen einige Worte von Pfarrer van Houten und von Kaplan Molitor, eher aufmunternd von Ersterem, salbungsvoll von Letzterem.

Danach setzten sich die Versammelten in Bewegung. Das Grab befand sich unweit der Strohmeyer-Familiengrabstätte, wo sich schon unzählige Leute, die nicht mit den anderen bei der Aussegnungshalle gewartet hatten, befanden. Den vielen Menschen und vielen Blumen nach zu urteilen, hätte man glauben können, Mahler sei sehr beliebt gewesen. Schwester Digna gingen diesbezüglich viele Gedanken durch den Kopf. Vor allem war sie aber neugierig, ob die Unbekannte aus der Aussegnungshalle vor das Grab treten würde. Und tatsächlich, am Schluss, als Vorletzte, kam sie und warf zuerst einen Strauß aus Wiesenblumen ins Grab und danach einen Gegenstand, der beim Aufprall auf den Sarg ein scheppernde Geräusch verursachte. Wieder zog die Dame alle Blicke auf sich, was sie aber scheinbar gelassen in Kauf nahm. Danach entfernte sie sich zielstrebig in Richtung Ausgang. Gerne wäre Schwester Digna ihr nachgelaufen, um sie zu fragen, ob sie Kassandra Reifferscheidt sei. Aber man hatte besprochen, dass Digna als Letzte vor das Grab treten sollte, gewissermaßen als symbolischen Abschluss, da sie auf Wunsch des Verstorbenen ja auch die Beerdigung organisiert hatte. Allerdings ermöglichte ihr dieser Umstand auch noch einen Blick ins Grab und damit auf das, was die Geheimnisvolle hineingeworfen hatte. Was Schwester Digna sah, ließ sie schaudern.

KAPITEL 19 (SAMSTAG, 23.05.2015)

Was Schwester Digna nicht möglich gewesen war, ließ sich aber von Kommissar Norbert Schmitt leicht durchführen.

Er folgte der Dame, und als sie sich weit genug von den anderen Trauergästen entfernt hatten, beschleunigte er seine Schritte, um sie einzuholen.

»Entschuldigung! Kann ich kurz mit Ihnen sprechen?«

Die Angesprochene blieb stehen und schaute Schmitt fragend an.

»Ich bin Kommissar Norbert Schmitt, Kripo Konstanz.«

»Aha«, kam es zurück. »Natürlich haben Sie auch Ihren Ausweis dabei?«

»Selbstverständlich, gnädige Frau«, konterte Schmitt, den das arrogante Auftreten seines Gegenübers irgendwie ärgerte.

Die noch Unbekannte studierte den vorgezeigten Ausweis genau und fügte nun doch mit dem Anflug eines Lächelns hinzu:

»Ich gehe mal davon aus, dass er nicht gefälscht ist.«

»Ja, davon können Sie bei aller Vorsicht ausgehen. Ich habe erst einmal nur die harmlose Frage, ob Sie Kassandra Reifferscheidt sind.«

Die Befragte schaute ihn zunächst erstaunt an. Dann sagte sie zögernd:

»Ja, das bin ich. Warum wollen Sie das wissen?«

»Weil Sie auf Schwester Dignas Brief nicht reagiert haben, wir aber wissen wollen, ob Sie davon Kenntnis haben, wie mit Mahlers Nachlass zu verfahren ist. Ein Testament haben wir noch nicht gefunden. Natürlich kann man das alles gerichtlich klären lassen. Aber der einfache Weg ist immer der bessere.«

»Was ist schon einfach? Für den einen dies, für den anderen das. Für mich ist es jedenfalls nicht einfach, mit Ihnen über Rainer zu sprechen«, entgegnete Kassandra Reifferscheidt mit einem spöttischen Unterton.

»Vielleicht versuchen Sie es dann mal mit einem Gespräch

mit Schwester Digna – Sie wissen schon, so von Frau zu Frau«, versetzte Schmitt etwas genervt.

»Wann?«

Schmitt war von der plötzlichen Bereitschaft zur Kooperation überrascht und überrumpelt. Als er gerade nach einer Antwort suchte, sah er zu seiner großen Erleichterung Schwester Digna um die Ecke biegen.

»Das machen Sie am besten mit Schwester Digna persönlich aus«, sagte Schmitt und drehte sich in ihre Richtung.

Kommissar Schmitt informierte Schwester Digna kurz, und die beiden Frauen vereinbarten, dass Kassandra Reifferscheidt am nächsten Tag anrufen würde, um einen Termin zu vereinbaren, sie könne sich im Augenblick noch auf keine Uhrzeit festlegen.

Kassandra, die jedoch aus nachvollziehbaren Gründen darauf bestand, dass ihr Vorname »Sandra« sei, entfernte sich umgehend, Schmitt und Digna blieben noch stehen.

»Ich habe gesehen, was sie ins Grab geworfen hat!«

Schmitt sah Digna fragend an.

»Es war eine CD. Von Gustav Mahler. Die ›Kindertotenlieder‹.

Schmitt schüttelte ungläubig den Kopf. »Ganz sicher?«

»Ja, ganz sicher!«

»Was das nun wieder zu bedeuten hat, ist mehr als rätselhaft. Aber vielleicht kriegst du ja morgen bei eurem Gespräch was raus«, meinte Schmitt.

»Ja, vielleicht. Ich versuche es jedenfalls«, beendete Digna das Thema.

Schmitt bot Digna an, sie im Auto mitzunehmen, die übrige Menschenmenge hatte sich schon weitgehend zerstreut.

*

Die anderen Schwestern wurden von einigen Lehrern ins Kloster zurückgebracht. Schwester Sarah, die Küchenschwester, war nicht mit auf der Beerdigung gewesen.

»Ich kümmere mich um die Lebenden und darum, dass sie am Leben bleiben!«, hatte sie lächelnd kundgetan.

Im Schwestern-Refektor waren nun die Tische schön hergerichtet: ein weißes Tischtuch mit einem kleinen Blumenstrauß und einer Kerze in der Mitte des Tischs, außerdem zog ein kleines Kuchenbuffet sofort alle Blicke auf sich. Schwester Sarah hatte mal wieder ihrem Hobby gefrönt und stundenlang die schönsten Torten- und Kuchenkreationen hergestellt. Alle waren heute zum Essen freigegeben. Man konnte ja auch gut die angeschnittenen Kuchen einfrieren. Es sollte ein angenehmer »Leichenschmaus« werden. Ihre Mitschwestern waren sehr erfreut beim Anblick dieser Überraschung. Bis auf Schwester Anastasia, die sowieso meist schlecht gelaunt war.

»Na, dann wollen wir mal hoffen, dass nichts vergiftet ist«, brummte sie durchaus hörbar vor sich hin. »Sonst hätten wir mit einem dritten mysteriösen Todesfall unserem Namen ›Trinitas‹ alle Ehre gemacht.«

Sie aß aber unverdrossen drei Stück, die nicht zu den kleinsten zählten, was Schwester Luitgard wiederum mit »Mutig, mutig« kommentierte. »Aber wenn man ›Anastasia‹ heißt, ist man ja schon durch die Russische Revolution abgehärtet.«

Nicht alle verstanden, was Luitgard damit sagen wollte, aber diese registrierte mit großer Freude, dass Schwester Anastasia sich ärgerte.

Diejenigen Schwestern, die eine Gruppe im Internat leiteten, konnten zwar nicht am Leichenschmaus teilnehmen, aber Schwester Sarah brachte allen höchstpersönlich ein großes Stück Schwarzwälder Kirsch vorbei und vergaß auch Frau Dupont und Frau Maier-Waldsee nicht. Susanne Dupont war zwar eigentlich wieder mal auf Diät, weil sie kürzlich den Knopf einer Jeans abgesprengt hatte, aber sie konnte es Schwester Sarah einfach nicht abschlagen, das Stück zu nehmen und natürlich zu essen. So eine nette Geste durfte man nicht mit Prinzipien zerstören!

Nur Schwester Bianca winkte gleich ab. Sie habe einen Magen-Darm-Infekt, schob sie vor, und Schwester Sarah dachte sich ihren Teil.

Bei Schwester Digna konnte sie auch keinen Kuchen überbringen, denn diese war gar nicht da. Norbert Schmitt hatte vorgeschlagen, er könne doch seine Frau anrufen, und dann würden sie den bisher eher unerfreulichen Tag positiv im Voglhaus, einem urigen Café in der Stadtmitte, ausklingen lassen. Schwester Digna war begeistert, denn sie hatte noch weniger als sonst Lust, ins Kloster zurückzugehen, und versprach sich eine aufmunternde Ablenkung mit den beiden.

Die Hoffnung erwies sich als berechtigt. Von Anfang an klappte alles wie am Schnürchen: Sabine Schmitt hatte Zeit und Lust zu kommen, im meist überbelegten Voglhaus fanden sie auf Anhieb einen Tisch, die Bedienung war wie immer freundlich, der Kuchen schmeckte hervorragend und die Stimmung wurde immer besser. Digna dachte nicht ohne Wehmut an die gemeinsame Studienzeit zurück, wo sie drei sich oft nach irgendwelchen Misserfolgen in einem Café oder einer Studentenkneipe getroffen und sich gegenseitig aufgemuntert hatten. Vieles war seither geschehen, aber sie verstanden sich besser denn je.

Zu Beginn ihres heutigen Zusammenseins erzählten sie Sabine noch von der Beerdigung, auch von der beklemmenden Begegnung mit Kassandra Reifferscheidt. Während

Norbert Schmitt die Sache mit der CD eher nüchtern zur Kenntnis genommen hatte, reagierte Sabine genauso entsetzt wie Digna.

»Ich hoffe, du bekommst diesbezüglich was raus, wenn diese geheimnisumwitterte Frau mit dir redet. Wenn sie's überhaupt tut. Ich habe noch meine Zweifel«, sinnierte Sabine vor sich hin.

Aber dann schlossen sie dieses Kapitel für den heutigen Tag ab, und sie kamen bei ihren Gesprächen vom Hundertsten ins Tausendste, und ihr Lachen hätte nicht im Geringsten vermuten lassen, dass zwei von ihnen von einer Beerdigung kamen. Schmitt war mittlerweile in der Lage, Dignas Beziehung zu ihrem Motorrad mit entspanntem Spott zu kommentieren, und Digna wiederum fühlte sich dem gewachsen und konnte sogar lachen über Schmitts Witze über eine entfesselte Nonne.

Selbst das leidige Thema »Kirche« beleuchteten sie mit Humor, was in dem keinesfalls niveaulosen Witz über den Betriebsausflug des Himmelspersonals endete: Im Himmel beratschlagte man über das Ziel des nächsten Betriebsausflugs. Alle Vorschläge wurden abgelehnt, weil man schon so oft dort gewesen war: Bethlehem, Jerusalem, Nazareth … Bis endlich jemand vorschlug: »Fahren wir doch nach Rom!« Begeisterte Zustimmung von allen Seiten, und der Heilige Geist höchstpersönlich kommentierte: »Eine super Idee! Da war ich noch nie!«

Es war nun auch Zeit aufzubrechen. Sie hatten das Auto im Lago geparkt und fuhren zu Schmitts Haus zurück. Von dort aus machten Sabine und Norbert noch einen kleinen Spaziergang, indem sie Digna in ihr ungeliebtes Zuhause begleiteten.

*

Auch einige Lehrer hatten die Idee gehabt, nach der Beerdigung noch gemeinsam einzukehren. Sie beschlossen, ins ›Quo Vadis‹ zu gehen, eine ehemalige Kirche, die zu einer Gaststätte umfunktioniert worden war und wo man bei schönem Wetter auch draußen sitzen konnte. Wer mitwollte, schloss sich an. Zuletzt waren sie eine kleine Gruppe von sechs Leuten, die eigentlich gut harmoniert hätten, wenn nicht auch – völlig überraschend – Karla Gulden, von allen »Dracula« genannt, mitgegangen wäre.

Altersmäßig passte sie zwar mit ihren 49 Jahren gut in die Gruppe, die bunt gemischt war, aber auf ihre egozentrische und dominierende Art hätte jeder gern verzichtet. Schon die Lautstärke ihrer Stimme war für viele Anlass genug, innerlich nach Ohropax zu schreien, von ihrer Rechthaberei ganz zu schweigen. Keinen Zweifel ließ sie daran, dass sie, die immer wieder zu Unrecht Verfolgte, ein riesiges Glück für die Menschheit war und ohne sie die Welt in Chaos und Schmutz versinken würde, sowohl auf der realen als auch auf der übertragenen Ebene. Traurig, dass das niemand so richtig zu schätzen schien.

Heute fixierte sie sich schon seit dem Studieren der Speisekarte auf ihr traumatisches Erlebnis im Schwimmbad. Wenn man sie hörte, war es auch sie gewesen, die den Toten im Wasser entdeckt hatte. Ob sie das wirklich glaubte? Schließlich war doch jeder über den tatsächlichen Ablauf informiert worden, und man hätte die Schüler ja gar nicht in die Schwimmhalle gelassen, wenn man schon vorher gewusst hätte, dass sich dort eine Leiche befand!

Magdalena Seehofer, sie unterrichtete Biologie und Sport und konnte ein Lied von Guldens Tyrannei singen, rollte die Augen. Karl-Anton Hofstetter, der ihr gegenübersaß, musste lachen.

»Was gibt es denn da zu lachen, junger Mann?«, bellte Karla Gulden den etwa 60-Jährigen an.

»Entschuldigung! Nichts natürlich, Frau Gulden. Aber das ist bei mir so eine Art Übersprungshandlung. Ich hab das schon seit meiner Kindheit. Wenn was Schreckliches passiert, muss ich lachen.«

»Ach so«, knurrte Gulden und nahm einen großen Zug aus ihrem Weißbierglas.

Dann fuhr sie unbeirrt fort, das Gespräch an sich zu reißen. Berichtete, wie sie früher bei der Bergwacht gearbeitet habe, später bei der DLRG. Ja, sie hatte schon viele Menschen gerettet. Viele verdankten nur ihr, dass sie noch am Leben waren. Das musste man sich mal vorstellen!

Aber bei Mahler sei eben alles zu spät gewesen. Das habe sie sofort gesehen. Gott sei Dank habe sie auch diese Situation voll im Griff gehabt. Ein wahres Glück, dass sie so geistesgegenwärtig war!

Ein wahres Glück war auch, dass plötzlich eine Taube über den Tisch hinwegflog und genau auf den Kopf von der ohnehin schon geplagten Karla Gulden etwas fallen ließ.

Ein spitzer Aufschrei, gefolgt von dem Ruf nach einem Taschentuch, löste hektisches Treiben in der Gruppe aus. Hofstetter musste wieder lachen, dieses Mal aber auch Fidelis Finkenbeiner und Magdalena Seehofer.

»Ach, alles Übersprungshandlungen?«, giftete Gulden. Aber es hielt sie jetzt sowieso nichts mehr im ›Quo Vadis‹.

Die Zuruckgebliebenen atmeten erleichtert auf, und es folgten noch entspannende Stunden. Schließlich wurden die Zungen auch gelöst von diversen alkoholischen Getränken, und manch einer gab an diesem Nachmittag und Abend mehr von sich preis, als ihm später einmal lieb sein sollte.

KAPITEL 20 (SAMSTAG, 23.05. / SONNTAG, 24.05.2015)

Schwester Dignas Handy klingelte während des Abendessens. Sie hatte es mitgenommen, weil sie mit Sandra Reifferscheidt ausgemacht hatte, dass sie erreichbar sein würde, um einen Gesprächstermin zu vereinbaren. Und tatsächlich, Kassandra Reifferscheidt wollte für den folgenden Tag einen Termin absprechen.

Schwester Digna stimmte dem Vorschlag »14 Uhr« zu und war sehr gespannt, was auf sie zukommen würde. Überpünktlich war sie am nächsten Tag im Besucherzimmer, aber auch Kassandra Reifferscheidt verspätete sich nicht. Beide Frauen begegneten sich mit einer gewissen Vorsicht, so, als ob sie dem Gegenüber nicht wirklich vertrauen würden. Es war aber auch nicht zu übersehen, dass sich beide große Mühe gaben.

Und so kam tatsächlich ein sinnvolles Gespräch in Gang. Dabei erfuhr Digna, dass Kassandra und Rainer Maria einmal ein Paar gewesen waren. Nicht verheiratet, aber sie hatten ein gemeinsames Kind gehabt. Vor zehn Jahren war es geboren worden – und vor neuneinhalb Jahren war es gestorben. »Plötzlicher Kindstod.«

Rainer Maria hatte seiner Frau die Schuld daran gegeben, denn sie hatte nach den damals eigentlich schon überholten Vorstellungen das Kind zum Schlafen immer auf den Bauch gelegt. Rainer Maria war dagegen gewesen. Aber weil er keine wissenschaftlichen Ergebnisse vorweisen konnte, hatte er sich nicht durchsetzen können.

Dieses Ereignis habe Rainer Maria in einen völlig anderen Menschen verwandelt, der sich von seinen Mitmenschen abgewandt habe, und Kinder habe er von da an geradezu gehasst.

»Aber ich muss es Ihnen unbedingt sagen«, brach es schließlich aus Kassandra heraus. »Ich hasse Schwester Lea! Sie ist schuld, dass Rainer noch mehr gelitten und dadurch nichts mehr wirklich auf die Reihe gekriegt hat. Vor allem aber hat er nach einem Gespräch mit ihr nichts mehr von mir wissen wollen. Es sei eine ›verschlossene Schuld‹, die ich in mir trüge. Und diese Schuld bewirke, dass ich die Atmosphäre um mich herum vergiften würde. ›Von solchen Menschen muss man Abstand nehmen.‹ Das hat sie gesagt. Und er hat es getan. Nach dem Gespräch, in dem er mir all das erzählt hat, haben wir uns getrennt. Aber schon zuvor hatte ich mitbekommen, dass er sich ständig die ›Kindertotenlieder‹ von Gustav Mahler angehört hat.«

Sie starrte mit leerem Blick vor sich hin.

»Wollten Sie das Kapitel abschließen, indem Sie die CD ins Grab geworfen haben?«, fragte Digna leise nach.

»Ja, so ist es.«

Digna atmete tief durch. Die Geschichte erschütterte sie sehr.

Als sie wieder in ihrem Apartment war, führte sie ihr erster Weg zu der Bibel, in die sie den Ausdruck der Mail ihres Cousins gesteckt hatte. Sie las den Text noch einmal aufmerksam und ohne sichtbare Regung.

»Ja, verschlossene Schuld«, sagte sie halblaut vor sich hin und legte das Papier zurück in das Buch.

KAPITEL 21 (MONTAG, 29.06.2015)

Magdalena Seehofer war verzweifelt. Die Uhr zeigte erbarmungslos auf sieben, aber es war ihr immer noch nicht gelungen, einen Babysitter für ihre sechsjährige Tochter zu bekommen, die seit heute Nacht mit einem fürchterlichen Magen-Darm-Infekt kämpfte. Dem Kind ging es so schlecht, dass Magdalena Seehofer sofort daheim geblieben wäre, hätte sie nicht schon mehrfach in diesem Schuljahr wegen ihrer Kinder gefehlt. Sie war Lehrerin für Biologie und Sport im »Sancta Trinitas« und wäre es überdies gern gewesen, hätte sie nicht so unter ihrer Kollegin und gleichzeitig unmittelbaren Vorgesetzten Karla Gulden zu leiden gehabt. Dieser konnte man es nämlich nie recht machen, sie fand immer etwas, was nicht so war, wie es sein sollte. »Diese jungen Dinger sind einfach nicht fähig, Ordnung zu halten«, war einer ihrer Standardsprüche. Abgesehen davon, dass tatsächlich manche Kolleginnen und Kollegen es nicht allzu genau mit dem Aufräumen nahmen, zum Teil vielleicht auch, um Karla Gulden zu ärgern, waren Guldens Vorstellungen realitätsfern. Unter Zeitdruck konnte man manchmal nicht alle Bälle zählen, die zurückkamen, oder den Barren nicht exakt an die Stelle zurückbringen, von der man ihn geholt hatte. Betonung auf »exakt«. Denn Karla Gulden kam zwar nicht mit dem Meterstab, hatte aber ein geradezu fotografisches Gedächtnis. Und schließlich sollte es ja keine Schikane sein, wie sie immer wieder betonte, sondern alles war aufgrund intensivster Überlegungen entstanden und war ganz einfach sinnvoll.

Das konnte man ihr nun in der Tat nicht absprechen. Karla Gulden setzte sich mit Leib und Seele für die Schule ein, die

Schule war gewissermaßen ihr Lebensinhalt. Aber es war ihr eben in erster Linie die Schule wichtig, die Schule als Betriebssystem – und als Bühne für ihre Selbstdarstellung. Die Menschen spielten eine untergeordnete Rolle und dienten eigentlich nur als ausführende Organe für ihre Ideen. Und ihre Anordnungen kamen, ebenso wie alle sonstigen Äußerungen, in einer bemerkenswerten Bissigkeit rüber. Und wenn sie zwischendurch einen ihrer Giftpfeile losschickte, dann trafen diese immer mitten in den wundesten Punkt des Adressaten.

Magdalena Seehofer war eine der am häufigsten anvisierten Zielscheiben von Karla Gulden. Das kam in erster Linie daher, dass sie es immer wieder einfach nicht schaffte, die Betreuung ihrer beiden Kinder mit der Ausübung ihres Berufes zu vereinbaren. Außer ihrer sechsjährigen Tochter Luna gab es noch den vierjährigen Sol, der bei einer Tagesmutter untergebracht war und insofern nie ein Problem verursachte, als die Tagesmutter selbst immer für eine Vertretung sorgte, wenn sie mal das Kind nicht nehmen konnte, oder sie kümmerte sich auch um das Kind, wenn es krank war. Sie holte den kleinen Sol sogar jeden Morgen kurz nach halb sieben persönlich daheim ab, das verschaffte Magdalena Seehofer Luft, und es war eine große Beruhigung. Allerdings – zu sehen, wie Sol dem Türgong freudig entgegenfieberte, machte die Mutter auch immer etwas eifersüchtig.

Dagegen war es mit Luna problematisch. Seit sie im Kindergarten war, plagte sie sich mit diversen Krankheiten und Unpässlichkeiten herum, und Magdalena musste dann immer entscheiden, ob sie bei ihrem Kind bleiben oder eine Person aus ihrem Netzwerk bitten sollte, dass sie die Betreuung des Kindes übernahm. Hierfür konnte sie weitgehend auf Personen aus ihrem relativ großen Freundeskreis zurückgreifen, den sie noch während der Studienzeit in Konstanz aufgebaut hatte. Aber auch aus der Krabbelgruppe-Periode hatten sich gute Bekanntschaften ergeben. Großeltern standen nicht zur Verfügung. Die eigenen Eltern, die zwar in der Nähe wohnten, nämlich in Ravensburg, hatten sich von ihrer Tochter distanziert, als sie das zweite Mal unverheiratet schwanger geworden war, noch dazu von einem anderen Mann als beim ersten Kind. Und nachdem sich beide Männer aus dem Staub gemacht hatten, standen auch väterlicherseits keine Großeltern zur Verfügung.

Ein hilfsbereiter Freundeskreis war jedoch auch keine Garantie für Verfügbarkeit zu jeder Zeit. Dazu kam, dass das Leben mit den Kindern natürlich auch sehr anstrengend war und sich kräftemäßig schwer mit dem Beruf in Vollzeit vereinbaren ließ. Kurz, es gab immer wieder ärgerliche Zwischenfälle in der Schule, weil Aufgaben nicht rechtzeitig erledigt wurden, wichtige Dokumente verschwanden, der Unterricht schlecht vorbereitet war und die Geduld mit den Schülern sehr zu wünschen übrig ließ. Das war natürlich auch für Karla Gulden immer wieder ein Anlass, Magdalena Seehofer zu traktieren. Zu der sachlichen Kritik kamen boshafte Sticheleien, Magdalenas Lebensmodell betreffend, Guldens Kreativität hierin war unerschöpflich.

»Nein, Schatz, ich kann heute unmöglich bei dir zu Hause bleiben!« Magdalena versuchte, das weinende Kind zu beruhigen. »Luna, du bist doch schon so groß und vernünftig. Du weißt, dass ich in der Schule Probleme kriege, wenn ich dauernd fehle. Und das willst du doch auch nicht.«

Luna schüttelte heftig den Kopf. »Nein, Mama, das will ich nicht. Aber ich hab doch so Angst!«

»Du musst nicht Angst haben. Hier passiert dir gar nichts, niemand kann reinkommen, und ich stelle dir alles ans Bett, was du vielleicht brauchst. Außerdem kannst du mich jederzeit auf dem Handy anrufen, wenn dir etwas Furcht einjagt.«

»Ja, aber dann kannst du ja auch nicht kommen. Dann würdest du ja auch Probleme kriegen.«

Magdalena musste innerlich zugeben, dass Luna Recht hatte. Gleichzeitig fiel ihr Blick auf die Uhr: Es war mittlerweile Viertel nach sieben, um halb acht musste sie spätestens aus dem Haus gehen. Das Kind tat ihr so fürchterlich leid, aber sie traute sich einfach nicht, sich schon wieder in der Schule abzumelden, noch dazu gewissermaßen in letzter Sekunde.

Seit Mahlers Tod war Schwester Lea für den Vertretungsplan zuständig – und das war eine weitere Katastrophe, denn ausgerechnet Schwester Lea übertraf Karla Gulden noch an boshaften Bemerkungen. Nein, Magdalena Seehofer konnte sich jetzt nicht bei ihr krankmelden.

»Bitte, Mama, bleib bei mir!«, schluchzte Luna.

»Reiß dich, verdammt noch mal, zusammen, Luna. Du bist kein Baby mehr.«

Magdalena brach es fast das Herz, das verzweifelte Kind zu sehen. Aber sie selbst war auch verzweifelt, denn sie war fest davon überzeugt, dass sie unbedingt in die Schule musste.

In ihrer eigenen Verzweiflung und Hilflosigkeit machte sie nun ungefähr alles falsch, was es falsch zu machen gab.

»Wenn du nicht dauernd krank würdest, Luna, dann hätten wir auch nicht so viele Probleme. Jetzt musst du eben auch mal dazu beitragen, dass unsere Familie funktioniert.«

Magdalena bereute sofort, was sie gesagt hatte, aber nun war es heraus, und mit einem Funken Hoffnung bemerkte Magdalena, dass Luna aufgehört hatte zu weinen.

Magdalena nahm das Kind noch in den Arm, griff sich

ihre Schultasche, die längst nicht alles enthielt, was sie heute brauchen würde, da sie gestern wieder unkonzentriert gepackt hatte, und verließ die Wohnung, indem sie Luna zuwinkte. Luna winkte zurück und war ganz still.

Kaum war Magdalena jedoch aus der Haustür getreten, hörte sie von oben ein ohrenbetäubendes Brüllen und Schluchzen. Luna hatte das Fenster aufgerissen und schrie: »Mama, bitte, bitte bleib da! Ich sterbe! Ich sterbe! Da darfst du nicht weggehen!«

Magdalena machte auf dem Absatz kehrt und stürmte in die Wohnung zurück. Sie nahm das Kind, das jetzt fiebrig glühte, in die Arme und drückte es fest an sich.

»Ist ja gut, Lunaschatz, ist ja gut. Ich bleibe hier. Du musst aber aufhören, so schrecklich zu weinen, sonst wirst du noch viel mehr krank.«

Sie trug das Kind zurück ins Bett, deckte es liebevoll zu und blieb am Bettrand sitzen, bis Luna, immer wieder begleitet von einem leisen Aufschluchzen, eingeschlafen war.

Dann stand sie zögernd und als müsse sie ein bleischweres Gewicht heben auf, schleppte sich mehr, als dass sie ging, zum Telefon und wählte die Nummer von Schwester Lea. Es war mittlerweile nach acht Uhr. Seit 7.50 Uhr hätte sie Unterricht gehabt.

Schwester Lea meldete sich mit dem bei ihr üblichen barschen Ton, der auch härter Gesottenen erst einmal das Blut in den Adern gefrieren ließ. Als sie hörte, wer am anderen Ende der Leitung war, zog sie alle Register.

»Was???«, brüllte sie in den Hörer. »Das fällt Ihnen jetzt schon ein, dass Sie ein krankes Kind haben? Und wie praktisch, wenn man Kinder vorschieben kann. Wahrscheinlich sind Sie bloß wieder mit einem Ihrer Lover nicht aus dem Bett gekommen. Wissen Sie was, für solche Schlampen wie

Sie ist in dieser Schule kein Platz. Sie sollten sich schon mal nach einer neuen Stelle umsehen.«

Schwester Lea legte wutentbrannt auf und bedauerte, dass sie kein altes Telefon mehr hatte, bei dem man den Hörer auf die Gabel knallen konnte. So donnerte sie das Geräteteil nur schwungvoll auf den Schreibtisch, fuhr den PC hoch und schaute nach, was mit den Vertretungen möglich war. Es begann ein hektisches Suchen und Zusammenflicken, und als die Schulsekretärin auch noch in einem ungünstigen Moment nachfragte, was mit Frau Seehofer sei, bekam Frau Schmidt-Kessler ebenfalls ein paar patzige Bemerkungen ab.

Magdalena Seehofer aber saß währenddessen tränenüberströmt auf dem Sofa und starrte das Telefon mit leerem Blick an. Sie merkte nicht, wie viel Zeit verging. Der Glockenschlag für neun Uhr von der Kirche St. Florian riss sie schließlich aus ihrem dumpfen Brüten.

»Das wird sie büßen, diese selbstgerechte Heuchlerin!«, schoss es Magdalena Seehofer blitzartig durch den Kopf.

KAPITEL 22 (MONTAG, 29.06.2015)

Als das Telefon klingelte, stand Karl-Anton Hofstetter gerade auf seinem rechten Bein am Waschbecken und putzte sich die linksseitigen Zähne. Er hatte gelesen, das sei eine effektive Methode, das Gehirn frisch zu halten, und da er dieses Jahr seinen 60. feierte, hielt er ein solches Training für nicht überflüssig. Widerwillig unterbrach er die Prozedur, was aber einige Zeit in Anspruch nahm. Glücklicherweise befand sich der Apparat dort, wo er ihn vermutet hatte, nämlich auf der Ladestation, und obwohl er an der Nummer erkannte, dass es ein Anruf vom Schulsekretariat war, nahm er ab.

»Sancta Trinitas, Schmidt-Kessler am Apparat. Hallo, Herr Hofstetter! Einen wunderschönen Morgen wünsche ich Ihnen«, flötete die Schulsekretärin, und Karl-Anton Hofstetter stellten sich die Nackenhaare auf. Ihm war natürlich sofort klar, was ein solcher Anruf zu früher Stunde bedeutete: nämlich sich ohne Frühstück unverzüglich auf den Weg zur Schule zu machen und jemanden zu vertreten.

»Ja, einen wunderschönen Morgen wünschen Sie mir und werden ihn mir gleich verderben. Das schreit nach Rache, Frau Schmidt-Kessler. Aber natürlich nicht an Ihnen. Wer ist denn der Übeltäter, der es wagt, nicht zu kommen?«

Als er hörte, um wen es sich handelte, brummte er: »Na ja, dann räche ich mich vielleicht lieber an der Person, die mich eingeteilt hat, die kann ich sowieso nicht leiden.«

Frau Schmidt-Kessler versuchte, ein Lachen zu unterdrücken, was ihr aber nicht ganz gelang, und Hofstetter konnte sich gut vorstellen, wie sie die Augen rollte. Man hätte an der Schule schon einen »Anti-Fan-Club« gründen können – der Beliebtheitsgrad von Schwester Lea befand sich unter null.

Hofstetter versprach, sich zu beeilen und dann die 10a statt mit Sport mit Erdkunde zu unterhalten. Er wohnte gleich um die Ecke, was ihm immer wieder spontane Vertretungsstunden einbrachte. Daher beschloss er, dass er sich erst noch einen Kaffee genehmigen durfte, um dann doch zügig, aber nicht überstürzt, das Haus zu verlassen.

Bei seiner Ankunft im Klassenzimmer der 10a bekam er beim Öffnen der Tür beinahe einen Fußball an den Kopf. Er konnte gerade noch ausweichen, und sein Erscheinen löste schlagartig eine unheimliche Stille aus. Da der Verursacher in flagranti erwischt worden war, ließ sich die Sache leicht klären, und der Schüler Jacob Fichtenberger durfte sich auf zwei Sozialstunden mit den Hausmeistern freuen. Bei der Klarheit der Sachlage versuchte er erst gar nicht, etwas abzustreiten und maulte auch nicht vor sich hin, wie er es normalerweise getan hätte.

Mittlerweile war die zweite Schulstunde fast zur Hälfte vorbei, es war kurz vor neun Uhr. Um 9.20 Uhr war die Stunde aus. Was sollte man da noch Sinnvolles anfangen? Karl-Anton Hofstetter, der Geografie und Chemie unterrichtete, entschied sich für ein Erdkundequiz, bei dem die Mädchen gegen die Jungen spielen sollten. Weitere fünf Minuten verstrichen, bis jede Schülerin und jeder Schüler die schwierige Aufgabe bewältigt hatte, sich der richtigen Gruppe zuzuordnen und einen entsprechenden Platz einzunehmen. Danach entbrannte Streit darüber, wer anfangen dürfe, und schließlich herrschte schon bei Frage eins Uneinigkeit über die Bewertung.

Hofstetter war heute weniger gelassen als sonst und lag nach einer Weile mit seiner Bemerkung »Halt jetzt endlich s Maul« einerseits völlig daneben, andererseits goldrichtig bei seinem Adressaten. Toni Beiter, der sich immer gern durch niveaulose Bemerkungen hervortat, verstand eigentlich nur eine so direkte Sprache. Und die Reaktion in der Klasse ging von »Endlich sagt's ihm mal einer« bis »Darf der Hofstetter so reden?«.

Der Pausengong beendete alle Bemühungen und Auseinandersetzungen, und Karl-Anton Hofstetter ging, verärgert über die verschwendete Zeit, aus dem Klassenraum in Richtung Lehrerzimmer. Unterwegs traf er seinen Kollegen Fidelis Finkenbeiner, der gerade ein Klassenzimmer abschloss.

»Was machst du denn für ein Gesicht?«, entfuhr es Finkenbeiner, als er Hofstetter neben sich sah. »Plagst du dich mit einer verspäteten Midlife-Crisis?«, fügte er süffisant hinzu.

»Nee, nix Besonderes«, brummte Hofstetter, der froh war, einen Kollegen getroffen zu haben, mit dem er gern zusammen war. Und »Großmaul Finki«, wie er allgemein im Kollegium mehr liebevoll als geringschätzig genannt wurde, war ganz nach seinem Geschmack. Zwar war dieser ungefähr 20 Jahre jünger als Hofstetter und hatte auch von den Fächern her mit ihm nichts gemeinsam, denn er unterrichtete Geschichte und Gemeinschaftskunde, aber sie hatten dieselbe Art von Humor und beschäftigten sich in ihrer Freizeit beide gern mit dem Umdichten von bekannten Liedern, seien es Volkslieder oder Schlagertexte, in denen sie Stoff aus dem alltäglichen Miteinander – oder Gegeneinander – verarbeiteten und an entsprechenden Festen sehr publikumswirksam vortrugen.

Während sie gemeinsam zum Lehrerzimmer liefen, fasste Hofstetter kurz zusammen, wie sein heutiger Tag begonnen hatte, und Finki rundete die Erzählung grinsend mit einer bissigen Bemerkung ab: »Hat die schöne Lea mal wieder zugeschlagen …« Und Hofstetter fügte hinzu: »Ich will gar nicht wissen, wie sie die arme Magdalena wieder fertiggemacht hat.«

Dass Schwester Lea gar keine andere Wahl gehabt hatte, als Hofstetter zur Vertretung einzuteilen, war den beiden im Grunde schon klar. Und hätte ein anderer Kollege den Vertretungsplan gemacht, hätten sie den Vorgang einfach geschluckt. Bei Schwester Lea aber war jeder Anlass recht für boshafte Bemerkungen, zu sehr hatten sie schon unter ihrem Gift gelitten, denn Lea teilte aus, wo sich nur eine Gelegenheit bot. Dass Schwester Bianca auch ein Lieblingsopfer von Lea war, tat den meisten im Kollegium zwar leid, andererseits wurde Bianca heimlich belächelt, weil sie so naiv war und weil sie sich alles gefallen ließ. So wurde sie oft zur Zielscheibe für Spott.

»Magdalena und auch die Bianca können einem richtig leidtun«, führte Karl-Anton Hofstetter seinen Gedanken fort und schloss mit der Bemerkung: »Irgendwann wird sie schon noch an ihrem eigenen Gift zugrunde gehen, unsere liebe Lea!«

Sie waren am Lehrerzimmer angekommen. Mandy Pfrogner, Lehrerin für Deutsch und Russisch, kam gerade um die Ecke und hatte den Schlüssel schon schließbereit in der Hand. »Brüderchen und Schwesterchen« wurden Mandy und Fidelis im Kollegium betitelt, seit bekannt geworden war, dass sie am selben Tag, im selben Jahr geboren waren. Ansonsten hatten sie aber wenig gemeinsam. Mandy war in der DDR aufgewachsen und sozialistisch geschult, Fidelis in dem beschaulichen Städtchen Sigmaringen, wo hohenzollerische Beamtenmentalität das Leben bestimmte. Trotzdem verstanden sie sich gut und machten schon seit fünf Jahren gemeinsam mit ihren Ehepartnern zu Beginn der Sommerferien ausgedehnte Wanderungen in Österreich. Dieses Jahr sollte es Kärnten sein. Wäre nicht der Todesfall von Mahler gewesen, hätten sie sich in den letzten zwei

Wochen schon viermal getroffen, um Einzelheiten zu planen. Aber nun war alles ziemlich durcheinandergekommen.

Alle gingen im Lehrerzimmer sehr zielstrebig zur Teeküche, die zwar so hieß, aber hauptsächlich von Kaffeetrinkern genutzt wurde und die vor Kurzem erst mit einem neuen Kaffeeautomaten gekrönt worden war. Im Hintergrund klebte ein Foto von George Clooney mit seinem Werbespruch »Nespresso – what else?«, auch wenn das mit diesem Automaten gar nicht möglich war. Ein Spaßvogel hatte »Hast du Haschisch in den Taschen, hast du immer was zu naschen!« dazugeklebt. Wer das gewesen war, wusste man zwar nicht, aber man vermutete wohl nicht zu Unrecht, dass es jemand aus der Hippie-Generation gewesen sein musste.

Nach dem Auftritt eines Spaßvogels hörten sich aber die Laute, die jetzt aus der Teeküche kamen, überhaupt nicht an. Rebekka Rohrer schimpfte laut vor sich hin, weil die Spüle wieder mal mit schmutzigem Geschirr zugemüllt war und außerdem der letzte Benutzer des Kaffeeautomaten nicht in der Lage gewesen war, Wasser nachzufüllen und den Trester zu leeren. Dabei würde es gleich einen Ansturm auf die Maschine geben, weil Große Pause war, das wusste doch jeder.

»Lauter Egoisten hier im Kollegium«, schimpfte die zu den Jüngeren gehörende Rebekka Rohrer vor sich hin.

»Na, na, bitte nicht so pauschal«, warf Finki ein, als er mit den beiden anderen um die Ecke bog. »Nur weil du ›Rohrer‹ heißt, musst du nicht wie ein Rohrspatz schimpfen!«

»Haa-Haa-Haaaa«, war Rebekkas Kommentar. Das sollte sie lustig finden?

Es entfachte sich noch eine heftige Diskussion über Hygiene und individuelle Verwirklichung, die natürlich zu keinem konstruktiven Ergebnis führte. Karl-Anton Hofstetter musste schmunzeln, als er nach der sechsten Stunde wieder in die Teeküche wollte und dabei an der Tür einen Zettel mit diesem Spruch entdeckte:

›WARNUNG!

Ist das Schwein in diesem Bau ein Eber oder eine Sau? Wir wissen's nicht genau.

Doch sollten wir das Schwein erwischen, hört es eine Schlange zischen.‹

Alles ging eben wieder seinen normalen Gang mit den alltäglichen Ärgernissen.

KAPITEL 23 (SAMSTAG, 11.07.2015)

Eine nur schemenhaft erkennbare Gestalt – man konnte nicht sagen, ob Mann oder Frau – schlich durch die halbdunklen Gänge und hoffte inständig, dass niemand sie sehen würde. Sie zitterte vor Aufregung, denn seit Mahlers Tod lag ein Schleier von Unbehagen über Sancta Trinitas. Aber die Person trotzte allen Ängsten – sie hoffte so sehr, dass sie in der Kapelle Ruhe finden würde. Sie glaubte auch nicht, dass sie dort noch jemanden antreffen würde, es war schon fast 22 Uhr, und die meisten Schwestern gingen früh ins Bett.

Kurz vor dem Eingang zur Kapelle stolperte sie über einen Gegenstand und fing sich gerade noch. Den Gegenstand hatte sie beim Stolpern in Bewegung gesetzt, er prallte an der Eingangstür mit einem leisen Geräusch ab. Die davon erschrockene Gestalt bückte sich, um das Ding aufzuheben und zu sehen, was es war. Es handelte sich um ein kleines Notizbuch, Format DIN A6. Normalerweise hätte sie das Buch mitgenommen, sie war immer sehr neugierig. Jetzt aber breiteten sich abwechselnd Verzweiflung, Apathie und Wut in ihr aus. Ihr Inneres war von der Widersprüchlichkeit zerrissen. Sie legte das Buch zurück auf den Boden, neben den Eingang.

Die Gestalt öffnete langsam die Tür, versuchte so, das Knarren der Scharniere auszuschalten. Als sie sich endlich in der Kapelle befand und die Tür wieder geschlossen hatte, blieb sie eine Weile still stehen. Sie atmete tief ein: Der Geruch erinnerte an feierliche Momente und vermittelte Geborgenheit. Ein Hauch von Weihrauch lag in der Luft. Zwar wurde hier im Gottesdienst nie Weihrauch verwendet, aber es gab sowohl Schwestern als auch Schülerinnen, die manchmal Weihrauch-Räucherstäbchen anzündeten, um den Raum mit diesem wunderbaren Geruch zu erfüllen.

Die nicht erkennbare Gestalt machte nun einige Schritte nach links, um zum Mittelgang zu kommen. Der Weg führte sie an der Madonna vorbei, die hinten entgegengesetzt vom Altar stand. Bisher hatte sie sie noch nie richtig beachtet, nur irgendwie registriert, dass sie sie kitschig fand: eine typische der Erscheinung in Lourdes nachempfundene Madonna. Nicht gerade ein Stil, der sie ansprach. Aber auch unabhängig davon wollte sie lieber nichts mit der »Heiligen Jungfrau Maria« zu tun haben. Die nicht erkennbare Person wandte den Blick ab, schaute nach vorn zum Altar – und hatte in diesem Moment das Gefühl, zu Stein zu erstarren.

Ihr Atem stockte, ihre Gliedmaßen fühlten sich weich und willenlos an. Ihr wurde schwindlig, aber sie fiel nicht um. Es geschah nichts.

Plötzlich hatte sie das Empfinden, neben sich zu stehen. Sie konnte sich selbst dabei beobachten, was sie tat. Aber sie hatte weder die Kraft noch den Willen, in die nun folgende Handlungskette einzugreifen. So sah sie, wie sie langsam nach der Marienstatue griff. Sie nahm sie in die Arme und presste sie an sich. So stand sie eine Weile unbeweglich da, den Blick auf den Altar gerichtet. Das Rot des Ewigen Lichts flackerte. Bis zum heutigen Tag hatte sie das immer beruhigt. Jetzt aber spiegelte der unruhige Lichtschein ihre aufgewühlte Seele wider.

Langsam und völlig lautlos ging das Wesen den Gang vor zum Altar. Der Weg schien endlos. In Höhe der vorletzten Bank blieb sie stehen. Dann drehte sie sich blitzschnell nach rechts. Mit der Kraft maßloser Wut wurde die Statue auf das Opfer geschleudert, und in gefühlte tausend Stücke zersprang der Gips, der gerade noch die Heilige Madonna geformt hatte. Und langsam kippte die eben noch im Gebet versunkene Schwester zuerst nach links, um dann mit einem dumpfen Schlag auf dem Steinboden des Mittelgangs aufzuprallen.

Der Täter – oder war es eine Täterin? – sah noch, wie sich eine Blutlache bildete.

Wie er oder sie nach Hause gekommen war, wusste der Betroffene beziehungsweise die Betroffene später nicht mehr.

KAPITEL 24 (SONNTAG, 12.07.2015)

Am nächsten Morgen versammelten sich wie immer die Schwestern um 6.30 Uhr zum gemeinsamen Morgengebet in der Kapelle. Die Erste war heute, wie meistens, Schwester Angelika, die gegenüber den anderen das Licht ihrer Frömmigkeit nicht unter den Scheffel stellte. Diese Eitelkeit musste sie heute bitter bezahlen, denn nun war sie es, die die Leiche von Schwester Lea entdeckte.

Nie mehr im Leben würde Schwester Liliana, die kurz danach die Kapelle betreten hatte, diesen gellenden Schrei von Schwester Angelika und den Anblick der Toten vergessen. Und keine der Schwestern würde jemals die Reaktion von Schwester Bianca aus der Erinnerung löschen können. Sie hatte erst völlig regungslos vor der toten Lea gestanden und sich dann laut schreiend und weinend über sie geworfen. Die Umstehenden konnten sie nicht daran hindern, dass sie Lea schüttelte, versuchte, sie aufzuheben, sie umarmte.

Wie immer als Letzte erschien Schwester Digna – und trotz ihres Schreckens, den man ihr deutlich anmerkte, war sie die Erste, die wieder zu einer sinnvollen Handlung fähig war: Sie zog ihr Handy aus der Tasche und rief zuerst die Polizei an, der sie auch mitteilte, dass man einen Notarzt brauchte für eine Mitschwester, dann wählte sie Norbert Schmitts Nummer.

Schmitts erste Reaktion war: »Veronika, es ist mir noch zu früh am Tag für einen Scherz.«

»Die Polizei ist schon alarmiert«, kam es tonlos zurück. Und an Dignas Stimme und an der Reaktion erkannte Schmitt, dass es ernst war. Ungeduscht und unrasiert stürzte er fünf Minuten später aus dem Haus, schwang sich auf sein Fahrrad, das immer startbereit neben der Eingangstür parkte, und war nach weiteren drei Minuten in der Kapelle von Sancta Trinitas – und somit noch vor der alarmierten Polizei.

Einige Schwestern standen auch noch da, andere waren gegangen, weil sie den Anblick nicht ertragen konnten. Auch die Erzieherinnen, bis auf Schwester Bianca, waren schon längst wieder in ihren Gruppen. Schwester Digna hielt die blutverschmierte Bianca im Arm und redete beruhigend auf sie ein. Biancas Körper wurde vom Schluchzen heftig geschüttelt, und Digna hatte Mühe, die Verzweifelte festzuhalten.

Schmitt sagte wie immer nicht viel am Tatort. Auch nicht, als er seinen Mitarbeiter Moser an seiner Seite hatte. Als die Kollegen von der Spurensicherung endlich eingetroffen waren, kam wieder Leben in die Kapelle, was aber nichts daran änderte, dass eine Leiche vorhanden war. Und diese ließ sich auch nicht mehr verheimlichen. Der ursprünglich gefasste Plan der Schwestern, den Vorfall zunächst geheim zu halten, war allein schon deshalb realitätsfern, als der Schulhof von Polizeiautos zugeparkt war, was sich im Internat blitzschnell herumgesprochen hatte. Glücklicherweise war Sonntag, daher waren keine Schüler in der Schule, aber das Chaos im Internat war kaum in den Griff zu bekommen.

Schwester Bianca hatte ein Notarzt mit einer Spritze ruhiggestellt und zur Beobachtung ins Krankenhaus bringen lassen. Bevor Bianca auf der Trage abtransportiert wurde, hatte Digna ihr über das blutverschmierte Gesicht gestrichen und gemurmelt: »Alles wird gut.« Aber sie wusste selbst, dass nichts mehr gut werden konnte.

Die Beamten der Spurensicherung machten auch keinen glücklichen Eindruck: Durch Biancas Gefühlsausbruch waren fast alle Spuren unbrauchbar geworden.

Schmitt schüttelte immer wieder den Kopf. Sogar Digna schien hilflos.

KAPITEL 25 (FREITAG, 17.07.2015)

Eisiger Wind weht
mir die wahnsinnigen
Gedanken entgegen.
Oh Schmerz!
Das verzweifelte Herz
sucht Flucht in der Sucht –
Und zieht mich ins Grab
hinab.

Rainer Maria Rilke

»Wenn das Rilke ist, fresse ich drei Besen.«

Norbert Schmitt saß mit seiner Frau Sabine auf der Dachterrasse ihres Hauses. Vor sich hatte er ein Notizbuch, in das er diesen Text abgeschrieben hatte. Abgeschrieben aus einem anderen Notizbuch, nämlich dem, das seine Kollegen vor der Tür der Kapelle auf dem Boden gefunden hatten.

Es gab keinen Anhaltspunkt, der Rückschlüsse zugelassen hätte, wem das Buch gehörte, außer dass es wohl ein Mädchen aus dem Internat war, der Schrift nach vermutlich Mittelstufe.

»Drei Besen sind viel. Denk an deinen Magen. Du kannst nicht mehr alles so wahllos reinstopfen wie früher.« Sabine versuchte, die Anspannung ihres Mannes durch diese flapsige Antwort abzumildern. Aber sie erntete nur einen missbilligenden Blick. Sie wusste, jetzt war Vorsicht geboten.

»Wieso bist du dir denn so sicher?«, fragte sie nun, mit einem Gesichtsausdruck, der ernsthaftes Interesse an der Problematik signalisierte.

Schmitt schüttelte wie abwesend erst einmal den Kopf, dann sagte er mit Blick auf das Gedicht:

»Ich kenne Rilke. Mit Vroni habe ich am Anfang unseres Studiums öfter mal Abende damit verbracht, Rilke-Gedichte zu lesen. Sie war zu der Zeit sehr empfänglich für die Stimmung in seinen Gedichten. Lebensfreude strahlt Rilkes Poesie ja nicht gerade aus, und Vroni steckte damals in einer Krise. Freude am Leben kann man diesen Zeilen hier auch nicht gerade entnehmen. Aber erstens habe ich das Gedicht noch nie in Rilke-Sammlungen gesehen, außerdem habe ich es schon gegoogelt. Aber nichts gefunden. Seltsam ist das schon!«

In dem Moment, als Norbert die gemeinsamen Rilke-Abende mit Veronika Vorderhofer erwähnt hatte, war Sabine kurz zusammengezuckt, hatte sich aber sofort voll im Griff gehabt, als ihr Mann den Blick wieder auf sie richtete.

»Nehmen wir mal an, das Gedicht ist wirklich nicht von Rilke und der Verfasser oder in eurem Fall wohl eher die

Verfasserin will damit etwas aus dem eigenen Leben thematisieren, wer käme denn da infrage?«

»Das ist mir eben ein Rätsel, sonst würde ich ja bei meinen Nachforschungen dort ansetzen«, gab Norbert Schmitt etwas gereizt zurück.

Sabine Schmitt ließ sich von dieser Reaktion nicht irritieren. So war ihr Mann immer, wenn er das Gefühl hatte, eine entscheidende Spur gefunden zu haben, aber trotzdem nicht weiterkam.

»Was sagt denn eure SpuSi zu diesem Buch? Es müssten doch Fingerabdrücke zu finden sein.«

»Ja, jede Menge.« Schmitts Laune wurde nicht besser. »Dieses Buch muss durch viele Hände gegangen sein. Sicher ist nur, dass auch Schwester Leas Fingerabdrücke drauf sind und dass es garantiert nicht ihre Schrift ist.«

»Hm.« Sabine goss sich aus der Thermoskanne etwas vom Eistee nach und machte eine fragende Geste, ob Norbert auch etwas wolle. Dieser schüttelte aber den Kopf und sie fuhr fort:

»Interessant ist diese Tatsache aber doch insofern, als man vermuten kann, dass Lea dieses Buch einer Schülerin abgenommen hat. Begeistert wird die bestimmt nicht gewesen sein. Stellt sich also die Frage, wie kommt das Buch vor die Kapellentür und wer war vorher der unmittelbare Besitzer. Die Eigentümerin selbst? Eine Mitschülerin? Hier kommt aber auch ein Mitschüler in Betracht, die Schule ist ja gemischt. War es eine Erzieherin? Wenn ja: eine weltliche oder eine Ordensschwester? Oder überhaupt eine andere Ordensschwester?

Aber weißt du was? Ich glaube, mit dem Tod von Schwester Lea hat das Buch nichts zu tun. Warum sollte es dann vor der Kapelle liegen? Auch die Enttäuschung durch eine falsche Spur musst du mit einkalkulieren«, bemerkte Sabine Schmitt nüchtern.

»Als ob ich das nicht selber wüsste«, knurrte der Kommissar und zündete sich endlich eine Zigarette an. Über eine Stunde hatte er seiner Frau zuliebe darauf verzichtet. Warum eigentlich? Das Thema war längst kein echter Konfliktstoff mehr zwischen ihnen. Die Positionen waren klar: Norbert vertraute darauf, dass er eine so widerstandsfähige Lunge wie Altbundeskanzler Helmut Schmidt hatte, und Sabine stellte sich schon mal drauf ein, ihren Lebensabend allein zu verbringen.

Mit Erleichterung bemerkte Sabine, dass sich Norberts Laune nach einigen Zügen deutlich besserte, und brachte ihm sogar einen Aschenbecher, als ihr »alter Bär«, wie sie ihn nannte, sofort nach der nächsten Zigarette griff, nachdem er die Kippe der ersten in einem Blumenkübel ausgedrückt hatte.

»Okay, ich werde mal versuchen, anhand von Schriftproben herauszubekommen, wem das Notizbuch gehört. Auf unsere Nachfragen hat sich ja niemand dazu bekannt.«

Damit schloss Schmitt das Gespräch über berufsbedingte Probleme ab und schnitt ein anderes Thema an. Er schlug vor, Schwester Digna, »die Vroni«, am nächsten Abend zum Grillen auf die Dachterrasse einzuladen. Nicht in den Garten, wo auch wahrscheinlich seine Eltern und die Familie seines Bruders dabei gewesen wären, er wollte in gemütlicher Dreierrunde die eher ungemütliche Geschichte hören von Dignas »Motorradbeichte« bei ihrem Orden.

Sabine war sofort einverstanden. Nicht nur, weil sie auch darauf neugierig war, sondern weil sie Veronika wirklich mochte.

KAPITEL 26 (FREITAG, 17.07.2015)

Schwester Digna hatte sich, unmittelbar nachdem Rainer Maria Mahler beerdigt gewesen war, der nächsten unangenehmen Sache gewidmet, nämlich ihre Ordensleitung darüber zu informieren, dass sie nicht nur eine Harley versteckt hielt, sondern sie auch heimlich benutzte und zudem nun eine saftige Strafe wegen einer höchst gefährlichen Geschwindigkeitsüberschreitung am Hals hatte.

Wie üblich in solchen Situationen, war vom Mutterhaus zwei Wochen lang keinerlei Reaktion gekommen. Aber Schwester Digna steckte solche Demutsübungen inzwischen relativ gelassen weg. Auf die ihr ganz eigene Art, nämlich auf die der Veronika Vorderhofer. Und so hatte sie eine Woche nach Absenden ihres Briefs an die Mutter Oberin Norbert Schmitt eine SMS geschickt:

Mach dir keine Gedanken, wenn der Schuppen mal wieder für ein paar Stunden leer ist.;) V.

Schmitt nahm die Nachricht amüsiert zur Kenntnis. Er wusste, dass Schwester Digna sich in der Führungsetage des Klosters geoutet hatte und konnte sich gut vorstellen, dass dort nun erst mal »pädagogisches« Schweigen herrschte. Außerdem war er ganz sicher, dass die bezüglich ihres Ausrutschers ziemlich zerknirschte Schwester Digna sich in Bezug auf Geschwindigkeit und Fahrstil nichts mehr zuschulden kommen lassen würde.

Sabine Schmitt hatte vorgeschlagen, dass sie sich um die Einladung zum Grillen kümmern würde, und noch am selben Abend versucht, Schwester Digna zu erreichen. Sie hatte aber kein Glück, weder auf dem Festnetz noch auf dem Handy. Als sie gegen 22 Uhr immer noch keine Verbindung bekommen hatte, machte sie sich Sorgen, obwohl sie normalerweise nicht zu Ängsten neigte. Aber nach den Vorfällen in den »Heiligen Hallen«, wie sie Sancta Trinitas zu nennen pflegte, war auch sie verunsichert. Deshalb entschloss sie sich gegen 22.30 Uhr, an der Pforte anzurufen. Die war zwar ab 21 Uhr nicht mehr besetzt, aber danach wurden die ankommenden Anrufe zu Schwester Liliana ins Zimmer weitergeschaltet.

Auch Schwester Liliana meldete sich nicht sofort, und nach dem sechsten Klingelton wollte Sabine Schmitt schon auflegen, merkte aber gerade noch rechtzeitig, dass es am anderen Ende der Leitung »Klick« machte.

»Wer stört so spät?«, hörte Sabine eine freundliche, warme Stimme sagen. Es war also sofort klar, dass Schwester Liliana keineswegs verärgert war. Trotzdem war Sabine Schmitt der Anruf nun noch unangenehmer als ohnehin schon.

»Es ist die nervige Sabine Schmitt«, ging sie auf Lilianas Humor ein. »Schwester Liliana, ich hoffe, ich habe Sie nicht aus dem Tiefschlaf gerissen«, fügte sie zerknirscht hinzu.

»Ah, die Frau Kommissar«, lachte Liliana. »Machen Sie sich keine Sorgen. Ich leide schon unter seniler Bettflucht.« Sie wurde aber sofort wieder ernst. »Außerdem werden Sie einen triftigen Grund haben, jetzt anzurufen.«

Sabine Schmitt erklärte ihr Anliegen und stieß wegen ihrer Beunruhigung auf großes Verständnis bei Schwester Liliana. Die Zeiten, in denen man geglaubt hatte, die Klostermauern würden Schutz bieten gegen die harte Realität, waren zwar nicht erst seit dem Tod von Rainer Maria Mahler und Schwester Lea vorbei, aber der Mord hatte doch auch dem letzten Träumer die Augen geöffnet. Nun gehörte

Liliana zwar nicht zu den Träumern, aber doch immerhin zu den optimistischen Menschen. Momentan war jedoch auch ihr Optimismus ins Wanken geraten.

»Ja, Frau Schmitt, das ist seltsam. Ich werde dem nachgehen und intern rumtelefonieren. Rufen Sie mich auf meinem Handy an, falls Sie Digna vor mir aufstöbern können. Ansonsten hören Sie von mir, sobald ich mehr weiß. Positiv oder negativ.«

Sie gab Sabine Schmitt die Handynummer durch, was nicht so ganz einfach war, weil Liliana trotz Seniorendisplay ihres Handys noch eine Lupe brauchte, um die Nummer zu entziffern. Sie hatte sie mal auswendig gelernt, aber seit einiger Zeit brachte sie die Zahlen immer wieder durcheinander und hatte eingesehen, dass sie nicht mehr dasselbe Gedächtnis hatte wie mit 25.

Dann überlegte sie sich eine Strategie, wie sie die Suche nach Schwester Digna am besten durchführen konnte. In den Oberstufengruppen konnte sie gut noch so spät anrufen. Ebenso im Zimmer von Schwester Angelika. Aber bei allen drei Orten war die Antwort negativ. Niemand hatte Schwester Digna gesehen oder wusste, wo sie war.

Wild entschlossen, Licht in das immer stärkere Dunkel zu bringen, fasste Schwester Liliana zuletzt den Entschluss, in die Gruppen, bei denen sie zu so später Stunde nicht mehr anrufen konnte, selbst zu gehen. Sie hätte jetzt Lust gehabt zu fluchen, verkniff es sich aber, weil ihr rechtzeitig einfiel, dass sie Ordensfrau war. So gönnte sie sich nur ein knappes »Scheiße«, was in ihrer Generation, Liliana war 79, ja auch schon ziemlich heftig war.

Sie hievte sich ächzend von ihrem Stuhl hoch. »Kugelrund, doch kerngesund und fit wie ein Turnschuh«, stöhnte sie vor sich hin und machte sich auf die Suche nach ihrem

Schleier. Da sie nie einen bestimmten Platz hatte, an dem sie den Schleier ablegte, sondern ihn immer dort, wo es ihr in den Sinn kam, wie störend er war, gewissermaßen fallen ließ, natürlich nur in ihrem Zimmer, war Liliana in diesem Moment überhaupt nicht klar, wo sie suchen sollte. Und da das Zimmer zwar einerseits von der Größe her sehr überschaubar war, andererseits die Überschaubarkeit ihre engen Grenzen durch das sich bietende Durcheinander fand, entschloss sich Liliana, in Anbetracht der Eile einen frischen Schleier aus dem Schrank zu ziehen. Doch dann kam das nächste Problem. Aufgrund ihrer Kopfform musste Liliana immer zu einem Trick greifen, damit der Schleier hielt. Hilfe fand sie darin, dass sie zwei dicke Lockenwickler in die Haare über der Stirn drehte. Sie bildeten eine rutschfeste Barriere. Doch wo hatten sich diese Biester nun wieder versteckt?

»Verdammt noch mal!«, entfuhr es Liliana nun doch. Sie beschloss, dass es bei ihrem nächtlichen Streifzug auch reichen musste, den Schleier mit Klämmerchen festzustecken. Dann rief sie kurz bei Sabine Schmitt an, um ihr mitzuteilen, dass sie jetzt ihr schützendes Zimmer verlasse. Diese Vorsichtsmaßnahme war ungewöhnlich für die forsche Liliana, die schon als Kind mit ihren Brüdern auf dem Gutshof ihrer Eltern Dinge angestellt hatte, bei denen es heutzutage im Fernsehen heißen würde: »Liebe Kinder, bitte nicht nachmachen!« Sabine Schmitt war enttäuscht, als ihr Liliana nichts anderes sagen konnte, als dass sie nun zu Fuß auf die Suche gehe. Sie wurde nämlich immer unruhiger, denn sie selbst hatte inzwischen auch nichts erreicht. Und Liliana tat ihr leid, denn Sabine wusste, dass die Ordensfrau eigentlich nur gute Miene zum bösen Spiel machte und eben gar nicht »fit wie ein Turnschuh« war, auch wenn man das zu den

Lieblingssprüchen der Pfortenschwester rechnen konnte. Ausreden wollte sie ihr aber das Vorhaben nicht, zu sehr wuchs ihre Angst um Digna.

Mit dem Handy in der Jackentasche, in der linken Hand eine riesige Taschenlampe und in der rechten den großen Schlüsselbund, machte Schwester Liliana sich auf den Weg zu den Unterstufengruppen. Aber dort war alles still, auch aus den Schlafzimmern der Erzieherinnen drang kein Lichtschein. Mit dem Ohr an den Eingangstüren zu den Apartments der Erzieherinnen stellte Liliana fest, dass auch niemand redete.

Also weiter zur Mittelstufe. Der Weg war mühsam, denn dauernd mussten Zwischentüren auf- und wieder zugeschlossen werden. Im Dunkeln schienen die Gänge noch endloser als am Tag.

Vor einiger Zeit waren ausgerechnet Schülerinnen der Oberstufe, die sonst immer von sich behaupteten, dass sie von den Kindereien der Unter- und Mittelstufe »tierisch« genervt seien, auf die Idee gekommen, mit heimlich eingeschleusten City-Rollern durch die Gänge zu flitzen, um Zeit und Mühe zu sparen. Die Erzieherinnen Susanne Dupont und Tanja Maier-Waldsee hatten nur kopfschüttelnd darüber gelacht. Allerdings verging ihnen das Lachen, als Schwester Lea die neuen Gewohnheiten zufällig mitbekam. Oder hatte Schwester Angelika ihr einen Tipp gegeben? Jedenfalls machte Schwester Lea eine bühnenreife Szene, die darin gipfelte, dass die beiden Erzieherinnen eine Abmahnung bekamen, und alle Schülerinnen, die nachweislich in die Geschichte involviert waren, mussten 30 Sozialstunden ableisten. Das hieß, der dienstälteste Hausmeister Erwin Kauffmann wurde gleich mitbestraft, weil er 21 Mädchen aus der Oberstufe sinnvoll einsetzen sollte. »Sinnvoll« hieß bei Schwester Lea, die ihre vier Hausmeister auch gern mal damit quälte, verschiedene Klaviere ohne Not von Zeit zu Zeit in einen anderen Raum transportieren zu lassen, dass die Mädchen unbedingt schwere Gartenarbeit zu verrichten hätten. »Sie sind verantwortlich, dass alles so läuft, wie ich es mir vorstelle. Das heißt, am besten überwachen Sie die Mädchen selbst, anstatt die Aufgabe an die Kollegen zu delegieren.«

Kauffmann hatte da gerade einen furchtbaren Arbeitstag hinter sich. Von morgens an war er mit seinen drei Kollegen damit beschäftigt gewesen, verstopfte Toiletten zu reparieren. Es war eine unheimliche Sauerei gewesen, ganz zu schweigen von dem Gestank. Und danach noch Schwester Leas Attacke.

Der sonst so friedliche Erwin Kauffmann bekam einen Wutanfall, wie es ihm nie irgendjemand zugetraut hätte.

»Wissen Sie was, Ehrwürdige Schwester, Sie sind so blöd, dass ich in meinen Hut reinbeißen muss, um es zu ertragen!« Und er nahm tatsächlich seinen Hut vom Kopf und biss rein.

Natürlich hatte das ein Nachspiel. Kauffmann wurde ins Mutterhaus in Stuttgart zitiert und hatte sich so einiges anzuhören, was er am liebsten gleich wieder vergessen wollte – aber nicht konnte. Vor allem den Satz, den die Mutter Oberin noch zum Abschied mit einem süffisanten Lächeln wie einen Pfeil abschoss: »Ich hoffe für uns beide, dass wir uns in diesem Leben nicht wiedersehen. Na, und für das Ewige Leben besteht ja sowieso keine Gefahr. Da werden Sie in der Hölle schmoren.« Ob das so gemeint war, wie es bei Kauffmann ankam, blieb unklar.

Schwester Leas Wunsch, dem Hausmeister zu kündigen, leistete sie jedoch nicht Folge. Sehr zu deren Ärger.

Die Schülerinnen beaufsichtigen musste dann Kollege Marinowski, der das zwar im Prinzip auch entsetzlich fand, es aber doch gern in Kauf nahm, weil er genauso wie die beiden anderen Kollegen tiefe Freude darüber empfand, dass Schwester Lea mit dem Wutanfall von Erwin Kauffmann konfrontiert worden war.

Als Schwester Liliana nun endlich vor der verschlossenen Tür zum Flur der Gruppe von Schwester Stella Maris stand, war es schon fast Mitternacht. Gerade als sie das realisiert hatte, läutete ihr Handy und sie fuhr erschrocken zusammen. Es war Sabine Schmitt, in deren Stimme nun wirklich Panik zu hören war.

»Mensch, Lili, wo sind Sie denn?«, schrie Sabine beinahe in den Hörer.

»Getz beruhjen Se sisch marl, Kindschen«, entgegnete die so salopp Angeredete, die nun ihrerseits in den Kölschen Dialekt ihrer Kindheit verfiel. Denn aufgeregt war sie auch.

»Aber isch jlaube, isch hör da jrad de Stimme von Ihre Freundin, da könn Se se jleisch serlbst schpreschen!«

Liliana stand inzwischen im Flur. Die Apartmenttür von Stella Maris stand weit offen und Stimmengewirr drang heraus. Tatsächlich war es Schwester Dignas Stimme, die Liliana rausgehört hatte, und Schwester Digna wiederum hatte mitbekommen, dass Schwester Liliana mit jemandem redete.

»Was tun *Sie* denn hier?«, entfuhr es Digna überrascht.

Statt einer Antwort übergab Liliana das Handy.

Nachdem die wichtigsten Punkte geklärt waren, trennten sich alle Beteiligten schnell. Schwester Liliana fragte trotz ihres legendären Hanges zur Neugier nicht einmal mehr, was Digna so spät hier noch zu tun hatte. Sie wollte nur noch zurück in ihr Zimmer. Nicht nur, weil der Schleier inzwischen bedenklich verrutscht war.

KAPITEL 27 (SAMSTAG, 18.07.2015)

Auch Sabine Schmitt hatte die endlich aufgespürte Vroni nicht mehr gefragt, warum diese so spät noch unterwegs und auch auf dem Handy nicht zu erreichen gewesen war. Sie war einerseits nur froh, dass nichts Schlimmes passiert war, andererseits war es ihr auch peinlich, dass sie so eine Aktion ins Rollen gebracht hatte. Und das, wo sie doch wusste, dass Schwester Digna nach Schwester Leas Tod vorübergehend die Internatsleitung übertragen worden war.

Sie vereinbarte nur noch schnell mit ihrer Freundin, dass sie im Lauf des kommenden Vormittags wieder anrufen werde, und verriet schon mal, dass ihr Anliegen ganz harmlos, nämlich eine Einladung sei.

Der nächste Tag war ein Samstag. Einige Meter entfernt von Schmitts Haus war also Markt und Norbert Schmitt wollte auf dem Rückweg von der Croissanterie schon mal einiges an Obst und Gemüse einkaufen, damit Sabine später nicht so viel schleppen musste. Das Grillgut sollte seine Frau kaufen. Auch wenn das Einkaufen von Lebensmitteln eigentlich nichts mit ihrem Beruf als Lebensmittelchemikerin zu hatte, fand Schmitt doch, dass Sabine allgemein für Lebensmittel zuständig war. Er übernahm dann dafür, wie es das Klischee verlangte, am Abend das Grillen.

Als Schmitt gerade einen Stand mit den günstigsten Johannisbeeren suchte, tippte ihm jemand von hinten auf die rechte Schulter. Er drehte sich nach rechts um, aber es war niemand zu sehen. Aha, das kannte er schon. Ein schneller Blick nach links gab ihm recht: Es war sein Kollege Maximilian Moser, der sich gern diesen irreführenden Scherz erlaubte und selbst darüber am herzlichsten lachen konnte.

»Schon so früh auf den Beinen?«, schmetterte Moser gut gelaunt.

»Ja, aber das wundert mich doch eher bei dir«, gab Schmitt zurück, denn er wusste, dass Moser gern am Freitagabend durch die Kneipen tourte und dann am Samstag ausschlief.

Mit verschwörerisch blitzenden Augen weihte Moser nun seinen Chef in eine Neuigkeit ein.

»Ich habe kürzlich eine vielversprechende Bekanntschaft gemacht. Ganz klassisch: Frau am Steuer – Ungeheuer!«, lachte Moser schallend über den nach seiner Meinung gelungenen Witz.

Schmitt sah ihn fragend an.

»Ja, also das war so«, gab sein Kollege bereitwillig Auskunft. »Vor zwei Wochen war ich im Seerheincenter einkaufen und habe das Auto wie immer im Parkhaus abstellen wollen. Es war schon ziemlich voll, aber dann habe ich gesehen, wie jemand aus einem Parkplatz rausfahren wollte. Deshalb habe ich angehalten. Denk jetzt nur nicht von mir, dass ich es gemacht hätte, weil ich so nett bin. Ich wollte ganz einfach seine Parklücke.« Moser grinste breit.

Schmitt gab zu erkennen, dass er natürlich nie geglaubt hätte, Maximilian Moser habe es aus Freundlichkeit getan.

»Gut«, fuhr Moser fort. »Ich stand also kurz mitten auf der Fahrbahn, da setzte ein anderes geparktes Auto von rechts unvermittelt nach hinten. Ich hatte nicht mal die Chance, noch zu hupen, da hat es schon gekracht. Voll in die vordere rechte Tür. Okay, hab ich gedacht, Max, jetzt haben wir ein Problem. Aber du bleibst gaaaaanz ruhig, gaaaaanz ruhig. Macht nichts, dass dein schöner neuer Range Rover jetzt zerbeult ist!

Ich bin raus aus dem Auto und hab den Anblick erst mal auf mich wirken lassen, wie da so ein älteres Modell von Peugeot an meinem Wagen klebte. Dann fiel mir aber auf, dass von dem Unfallverursacher weit und breit nichts zu sehen war.«

Schmitt hatte schon die ganze Zeit amüsiert gegrinst. Aber als er dann hörte, wie Moser fortfuhr, musste er laut herauslachen.

»Der Verursacher war eine Verursacherin, und die war im Auto sitzen geblieben, als sei sie hinter dem Steuer eingeklemmt. Na ja, du weißt, Norbert, ich kann galant sein. Und als ich gecheckt hatte, dass es sich bei ihr selbst ganz und gar nicht um ein älteres Modell handelte, hab ich ihr spontan meine Hilfe beim Aussteigen angeboten.

Ja, und um es nun endlich kurz zu machen, wir haben uns anschließend noch in der Eisdiele getroffen, ich habe ihr einen riesigen Erdbeerbecher spendiert, und heut Mittag gehen wir zusammen essen.«

Moser sah Schmitt erwartungsvoll an.

»Na dann mal ran«, kommentierte dieser trocken. »Aber was sag ich denn? Du hast ja schon heftig gebaggert. Wie kommt es sonst, dass nicht sie dir einen Eisbecher spendiert hat, sondern du ihr?« Schmitt sah Moser mit einem breiten Grinsen an.

»Aber ein Tipp: Sag ihr möglichst bald, dass du Polizist bist. Die wenigsten Frauen sind auf Dauer dazu bereit, alle damit verbundenen Unannehmlichkeiten in Kauf zu nehmen.«

Mosers Gesicht verdunkelte sich kurz, strahlte dann aber gleich wieder Zuversicht aus. Trotzdem hatte er es plötzlich ganz eilig. Schmitts nüchterne Art ging ihm mit einem Mal furchtbar auf die Nerven.

KAPITEL 28 (SAMSTAG, 18.07.2015)

Sabine Schmitt konnte sich schon denken, dass ihr Mann mal wieder von allen möglichen Leuten aufgehalten worden war, die er getroffen hatte.

»Du bist in Konstanz so bekannt wie die Imperia«, hatte sie erst kürzlich zu ihm gesagt, als er nach zwei Stunden erst heimkam, obwohl er nur die zuvor vergessene Schlagsahne gekauft hatte und er ihr aufzählte, wen er gesehen und vor allem, wen er absichtlich übersehen hatte.

Sie hatte inzwischen Schwester Digna angerufen und tatsächlich auch erreicht. Allerdings auf dem Handy, denn Digna steckte seit Leas Tod in unglaublich starkem Stress und war fast ständig unterwegs, meistens im Internat. Aber das Grillen am Samstagabend, das musste drin sein, fand Sabine und stieß damit auf offene Ohren bei Schwester Digna.

»Du hast recht, Bine, ich muss hier mal raus, sonst dreh ich noch durch. Ich hab sowieso das Gefühl, dass die meisten hier in irgendeiner Form wahnsinnig geworden sind«, war Dignas Kommentar, und Sabine war froh, dass sie aus der Stimme ihrer Freundin die bekannte Entschlossenheit einer Veronika Vorderhofer heraushörte.

Sie hatten vereinbart, dass Digna spätestens gegen 19 Uhr bei Schmitts sein sollte, und Digna versprach, alles stehen und liegen zu lassen, wenn es sich nicht gerade um Leben oder Tod handeln würde.

Nachdem das geregelt war, fand Sabine Schmitt, dass ihr Mann doch endlich mal mit den Croissants heimkommen könne, schließlich gab es heute noch viel zu erledigen, was mit dem Grillen gar nichts zu tun hatte. Aber auch der Grillabend wollte vorbereitet werden, und sie hatten – es war mittlerweile fast zehn Uhr – noch nicht gefrühstückt.

Sie fing gerade an, ungeduldig zu werden, und hatte sich wenigstens schon eine Tasse Kaffee eingeschenkt, da riss Norbert die Wohnungstür auf und stürmte rein.

»Moser. Nur Maxi Moser. Aber der intensiv«, fasste Schmitt knapp zusammen. Aber wenig später beim ausgiebigen Frühstück, das die beiden wie fast jeden Samstag genossen, amüsierten sie sich gemeinsam über Mosers Schilderung.

»Na, vielleicht wird's ja dieses Mal wirklich was«, schloss Sabine das Thema mit vollem Mund ab. »Ich wünsche es ihm wirklich. Er ist ein echt netter Typ.«

Schmitt brummte etwas Unverständliches, aber man konnte sehen, dass er der gleichen Meinung war wie seine Frau.

*

Schwester Digna stand sogar zu früh auf der Matte. Daran sah man deutlich, wie nötig sie ein bisschen Abstand zu ihrem »Irrenhaus«, wie sie es nannte, brauchte. Norbert hatte schon angefangen, das Feuer für den Grill zu machen. Langsam und sorgfältig, natürlich ohne Brandbeschleuniger, wollte er die glühende Kohle für ein gelungenes Grillen vorbereiten. Sabine ihrerseits war ebenfalls nicht untätig gewesen, hatte aber den Blattsalat noch nicht gewaschen, und es fehlten auch sonst noch ein paar Kleinigkeiten auf der Dachterrasse, wie zum Beispiel das aufgeschnittene Brot, Gewürze und Saucen.

Als es schon kurz nach halb sieben klingelte, dachte Sabine erst, es sei jemand von der Familie, und machte nur die Wohnungstür auf, verschwand aber gleich wieder in der Küche. Sie erschrak, als plötzlich Veronika hinter ihr stand, die ein etwas gepresstes »Sorry« hervorbrachte.

»Ich bin viel zu früh dran«, fuhr sie tonlos fort, »aber du weißt ja, dass ihr mein einziger Zufluchtsort seid, vor allem in dieser bescheuerten Situation.«

Sabine drehte zwar den Wasserhahn ab, trocknete sich aber nicht die Hände, und das Küchenmesser behielt sie in der Hand, als sie spontan ihre alte Freundin Vroni in die Arme schloss und fest an sich drückte.

»Du weißt, dass du immer willkommen bist bei uns. Außerdem kann ich durchaus jetzt auch noch Hilfe brauchen.«

Sie gab Veronika, deren Gesichtszüge sich durch den herzlichen Empfang deutlich entspannt hatten, ein Tablett mit all den noch fehlenden Gegenständen und schickte sie damit auf die Dachterrasse. Norbert hatte gar nicht bemerkt, dass jemand gekommen war. Als er Schritte hörte, dachte er, es sei seine Frau, und sagte, ohne sich umzudrehen:

»Hoffentlich kommt sie wirklich, unsere Klosterfrau. Ich mache mir inzwischen ernsthaft Sorgen um sie, so wie die jetzt durcheinander ist.«

»Musst du nicht, großer Bruder! Ich pack das schon!«

Norbert fuhr herum, als er Veronikas Stimme erkannte. Es war ihm sichtbar peinlich, dass sie seine Worte gehört hatte, und er versuchte, das Gesagte mit wortreichen Erklärungen abzuschwächen. Aber Veronika winkte ab.

»Es stimmt ja, dass mir alles sehr an die Nieren geht. Vor allem, weil für mich insgesamt noch viel mehr Verwicklungen zu verkraften sind, als ihr bisher wisst.«

»Aha, Stichwort ›Motorrad‹«, ließ Schmitt verlauten.

»Ja, in irgendeiner Weise schon«, verlor sich Veronika wieder nur in Andeutungen.

Norbert Schmitt atmete tief durch, dann hörte man nach einer Weile ein etwas resigniert klingendes »Na ja, vielleicht erfahren wir diese Zusammenhänge auch irgendwann mal. Aber denk dran. Wenn sie mit dem Mordfall oder den anderen Todesfällen etwas zu tun haben, dann musst du sofort raus mit der Sprache!«.

Veronika verneinte und Norbert wandte sich wieder dem Grill zu, während sie die Gegenstände vom Tablett auf dem Tisch verteilte und ihren Schleier abnahm. Bei ihren Freunden war diese Erleichterung kein Problem, und sie waren es auch schon gewöhnt.

Nun kam Sabine mit zwei Salaten aus der Küche und wies darauf hin, dass auf dem Küchentisch noch einiges auf einen fleißigen Helfer warte.

Während schließlich die Würstchen und das Gemüse auf dem Grill vor sich hin brutzelten, genossen die drei schon mal geeiste Melone, mediterranen Hirtensalat und Ciabatta-Brot mit Oliven. Die Gesprächsthemen waren unproblematisch und daher auch für Veronika sehr entspannend.

Sabine erzählte, dass sie Norbert vom Einbau einer neuen Küche hatte überzeugen können. Das war schon lange Sabines Wunsch gewesen. Aber Norberts Sparsamkeit, die bei ihm eher einen Schwaben als einen Franken vermuten ließ, hatte sie immer wieder gebremst. Doch dann hatte Norbert eines Tages den Griff vom Kühlschrank in der Hand gehabt. Sabine musste heute noch lachen, wenn sie sich an Norberts verdattertes Gesicht erinnerte und wie er da stand und den Griff in der Höhe festhielt, in der er vom Kühlschrank, also etwa in Augenhöhe, abgegangen war. Und der Zufall meinte es noch besser mit Sabine. Norbert hatte schon darüber nachgedacht, dass sich der Kühlschrank eigentlich auch ganz gut ohne diesen Griff öffnen ließ, da überschwemmte der Geschirrspüler aus heiterem Himmel die Küche. Wie heutzutage zu erwarten war, stellte der eilends verständigte Installateur fest, dass nichts mehr zu machen sei. Aber anders als in der Werbung war nicht das falsche Reinigungsprodukt daran schuld, sondern einfach die Altersschwäche der inzwischen 25 Jahre alten Küche. Die war auch der Grund dafür, dass beim Überprüfen des Geräts, wozu es ausgebaut werden musste, ein Teil des Möbels zersplitterte und der Einbauküche gewissermaßen den Todesstoß versetzte. Kurzum, am nächsten Tag schon fuhr man nach Pfullendorf und besichtigte in den Ausstellungsräumen der dort ansässigen großen Küchenmöbelfirma Hausfrauen- und Hausmannsträume. Aber da wollten schließlich beide realistisch bleiben. Ihre alte Jugendstilvilla würde sicher sowieso noch einige Überraschungen beim Einbau der neuen Küchenmöbel und -geräte bieten.

Mit dieser Vermutung sollten sie recht behalten, an diesem Abend jedoch war sowohl bei Sabine als auch bei Norbert nur Freude zu hören, und beide berichteten ausführlich über die Kriterien ihrer Auswahl und die schwere Entscheidung, welche Kacheln wohl am besten passen würden und ob man den Boden genauso fliesen sollte und, und, und …

Nebenbei wurde das leckere Grillgut verspeist, das Norbert trotz allem nicht aus den Augen verloren hatte. Aber beinahe hätten Sabine und Norbert vergessen, dass sie doch unbedingt erfahren wollten, wie ihre Veronika, in dem Fall Schwester Digna, das Problem mit dem Motorrad gelöst hatte.

Digna, der bewusst war, dass die beiden von ihr erwarteten, die Geschichte zu hören, war einerseits ganz froh, dass dieses Thema noch nicht zur Sprache gekommen war, und hoffte insgeheim, dass es heute völlig unter den Tisch fiel. Andererseits machte sie das Küchenthema auch zusehends trauriger, weil sie immer mehr den Wunsch verspürte, selbst eine Küche zu haben, und zwar in einer eigenen Wohnung mit einer eigenen Familie.

Es war immer noch hell, aber man merkte schon, dass die Dunkelheit nicht mehr lange auf sich warten lassen würde, als Sabine die Frage aufwarf, ob man schon zum Nachtisch übergehen sollte.

»Zu früh«, kam es fast einstimmig von Veronika und Norbert, sodass alle lachen mussten.

»Zu früh für den Nachtisch, da bin ich eurer Meinung«, kam es nun von Sabine, »aber nicht zu früh, um von dir jetzt mal zu erfahren, wie du deine Motorrad-Eskapaden bei der Klosterleitung gerechtfertigt hast.« Und somit war das Thema auf dem Tisch.

Augen zu und durch, dachte sich Veronika und hoffte inständig, dass die beiden Freunde an manchen Stellen nicht zu sehr nachhaken würden.

Sie berichtete, dass sie erst einmal wochenlang nichts aus Stuttgart gehört hatte, aber zwei Tage nach Leas Tod ins Mutterhaus zitiert worden war. Dort hatte man sie gar nicht so unfreundlich empfangen, wie sie befürchtet hatte, aber wahrscheinlich lag das auch an den neu eingetretenen besonderen Umständen. Ein Übel war durch ein schlimmeres abgelöst worden – so brachte Leas plötzlicher Tod ihr auch noch einen Vorteil.

Einen anderen Vorteil für Schwester Digna witterten zwar auch einige Schwestern, die mehr oder minder offen aussprachen, dass ihr Leas Tod sicher nicht ungelegen kam, wo sie doch nie einen Hehl daraus gemacht hatte, dass sie selbst gerne Internatsleiterin würde.

Das Thema »Vorläufige Internatsleitung« stand den Umständen geschuldet an erster Stelle bei Dignas Termin im

Mutterhaus. Allerdings war es schnell besprochen. Viel mehr Zeit nahm der Mordfall an sich in Anspruch, der ja noch nicht aufgeklärt war und deshalb in zweifacher Hinsicht überall für Entsetzen sorgte. Die Mutter Oberin wollte mit aller Macht irgendwelche Vermutungen in Erfahrung bringen, was ihr aber schon deshalb nicht gelang, weil Digna selbst völlig ratlos war – zumindest behauptete sie das glaubhaft. Allerdings wusste man nie, was tatsächlich in ihr vorging. So sah es jedenfalls die Mutter Oberin. Die Geschichte mit dem Motorrad hatte ihr doch wieder recht gegeben.

Veronika hatte also nicht viel über die Angelegenheit zu erzählen. Es war die obligatorische Mahnung erfolgt, dass man beim Eintritt ins Kloster das weltliche Leben mit all seinen Annehmlichkeiten und Versuchungen hinter sich zu lassen habe. Und bei allen Anfechtungen, mit denen man ohnehin trotzdem noch zu kämpfen habe, sei es doch wohl geradezu einfach, auf ein Motorrad und dessen Benutzung zu verzichten. Das Thema Geschwindigkeitsüberschreitung wollte die Oberin gar nicht erst vertiefen. Dazu musste man nicht im Kloster sein, um zu erkennen, dass ein solches Handeln, das Leib und Leben anderer aufs Spiel setzte, schlicht und ergreifend eine Sünde sei.

In Anbetracht der übersichtlichen Sachlage war die Geschichte relativ schnell erzählt. Aber nach einigen belanglosen Nachfragen kam sie eben doch, die von Veronika so gefürchtete Frage. Es war Sabine, die sie stellte.

»Was war eigentlich passiert, dass du so entfesselt gefahren bist?«

Und für einen ganz kurzen Augenblick zuckte Veronika der Gedanke durch den Kopf, dass sie jetzt Sabine alles erzählt hätte, wenn sie allein gewesen wären. Aber Norbert war ja auch da. Vielleicht zum Glück. So verschwand der Gedankenblitz genauso schnell, wie er gekommen war, und Veronika versuchte, sich möglichst geschickt aus der Affäre zu ziehen.

»Also, ihr Lieben, wie ihr wisst, bin ich nach wie vor ein ganz normaler Mensch – und nicht nur eine ›Klosterfrau‹, wie ihr zu sagen pflegt.«

Schmitts lächelten ein bisschen verlegen.

»Na ja, und deshalb rege ich mich eben über manches auch furchtbar auf. Vor allem, wenn es mein früheres Leben betrifft. Dass ich kein unbeschriebenes Blatt war, als ich ins Kloster eingetreten bin, habt ihr ja sogar selbst in unserer Hamburger Zeit mitgekriegt. Aber es gab auch noch ein Leben vor Hamburg, in Regensburg. Und in diesem Regensburger Lebensabschnitt war ich es gewohnt, mich etwas unkonventionell auszutoben. Da war eine Fahrt mit dem Motorrad schon mal drin. So war ja sogar unsere Gloria von Thurn und Taxis in ihren wilden Jahren unterwegs.«

Schmitts waren erstaunt über die mit Leidenschaft hervorgebrachte Äußerung und wussten nicht so recht, was sie sagen sollten, als Veronika plötzlich schwieg.

Norbert hatte sich gerade zu einem »Hm!« durchgerungen, da läutete es Sturm an der Wohnungstür. Alle fuhren zusammen und sahen einander groß an.

»Wen erwartet ihr noch?« Veronika hatte sich als Erste wieder gefasst. Noch ehe jemand antworten konnte, läutete es noch einmal und noch länger. Sabine stürzte an die Sprechanlage.

»Komm hoch«, hörten die anderen sie sagen und sahen Sabine mit fragenden Augen an, als sie sich kurz an der Terrassentür zeigte.

»Es ist Maxi Moser, und seine Stimme klingt ganz aufgeregt.«

KAPITEL 29 (SAMSTAG, 18.07.2015)

Maximilian Moser kam atemlos in Schmitts Wohnung an.

»54 Stufen«, keuchte er, »wie wollt ihr das denn schaffen, wenn ihr mal nicht mehr so taufrisch seid?«

»Na ja, auf jeden Fall sprinten wir dann nicht so hoch, wie du es grad getan hast«, erwiderte Sabine lachend und schob Maxi Moser in Richtung Dachterrasse.

Der stutzte erst einmal, als er Schwester Digna dort sitzen sah, fasste sich aber schnell. Er wusste ja, dass Schmitts und Digna zusammen in Hamburg studiert hatten und befreundet waren. Zudem war ihm Digna schon immer sympathisch gewesen, sodass es ihn jetzt nicht wirklich störte, dass sie gleich seine Ausführungen hören würde.

Norbert Schmitt, der ein gutes Verhältnis zu seinem Mitarbeiter hatte, war trotzdem sehr erstaunt über dessen unerwartetes Auftauchen, noch dazu zu so vorgerückter Stunde. Er bedeutete ihm, Platz zu nehmen, und Sabine meinte bedauernd: »Für etwas Gegrilltes bist du jetzt leider zu spät dran, aber wir haben noch Salate, Brot und den Nachtisch.«

Moser winkte ab. »Abgesehen davon, dass ich heute Abend schon genug gegessen habe, wäre mir jetzt auch nicht nach Essen zumute, wenn ich den ganzen Tag noch nichts bekommen hätte.«

Die drei schauten ihn erwartungsvoll an, aber Moser saß nur regungslos da.

Digna nahm ihren Schleier wieder ab, den sie schnell angezogen hatte, als klar war, dass jemand kommen würde.

Sie wollte ja niemanden erschrecken. Aber bei Moser sah sie nun keinen Grund, sich nicht so zu geben, wie sie war.

Nach einer Weile unterbrach Sabine das Schweigen: »Jetzt erzähl von Anfang an, ohne viel zu überlegen. Schließlich willst du es doch loswerden, sonst wärst du nicht gekommen.«

»Stimmt!« Zur Erleichterung aller hatte Moser seine Sprache wiedergefunden und redete nun sehr bereitwillig.

»Die Geschichte beginnt für meine Begriffe eher lustig, und du, Norbert, du kennst sie schon. Ich hab sie dir heute Morgen erzählt.«

»Ah«, unterbrach Sabine, die sich nie lange aus einem Gespräch ausklinken konnte. »Dann weiß ich auch Bescheid, aber erzähl es doch noch mal für Schwester Digna.«

Über Mosers Gesicht huschte ein kurzes Lächeln. Ja, das war der Teil, von dem er gern redete, und er schilderte den Vorfall im Parkhaus noch einmal in den schillerndsten Farben. Doch anschließend wechselte er den Ton vollkommen. Fast nach einem Polizeibericht klangen seine Sätze, als er über den Verlauf des Samstags sprach.

Er hatte sich also mit der ihn faszinierenden Frau zum Mittagessen im ›Quo Vadis‹ treffen wollen. Aber kurz vor der vereinbarten Zeit rief sie ihn an. Sie habe keinen Babysitter gefunden und könne sich deshalb erst abends von ihrer Familie freimachen, ob das für ihn akzeptabel sei? Moser, der schon gefürchtet hatte, die Absage sei nur ein Vorwand gewesen, um sich überhaupt nicht mit ihm zu treffen, war überglücklich, dass es doch noch klappen würde. Selbstverständlich war es kein Problem. Sie verabredeten sich nun für 19 Uhr, und Moser war so angespannt in seiner freudigen Erwartung, dass er beschloss, die Zeit damit totzuschlagen, dass er endlich mal wieder seine kleine Wohnung gründlich putzte. Dass seine neue Bekannte zwei Kinder hatte, realisierte er gar nicht richtig, nur einmal schoss ihm durch den Kopf, zu der Familie könne auch ein Ehemann oder Lebenspartner gehören. Aber diesen Gedanken verwarf er gleich wieder. Nein, in einem solchen Fall hätte sie sich bestimmt nicht mit ihm getroffen.

Fröhlich pfeifend hatte er seine Wohnung so gut in Schuss gebracht wie seit Jahren nicht mehr. Und er konnte sich nicht daran erinnern, wann er das letzte Mal so viel Energie verspürt hatte.

Viel zu früh war er im ›Quo Vadis‹ angekommen und hatte Zeit, die Speisekarte fast auswendig zu lernen. Wie vereinbart, saß er draußen im Garten und schaute immer wieder erwartungsvoll in Richtung Straße – bis die Frau, die in seinen Vorstellungen immer begehrenswerter wurde, mit nur wenig Verspätung erschien. Von Anfang an war alles unkompliziert und höchst erfreulich gewesen. Ein Gesprächsthema ergab das andere, und die Themen reichten von ernst bis amüsant. Schließlich kam auch Mosers gelassene Reaktion zur Sprache, als er erfahren hatte, dass es im Leben seiner Bekannten zwei Kinder gab.

»Weißt du, ich habe den Termin unter dem Vorwand, keinen Babysitter zu finden, verschoben, um zu testen, wie du auf die Information über meine Lebensumstände reagierst!«

Moser hatte gelacht.

»Hauptsache, du hast nicht auch noch einen Lebensgefährten im Hintergrund. Aber wenn wir schon mal dabei sind, mit offenen Karten zu spielen, möchte ich doch den Rat meines Chefs befolgen und dir sagen, dass ich Polizist bin. Es soll Frauen geben, die das abschreckt!«

Moser hatte sein Gegenüber erwartungsvoll und etwas beunruhigt angesehen. Aber nun war sie es, die lachte.

Ja, das mit den Berufen sei so eine Sache. In jeder Branche müsse man sich ja nicht nur mit den Lebensumständen auseinandersetzen, die sie mit sich brachten, sondern auch mit den Vorurteilen, die die Mitmenschen hätten. Sie habe ihm deshalb bis jetzt auch lieber nicht gesagt, dass sie Lehrerin sei.

»Weißt du, jeder hat eben Erfahrungen mit Lehrern gemacht, und die negativen bleiben am besten in Erinnerung. Dazu kommt noch der Neid auf die vielen Ferien und den angeblichen ›Halbtagsjob‹ bei vollem Gehalt. Wie die Realität aussieht, das will aber keiner wissen.«

Und dann war die Bombe geplatzt: Maximilian Mosers Frau seiner Träume war Lehrerin im »Sancta Trinitas«. So weit war das kein Problem. Aber es handelte sich um Magdalena Seehofer. Und damit wurde das Problem riesengroß, denn sie war eine der Verdächtigen im Mordfall Schwester Lea Strindberg.

Moser hatte versucht, sich möglichst nichts von seinem Schock anmerken zu lassen, und ihn mit ein paar humorvollen Bemerkungen überspielt. Es fiel auch nicht auf, dass er zum baldigen Aufbruch drängte, denn Magdalena selbst hatte schon erwähnt, dass sie nun zu den Kindern heimmüsse, weil der Babysitter spätestens um 22 Uhr nach Hause wollte.

Als Moser seinen Bericht beendet hatte, herrschte zunächst Totenstille. Erst jetzt merkte die Runde, dass es leicht windete und in der Ferne Blitze zu sehen waren. Gewitterstimmung im wahrsten Sinne des Wortes.

Norbert Schmitt fasste sich als Erster.

»Ja, lieber Maxi, reden wir nicht lang drum herum. Du bist nun befangen und kannst in diesem Fall nicht weiterermitteln, bis sich mit Sicherheit rausgestellt hat, dass Magdalena Seehofer nichts damit zu tun hat. Bis dahin musst du beurlaubt werden und darfst keinen Zugang zu den Ermittlungsergebnissen haben.

Einen Vorteil hat das aber für dich, und der müsste dich eigentlich trösten: Du kannst so weiterhin zu Magdalena Seehofer Kontakt halten.«

Wieder herrschte bedrückendes Schweigen.

Schließlich kam es zögerlich von Moser:

»Aber du ermittelst doch auch und bist gleichzeitig mit Schwester Digna befreundet und triffst dich sogar jetzt mit ihr privat.«

»Maxi, du weißt genau, dass das nur möglich ist, weil sie absolut sicher nicht zu den Tatverdächtigen gehört. In der Tatnacht war sie nun mal nachweislich bis zwei Uhr morgens gemeinsam mit Sabine, mir und einigen unserer Kollegen bei meiner Geburtstagsfeier, zu der du ja auch eingeladen warst, aber nicht kommen konntest. Sonst wärst du jetzt sogar auch ein Zeuge.«

Diesen Sachverhalt musste Moser zwangsläufig akzeptieren.

Schmitt vereinbarte mit ihm nun noch das weitere Prozedere, dann äußerte Letzterer den dringenden Wunsch, jetzt allein zu sein. Schmitt klopfte ihm freundschaftlich aufmunternd auf die Schulter und Sabine brachte ihn mit teilnahmsvollen Worten an die Wohnungstür. In Mosers Gefühlen und Gedanken herrschte Chaos.

Die drei Zurückgebliebenen wechselten nur noch die nötigsten Worte, und Veronika wollte nun auch nach Hause. Sabine und Norbert begleiteten sie. Auf dem ganzen Weg sagte niemand ein Wort.

KAPITEL 30 (SONNTAG, 19.07. / MONTAG, 20.07.2015)

Norbert Schmitt leitete bereits am kommenden Vormittag, auch wenn es ein Sonntag war, die notwendigen Schritte wegen Mosers Befangenheit ein. Sabine, die ohnehin diesbezüglich schon abgehärtet war, sah ein, dass Norbert wohl den ganzen Tag in seinem Büro verbringen würde, und schauderte kurz bei dem Gedanken, wie viele Zigaretten sich dabei in Rauch auflösen würden.

Kommissar Schmitt hatte beschlossen, die Ermittlungen gegen Magdalena Seehofer vorrangig zu bearbeiten, um den Druck von Maximilian Moser möglichst bald zu nehmen. Auch wenn das Ergebnis schlecht sein sollte, so war die Gewissheit doch besser als das ungewisse Hoffen und Bangen.

Im Eilverfahren lud er deshalb Seehofer für den kommenden Tag aufs Präsidium. Grund für einen Tatverdacht waren nicht nur ihre Äußerungen, die sie beim Zusammensein nach Mahlers Beerdigung gegenüber den Kollegen getan hatte, sondern vor allem die Faserspuren, die die KTU auf dem Ordensgewand von Schwester Lea festgestellt hatte. Es handelte sich um Fasern eines Kleidungsstücks aus Mohair, was für diese Jahreszeit ja eher ungewöhnlich war. Allerdings hatte Seehofer in den letzten Tagen manchmal ein Mohair-Jäckchen getragen, da es morgens noch sehr frisch gewesen war. Das hatten einschlägige Befragungen von Kollegen ergeben.

Magdalena Seehofer brach in Tränen aus, als man sie bei der Vernehmung mit diesen Tatsachen konfrontierte.

Danach bat sie, von Maximilian Moser vernommen zu werden, aber das war ja nun nicht mehr möglich.

Minutenlang saß sie da wie ein Häufchen Elend. Plötzlich schien ihr eine erlösende Idee zu kommen: Man solle Dr. Schuster als Zeugen laden. Er habe gesehen, wie die Fasern ihres Jäckchens an Schwester Leas Ordenstracht gekommen seien. Und sie schilderte kurz den Sachverhalt.

Schmitt veranlasste umgehend, dass Schuster vorgeladen wurde. Um 14 Uhr war der Termin. Schuster hätte eigentlich die Notenkonferenz leiten sollen, und einen Stellvertreter hatte er ja nun auch nicht mehr. Also musste Schwester Digna einspringen, aber da sie die Umstände kannte, war sie froh, dass Bewegung in die Angelegenheit kam, und übernahm die Aufgabe bereitwillig.

Dr. Schusters Aussage löste einen wesentlichen Teil des Problems. Seinen Schilderungen zufolge, und sie deckten sich mit denen von Magdalena Seehofer, war er ins Arbeitszimmer von Schwester Lea hineingeplatzt, als Magdalena Seehofer sich gerade auf Schwester Lea gestürzt hatte und sie heftig schüttelte. Schwester Lea hatte daraufhin zu einer Ohrfeige ausgeholt, die nur unterblieb, weil Schuster plötzlich im Raum stand. Es war ein heftiger Streit vorangegangen, in dem Seehofer gedroht hatte, Schwester Lea wegen übler Nachrede zu verklagen. So hatte es Schwester Lea jedenfalls später dargestellt. Die Fasern der Jacke mussten wohl bei dieser Gelegenheit auf Schwester Leas Gewand gekommen sein.

Weiterhin ausschlaggebend für die Entlastung von Seehofer war die Tatsache, dass sie ein Alibi für die vermutete Tatzeit hatte. Sie war mit ihrer Tochter Luna in der Notaufnahme des Krankenhauses gewesen, da diese einen beängstigenden Asthmaanfall gehabt hatte.

Bei diesem Ergebnis atmeten alle Betroffenen erleichtert auf. Moser wurde vorsichtshalber trotzdem bis auf Weiteres von der Bearbeitung des Falls entbunden.

KAPITEL 31 (MONTAG, 20.07. / MITTWOCH, 22.07.2015)

Karla Gulden hatte Mandy Pfrogner zum Mittagessen eingeladen.

»Aber kommen Sie ohne Ihren Mann! *Wir* können uns besser unterhalten und *Ihr Mann* hat Gelegenheit zu merken, wie gut er es sonst hat, wenn Sie alles machen.«

»Oh, das weiß er schon«, versuchte Mandy Pfrogner einen Einwand vorzubringen. Aber Gulden wischte das mit einer verächtlichen Geste weg.

»Männer brauchen lang, bis sie etwas kapieren!«

Mandy wagte keinen weiteren Versuch, dachte aber, dass ihr Mann eigentlich ein Glückspilz war, wenn er nicht mitkommen musste.

Die Einladung war für Mandy überraschend erfolgt. Sie hatte wenig Kontakt mit Karla Gulden – und war auch froh darüber. Denn wenn sie doch einmal etwas miteinander zu tun hatten, kam eigentlich nur Kritik von Gulden. Durch ihre Fächer, Pfrogner unterrichtete Deutsch und Russisch, Gulden Sport und Geografie, gab es keine Berührungspunkte. Und dann war am Montag in der Großen Pause Folgendes passiert:

Mandy Pfrogner stand am Schwarzen Brett und versuchte, wichtige und unwichtige Infos auseinanderzuhalten und sich die ihrer Meinung nach wichtigen einzuprägen. Da stellte sich plötzlich Karla Gulden neben sie. Mandy wich einen Schritt nach links, damit die Kollegin einen besseren Blick auf die Korktafel hatte.

»Oh, bleiben Sie nur stehen, Mandy. So darf ich Sie doch nennen?«

Gulden wartete die Antwort nicht ab und fuhr fort:

»Ich will gar nichts lesen. Das meiste ist ja doch nur überflüssiges Geschwafel. Und das Wichtige wird uns tausendmal gesagt und auf einem Erinnerungszettel ins Fach gelegt. Nein, ich wollte Sie fragen, ob Sie mich nicht am kommenden Mittwoch, also übermorgen, zum Mittagessen besuchen mögen.«

Mandy Pfrogner sah Karla Gulden entgeistert an. Das war nun so etwa das Letzte, womit sie gerechnet hätte.

»Äh …, Frau Gulden, Sie müssen verstehen, dass das jetzt eine große Überraschung für mich ist. Wie kommen Sie denn auf *so* was?«

Gulden lachte etwas gequält.

»Einfach so. Also. Haben Sie Lust?«

»Ja schon, natürlich«, kam es von Mandy Pfrogner etwas zögerlich. »Aber ich sollte vor einer endgültigen Zusage erst mal meinen Mann fragen.«

Daraufhin hatte Gulden Pfrogner zwar klargemacht, dass dieser gar nicht erwünscht sei, aber die Eingeladene stellte fest, dass man ihn trotzdem oder gerade deswegen erst fragen musste. Guldens Reaktion ließ erkennen, dass sie das eigentlich überflüssig fand, sie willigte jedoch ein.

»Bis morgen muss ich es aber wissen, damit ich richtig planen kann«, meinte sie abschließend.

Mandy Pfrogner hatte hin und her überlegt und auch mit ihrem Mann besprochen, wie sie sich vor dieser Einladung drücken könnte. Aber beiden war nichts Überzeugendes eingefallen. Schließlich beschloss sie, sich in ihr Schicksal zu ergeben.

Karla Gulden wohnte in Allensbach, circa zehn Kilometer von Konstanz entfernt, in einer schicken Maisonnette-Wohnung mit Seeblick. Die Ehe mit ihrer Jugendliebe hatte beiden Eheleuten zwar kein Glück gebracht, die Scheidung war für Karla aber umso lohnender gewesen. Reinhold Gulden hatte es als Immobilienmakler zu einem beträchtlichen Vermögen gebracht, und davon profitierte Karla nach nur drei Jahren Ehe nicht schlecht. Es hatte auch keinen Streit ums Geld gegeben, denn Reinhold war einfach nur froh gewesen, sich von dieser Frau befreien zu können, und es war kein Problem für ihn, diese großzügigen Zahlungen zu leisten. Allerdings ließ ihn nie die Frage los, warum sich Karla nach der Hochzeit so verändert hatte. Vom ersten Tag der Ehe an war sie nicht mehr die Frau, die er gemeint hatte zu heiraten.

Karla Gulden hatte am Mittwoch einen freien Tag, den sie mit vollgepackten anderen Tagen bezahlte. Aber ein freier Tag war ihr Wunsch gewesen, und es war den Stundenplanmachern gelungen, diesen zu erfüllen. Es war also für Gulden kein Problem, Pfrogner zum Mittagessen einzuladen, sie konnte alles in Ruhe vorbereiten.

Mandy Pfrogner hatte mit Karla Gulden vereinbart, dass sie zwar eigentlich Punkt 13 Uhr bei ihr sein sollte, Mandy aber kurz anrufen werde, bevor sie tatsächlich losfuhr, da in der Schule immer noch etwas dazwischenkommen konnte und Mandy ja keinen freien Tag, sondern bis 12.10 Uhr Unterricht hatte.

Doch schon 12.13 Uhr, Mandy hatte noch nicht einmal den Klassenraum verlassen, klingelte ihr Handy und Gulden war am Apparat.

»Und, wie ist's, fahren Sie jetzt los?«, schnaubte eine nur allzu bekannte Stimme durchs Telefon.

»Ja, gleich, Frau Gulden. Ich hätte Sie jetzt schon noch angerufen!«

»Dann ist's ja gut. Bis gleich also!«

Mandy Pfrogner konnte gar nichts mehr erwidern, Gulden hatte schon aufgelegt. Im Vergleich zu jetzt war Mandy im Klassenzimmer mit ihren 32 motorisch sehr aktiven Fünftklässlern geradezu entspannt gewesen. Sie merkte, wie ihr Puls schneller ging, raffte rasch alle auf dem Lehrerpult liegenden Gegenstände zusammen und stopfte sie ungeordnet in ihre Schulmappe. Sie dachte jedenfalls, dass sie alles genommen habe. Als sie aber die Tür zum Lehrerzimmer aufschließen wollte, merkte sie, dass sie keinen Schlüssel hatte, und ihr wurde bewusst, dass sie in der Eile das Klassenzimmer gar nicht abgeschlossen hatte. Sicher lag ihr Schlüssel noch auf dem Pult. Sie stürmte also zurück, und unglücklicherweise war das Zimmer auch noch in einem relativ weit entfernten Gebäude. Ja, der Schlüssel lag tatsächlich auf dem Pult, er war ins Klassenbuch gerutscht, das Mandy achtlos zugeklappt hatte, als sie der Telefonanruf erreichte. Jetzt musste alles aber wirklich schnell gehen. Hoffentlich traf sie unterwegs niemanden mehr. Aber da inzwischen schon die sechste Stunde begonnen hatte, erreichte sie nach einem kurzen Aufenthalt im Lehrerzimmer, wo sie die eingesammelten Klassenarbeitshefte der 5a auf ihrem Platz deponierte, ihr Auto. Leider hatte sie morgens keinen Parkplatz ergattern können, der in der Mittagszeit schattig war, und so fand sie ihren Golf, bei dem sie an der Klimaanlage gespart hatte, glühend vor. Als sie die Wagentür öffnete, schlug ihr eine Hitze entgegen, die sie subjektiv auf 100 Grad geschätzt hätte, und sie musste erst einmal gründlich durchlüften. Ohne Klimaanlage würde es ja auch keine baldige Erleichterung durch die Technik geben. Schließlich war es fast 12.45 Uhr, bis sie das Schulgelände verlassen konnte.

Sie nahm den Weg über den Zähringer Platz und dann am Friedhof vorbei Richtung Wollmatingen. Von dieser Strecke erhoffte sie sich, dass es schneller ging als auf der stark befahrenen Hauptstrecke. Aber die zahlreichen Geschwindigkeitsbeschränkungen auf 30 oder 40 Kilometer in der Stunde kosteten auch viel Zeit.

So kam es, dass Mandy Pfrogner erst Viertel nach eins bei Karla Gulden auf den Klingelknopf drückte.

»Na endlich!«, rasselte es in der Sprechanlage, noch bevor Mandy ihren Namen gesagt hatte. Sie wusste, dass sie mit dem Aufzug in den vierten Stock fahren musste, und hatte Glück, weil dieser gerade im Erdgeschoss stand. Im Aufzug merkte Mandy, dass sie ihr Gastgeschenk, eine große Schachtel »Mon Chéri«, bekanntermaßen die einzige Schokolade, die Gulden liebte, zu Hause vergessen hatte. Ihr wurde schwarz vor den Augen. Sie wäre jetzt gern in Ohnmacht gefallen, um sich aus dem folgenden Geschehen auszuklinken, aber es sollte nicht sein, und so stand sie wenige Sekunden später vor Guldens weit aufgerissener Wohnungstür.

»Kommen Sie rein, ich kann grad hier nicht weg«, tönte es von innen, vermutlich aus der Küche. Mandy trat zögernd ein.

»Tür zu!«, polterte es jetzt.

Mandy hatte es die Sprache verschlagen. Und als Karla Gulden so gar nichts hörte, erschien ihr verärgertes Gesicht an der Küchentür. Sie war an der Arbeitsplatte stehen geblieben und hatte nur den Kopf rausgestreckt, was eigentlich sehr komisch aussah, aber Mandy war nicht zum Lachen zumute.

»Kommen Sie und machen Sie sich nützlich!«

Mandy betrat die Küche. Gulden war gerade dabei, die Spaghetti abzugießen.

»Alles verkocht. Nur weil Sie nicht pünktlich waren. Himmel Herrgott, kann man sich denn auf niemanden mehr verlassen. Wahrscheinlich haben Sie wieder rumgetrödelt und mit diesem und jenem geredet, statt, wie ausgemacht, sofort loszufahren. Ja, jetzt ist es halt nur noch eine Pampe.«

Mandy versuchte, sich zu rechtfertigen. Sie habe nicht rumgetrödelt. Außerdem hätte Gulden doch warten können mit dem Kochen der Spaghetti, bis sie tatsächlich da gewesen wäre. Im Allgemeinen mache man das so.

Für dieses Widersprechen hatte Mandy ihren ganzen Mut zusammengenommen.

»Papperlapapp«, tönte es von der Spüle. »Verlässlich sollte man halt sein. Aber ich bin es ja allmählich gewöhnt, dass der Anstand und die Rücksichtnahme immer mehr verschwinden. Heiliger Strohsack. Ich hatte wirklich gedacht, Sie wären eine Ausnahme.«

Mandy fühlte sich so unwohl wie schon lange nicht mehr.

Während Karla Gulden die Spaghetti beiseite stellte, gab sie Mandy weitere Anweisungen.

»Ich hoffe, Sie können den Salat auf den Esstisch im Wohnzimmer stellen.«

»Ich glaube schon«, entgegnete Mandy, deren Stimme man jetzt deutlich die Verärgerung anhörte.

Gulden ignorierte das und fuhr mit unverändert scharfem Ton fort, bissige Befehle zu geben. Und sie ließ einfließen, sie hoffe, dass Mandy umso mehr die wunderbare Tomatensoße zu schätzen wisse, wo nun die Spaghetti wegen Mandys Verspätung zerkocht waren.

Die wunderbare Tomatensoße stammte aus dem Maggi-Kochstudio, Mandy hatte es gesehen, als sie die Salatschüssel vom Küchentisch genommen hatte. Die leere Tüte lag noch daneben. Aber Mandy gab nicht zu erkennen, dass sie sie gesehen und unbemerkt im Gelben Sack entsorgt hatte, der gut sichtbar in einer Ecke seinen Platz gefunden hatte.

Als beide am Esstisch saßen, kämpfte zuerst jede schweigend mit den außergewöhnlich langen und nun tatsächlich matschigen Spaghetti, die Karla vor drei Jahren aus ihrem letzten Italienurlaub mitgebracht und nun »zu Tode« gekocht hatte.

Schließlich räusperte sich Karla und eröffnete das Gespräch wieder, wie immer um einige Nuancen zu laut.

»Die Pastasoße habe ich nach einem gut gehüteten Geheimrezept gekocht. Die Großmutter meiner Herbergswirtin in Fiesole hat es mir unter dem Siegel der Verschwiegenheit verraten, weil sie mich gleich ins Herz geschlossen hatte.«

Auch jetzt ließ sich Mandy nicht anmerken, dass sie längst über die wirkliche Zubereitung der Soße im Bilde war, und Gulden lächelte selbstgefällig. Dann lachte sie plötzlich schrill auf und wischte mit ihrer Serviette einige Spritzer Soße von der weißen Tischdecke, die gerade von Mandy verursacht worden waren. Mandy zuckte zusammen, wobei unklar blieb, ob das wegen Guldens lautem Lachen war oder weil ihr ihre Ungeschicklichkeit peinlich war.

»Na ja, macht nichts«, kommentierte Gulden großzügig. »Solange hier kein Blut spritzt, sind wir doch ganz zufrieden. Nicht wahr, Mandy?«

Mandy nickte heftig, sagte aber nichts dazu und hatte auch ganz offensichtlich keine Lust, sich zu diesem Thema zu äußern.

Doch unbeeindruckt hiervon, legte nun Gulden richtig los und gab erst einmal ein anschauliches Bild ihrer Stimmungslage seit dem Tod von Schwester Lea. Alpträume hatte sie seither. Jede Nacht wachte sie schweißgebadet auf. Ja, sie fühlte, wie jemand sie selbst erschlug oder erwürgte oder aus dem Fenster stieß. Aber der schlimmste Traum sei gewesen – und da machte Karla Gulden eine kleine Pause, die das Grauen noch unterstrich – der schlimmste Traum sei gewesen, als sie zuerst ein Messer zwischen ihren Rippen gefühlt und dann in die hasserfüllten Augen von Mandy Pfrogner geschaut hatte.

Es gab einen lauten Knall, als Mandy der Löffel aus der Hand fiel. Tomatensoße ergoss sich rundherum. Gleichzeitig war Mandy vom Stuhl aufgesprungen.

»Haben Sie mich deshalb eingeladen, um mir das zu erzählen?«, schrie sie Gulden an. »Und vor allem, was wollen Sie mir eigentlich damit sagen?«

Es entstand eine sekundenlange Pause, in der Mandy sich wieder setzte. Dann brüllte sie Gulden unverändert laut an:

»Ja, ich war zur Tatzeit in der Schule. Und: Ja, ich war auch in der Nähe der Kapelle. Aber wir beide wissen auch, dass Sie selbst ebenfalls dort waren. Also, was soll das? Mir kommt doch jetzt tatsächlich der Gedanke, dass Sie von Ihrer eigenen Täterschaft ablenken wollen!«

Mit einer so heftigen Reaktion hatte Gulden nicht gerechnet. Ungewöhnlich sanft versuchte sie, ihre rechte Hand auf Mandys linke zu legen, aber Mandy stieß sie weg.

Mandy war nun plötzlich ganz ruhig.

»Sie tun mir leid, Frau Gulden! Auch wenn Sie nichts mit dem Tod von Schwester Lea zu tun haben sollten, wirft Ihr Verhalten mir gegenüber doch ein ganz erbärmlich düsteres Licht auf Sie selbst. Aber glauben Sie bloß nicht, dass Sie mich noch in irgendeiner Weise einschüchtern könnten. Die Zeiten sind von jetzt an vorbei.«

Tatsächlich hatte sich Mandy zu diesen Worten nicht überwinden müssen, und sie war nun auch innerlich ganz ruhig. Sie stand auf.

»Ich hoffe, Sie ersticken weder an Ihrem eigenen Gift noch an Ihrer Schuld noch an der Spaghettipampe mit der hervorragenden MAGGI-Fertigsoße. Es wäre doch zu lästig, wenn wir es mit einem weiteren plötzlichen Todesfall zu tun hätten, zumal ich dann die Letzte gewesen wäre, die Sie lebendig gesehen hätte.«

Mandy Pfrogner griff nach ihrer Tasche.

Karla Gulden hatte die ganze Zeit wie versteinert auf ihrem Platz gesessen und Mandy mit großen Augen angestarrt. Sie rührte sich auch jetzt nicht, als die junge Kollegin ihr im Hinausgehen entgegenschleuderte: »Und nennen Sie mich nicht mehr beim Vornamen. Ich tue das bei Ihnen ja schließlich auch nicht!«

Die Wohnungstür fiel wie ein krachender Donner ins Schloss.

KAPITEL 32 (MITTWOCH, 22.07.2015)

Karla Gulden saß danach noch einige Sekunden da wie – im wahrsten Sinne des Wortes »vom Donner gerührt«, dann brach sie in ein schallendes, geradezu teuflisches Lachen aus.

Von dieser Göre würde sie sich nicht so behandeln lassen! Das würde die schon noch zu spüren bekommen!

Mandy Pfrogner, so stark sie sich auch gerade gezeigt hatte, lief nun tränenüberströmt zu ihrem Auto. Sie hatte es in der Nähe des Eingangs geparkt, nahm aber zuerst die falsche Richtung, weil sie in jeder Hinsicht die Orientierung verloren hatte. Schließlich wurde ihr der Fehler doch bewusst und sie kehrte um. Die Richtung stimmte jetzt, aber die Gedanken fuhren in ihrem Kopf Karussell, sodass sie beinahe an ihrem Golf vorbeigestürmt wäre. Mechanisch und wie in Trance setzte sie sich ans Steuer und fand sogar auf Anhieb die Zufahrt zur Bundesstraße. Die Tränen liefen nun nicht mehr, verzweifelte Wut war einer gewissen Apathie gewichen. Sie fröstelte. Hätte sie auf das Thermometer geschaut, wäre sie überzeugt gewesen, es sei defekt: 37 Grad. Aber sie schaute nicht auf das Thermometer. Ihr Blick heftete sich starr auf das vorausfahrende Auto, das ihr hoffentlich den richtigen Weg zeigen würde. Weil sie in der Nähe des Restaurants Brigantinus wohnte, wäre es geschickter gewesen, auf der B33 zu bleiben. Da das vorausfahrende Auto sich aber kurz nach Hegne auf der linken Spur einordnete, von der aus man auf den Weg über Wollmatingen nach Konstanz kam, ergab es sich heute zum zweiten Mal, dass sie diese Strecke fuhr. Sie bemerkte es kurz vor der Ampel mit einer gewissen Gleichgültigkeit, und für ein paar Sekunden schoss ihr durch den Kopf, dass sie eigentlich sowieso noch nicht nach Hause wollte. Ihr Mann hatte heute frei, und Mandy Pfrogner wollte jetzt viel lieber allein sein. Vor allem aber nicht auf ihren Mann treffen. Er, der Starke, der Erfolgreiche, der Einfühlsame. Lauter Superlative im positiven Bereich. Ja, er hätte ihr zugehört und sie getröstet. Der Traum eines Ehemannes, um den sie viele beneideten. Dass er auch seine dunklen Seiten hatte, musste niemand wissen. Wozu auch. Schließlich war kein Mensch vollkommen, und man war nicht verpflichtet, den anderen jeden Aspekt seines Lebens mitzuteilen.

An der Kreuzung überlegte Mandy kurz, ob sie nach links zur Insel Mainau abbiegen sollte, entschloss sich aber, weiter geradeaus auf dem direkten Weg nach Konstanz zu fahren. Sie schlich gedankenverloren wieder durch die auf 30 und 40 Stundenkilometer beschränkten Streckenabschnitte, hielt an mehreren roten Ampeln ordnungsgemäß an und näherte sich schließlich der Abzweigung zum Hauptfriedhof.

Die Toten haben es gut, war ihr letzter Gedanke gewesen, als von links, aus der Straße, die zum Friedhof führte, plötzlich ein silbergrauer BMW herausschoss und in ihre vordere Tür krachte. Die Tür, hinter der sie nun zwischen Lenkrad und zerbeultem Blech eingeklemmt wurde.

»Bitte nicht!«, hörte sie sich noch leise sagen, dann verlor sie das Bewusstsein.

KAPITEL 33 (DONNERSTAG, 23.07.2015)

Mit einem großen Blumenstrauß, der kunstvoll aus verschiedenfarbigen Nelken, Rosen und Grünzeug zusammengebunden war, standen Karl-Anton Hofstetter und Fidelis Finkenbeiner im Konstanzer Krankenhaus am Bett ihrer Kollegin Mandy Pfrogner. Hierher war sie am gestrigen Mittwoch gebracht worden, und es hatte sich glücklicherweise herausgestellt, dass sie nur leicht verletzt war. Außer Prellungen, einer Gehirnerschütterung und einem Schock fehlte ihr nichts, trotzdem war sie psychisch in einem erbärmlichen Zustand. Das hing natürlich auch mit ihrer seelischen Verfassung zusammen, in der sie sich unmittelbar vor dem Unfall befunden hatte. Davon ließ sie aber nichts verlauten, auch nicht bei Ben, ihrem Mann, der sofort nach dem Anruf der Polizei ins Krankenhaus geeilt war und seine Verwunderung über den Zeitpunkt des Unfalls äußerte. Hatte das Mittagessen bei Kollegin Gulden nur so kurz gedauert?

Mandy antwortete darauf nur vage und damit nichtssagend, was Ben aber auf den vom Unfall bedingten Zustand seiner Frau zurückführte und deshalb nicht weiter nachbohrte.

Und so standen sie nun mit dem Blumenstrauß an Mandys Bett. Hofstetter hielt ihn ihr unter die Nase mit den Worten: »Riech mal, dieser Duft wird alle Schmerzen betäuben.«

Tatsächlich strömte ein betörender Duft aus dem Blumengebinde, und Mandy fing sofort an zu husten. Die Krankenschwester, die gerade ins Zimmer gekommen war, riss Hofstetter den Strauß förmlich aus der Hand, um ihn von der Patientin zu entfernen.

»Den können Sie gleich wieder mitnehmen. So stark riechende Nelken sind nichts für Krankenzimmer. Das weiß man ja eigentlich.«

Hofstetter und Finkenbeiner waren sehr erschrocken und entschuldigten sich sowohl bei der Krankenschwester als auch bei Mandy. Nein, das war ihnen nicht bewusst gewesen, und »Finki« deponierte den Strauß sofort vor der Tür. Mandy hatte jedoch alles völlig unbeteiligt über sich ergehen lassen. Ihre Augen waren nur zu einem Schlitz geöffnet und ihre Stimme viel leiser als ihr tatsächlicher Gesundheitszustand es eigentlich verursacht hätte. Kaum hörbar bedankte sie sich bei den Kollegen für den Besuch, bat sie aber auch, sofort wieder zu gehen, weil sie sich so schwach fühle.

Hofstetter und Finkenbeiner drückten Mandy Pfrogner zum Abschied noch die Hand, und Finkenbeiner flüsterte leise: »Lass dich nicht unterkriegen, Mandy!«

Die Tränen, die daraufhin in Mandys Augen standen, sahen weder er noch Hofstetter.

Letzterer hob den Strauß, der nun vor der Tür lag, vom Boden auf.

»Was machen wir jetzt damit?«

»Keine Ahnung!«, entgegnete Finkenbeiner. »Wir könnten ihn ›RMM‹ aufs Grab legen«, fuhr er nach einer kurzen Pause fort. »Ihn wird der Geruch nicht stören, und Nelken sind doch sowieso eher Friedhofsblumen.«

Hofstetter nickte nachdenklich.

20 Minuten später standen sie vor Rainer Maria Mahlers Grab.

KAPITEL 34 (DONNERSTAG, 23.07.2015)

Zuvor hatten Hofstetter und Finkenbeiner jedoch eine ihnen merkwürdig erscheinende Beobachtung gemacht. Sie befanden sich auf dem Weg, der am jüdischen Teil des Friedhofs nach oben zu Mahlers Grab führte, als Finkenbeiner ruckartig stehen blieb.

»Was ist?«, fragte Hofstetter erstaunt.

»Da!« Finkenbeiner zeigte auf Mahlers Grab, das man von hier aus schon sehen konnte. »Siehst du's auch, Charlie, oder hab ich eine Erscheinung?«

Hofstetter war auch stehen geblieben und schaute nun in die Richtung, die sein Freund ihm mit der Hand wies.

»Ja, Donner und Blitz!«, stieß der Angesprochene nun zwischen den Zähnen hervor. »Nein, mach dir keine Sorgen, du hast keine Erscheinung. Sie ist es wirklich!«

Beide rührten sich nicht von der Stelle, und keiner sagte ein weiteres Wort. Sie starrten zu Mahlers Grab, an dem eine dunkle Gestalt kniete. Ja, kniete. Sie hatte die Hände gefaltet, als ob sie beten würde. Die beiden Freunde wagten kaum zu atmen, obwohl sie sich noch absolut außer Hörweite befanden. Das Bild bot sich ihnen jedoch nur noch wenige Sekunden, dann erhob sich die Kniende, und zwar wesentlich schwerfälliger, als man es bei der zierlichen Gestalt vermutet hätte. Am außergewöhnlich langen Schleier hatten die beiden Kollegen schon erkannt, um welche Nonne es sich handeln musste. Und als diese sich nun nach links wandte, um – glücklicherweise – das Grab in die andere Richtung zu verlassen, sahen sie zusätzlich am Profil, dass sie sich nicht getäuscht hatten. Es war tatsächlich Schwester Bianca.

»Was um alles in der Welt macht die an Mahlers Grab???«, entfuhr es schließlich Finkenbeiner.

Die Frage blieb erst einmal unbeantwortet stehen. Aber wenn Fidelis seinen Freund angeschaut hätte, hätte er sehen können, dass es in dessen Gedankenwelt fieberhaft arbeitete. Schließlich gab dieser auch mit seinem ersten Schritt das Signal, weiterzugehen, und Fidelis folgte wortlos. Er umklammerte dabei den Blumenstrauß, wegen dem sie hergekommen waren, als müsse er ihn gleich als Waffe benutzen. So locker die beiden sonst drauf waren und so realitätsbezogen sie sich sonst im Leben bewegten, hier kam ihnen etwas seltsam vor, um nicht zu sagen: unheimlich.

Hofstetter fand als Erster die Sprache wieder: »Also, egal, was da sonst noch dahintersteckt, irgendwie ist diese Nonne doch nicht ganz dicht.«

»Ich würde dir gern widersprechen, kann es aber beim besten Willen nicht«, schnaufte es einen Schritt hinter ihm. Fidelis hatte sich einen furchtbaren Sommerschnupfen zugezogen, für ihn eigentlich völlig untypisch, weil er nicht nur gut durchtrainiert, sondern auch abgehärtet war. Aber die unerfreulichen Ereignisse, die sich in letzter Zeit so häuften, hatten ihm mehr zugesetzt, als er wahrhaben wollte. Doch seine Anfälligkeit für mehrere kleine Infektionen ließ tiefer blicken.

Als sie am Grab angekommen waren, stellten sie erst einmal fest, dass man von Biancas vorheriger Anwesenheit nichts sah. Es lagen keine zusätzlichen Blumen dort, nur die Schalen und Gestecke, die sie bei ihrem letzten Besuch schon wahrgenommen hatten. Diese hatten es im Übrigen dringend nötig, gegossen zu werden. Bei diesem heißen Wetter konnte man nicht oft genug wässern, aber das war Bianca offensichtlich entgangen. Also deponierte Finkenbeiner den Strauß erst einmal an einer passenden Stelle auf dem Grab. Ein zur

Blumenvase umfunktioniertes riesiges Essiggurkenglas hatten sie aus dem Krankenhaus mitnehmen dürfen. Dann ging er gedankenverloren nach links zur Wasserstelle, also in die Richtung, die auch Bianca vor wenigen Minuten eingeschlagen hatte. Aber von ihr war nichts mehr zu sehen. Hofstetter folgte ihm mit den Augen, ihm war schon klar, was sein Freund vorhatte, aber ihm wurde in diesem Moment bewusst, dass er selbst nicht auf die Idee gekommen wäre zu gießen, und das wiederum zeigte ihm deutlich, dass ihn diese Begegnung doch sehr verwirrt hatte.

»Was geht hier vor, was geht hier vor?«, waren seine Worte, als Fidelis mit der vollen Gießkanne zurückkam.

»Ja, was geht hier vor?«, kam die Frage zurück, und es folgte ein längeres Schweigen.

Schließlich nahm Fidelis den Gesprächsfaden wieder auf.

»Weißt du, Charlie, ich habe schon seit Längerem das Gefühl, dass die beiden Todesfälle, der von ›RMM‹ und der von Lea, irgendetwas miteinander zu tun haben. Dabei habe ich nicht die geringste logische Begründung. Alle möglichen Gedanken gehen mir durch den Kopf. Vielleicht besteht auch eine Verbindung zwischen Lea und ›RMM‹s Tod. Schließlich konnte sie ihn nicht leiden. Und er sie auch nicht. Das hat man immer wieder gemerkt. Und Bianca weiß vielleicht mehr, als sie jemals preisgeben wird. Sie ist der Lea ja völlig hörig gewesen. Und ist es vielleicht noch über deren Tod hinaus. Trotzdem hat sie eventuell gegenüber ›RMM‹ ein schlechtes Gewissen.«

»Hm. In die Richtung habe ich auch schon gedacht. Allerdings habe ich mir auch überlegt, dass Bianca vielleicht selbst nicht so unschuldig an ›RMM‹s Tod ist, wie die Gerichtsmedizin uns glauben machen möchte. Auf der anderen Seite wieder halte ich Bianca für so herzzerreißend naiv, um nicht zu sagen ›blöd‹, dass ich ihr einfach keine Handlung zutraue, bei der man in irgendeiner Form um die Ecke denken muss.«

Charlie Hofstetter schaute leicht grinsend zu Fidelis Finkenbeiner. Und der musste sogar laut lachen. Allerdings nur ganz gedämpft, schließlich standen sie noch an Mahlers Grab.

Nachdem Finkenbeiner die Gießkanne geleert hatte, nahm Hofstetter sie ihm aus der Hand, um sie noch einmal zu füllen. Es war alles zu trocken, und es sollte auch in nächster Zeit nicht regnen. Nachdem das erledigt war, bemerkte Fidelis:

»Meine Kehle ist auch ganz trocken. Komm, wir setzen uns noch eine Weile in einen Biergarten.«

Hofstetter hielt das für eine gute Idee. Allerdings nahmen sie nun den Bus und fuhren zur ›Hafenhalle‹, wo sie bei einem kühlen Pils und einem herrlichen Blick auf den See ihre Gedanken schweifen ließen und gegenseitig austauschten.

KAPITEL 35 (DONNERSTAG, 23.07.2015)

Sie hätten Schwester Bianca aber noch lange auf dem Friedhof treffen können.

Hofstetter und Finkenbeiner waren an Mahlers Grab jedoch so sehr mit ihren eigenen verwirrten und verwirrenden Gedanken beschäftigt gewesen, dass auch ihr tatsächliches Blickfeld stark eingeschränkt gewesen war.

Schwester Bianca hatte sich nämlich nach ihrem Aufbruch vom Grab auf den Rand genau des Wasserbehälters gesetzt, zu dem ganz kurze Zeit später Fidelis gegangen war, um Wasser zu schöpfen. Ja, sie hatte ihn sogar kommen sehen und den Platz daraufhin fluchtartig verlassen. Auf keinen Fall wollte sie jemandem aus der Schule oder aus dem Kloster begegnen. Und so taumelte sie weiter in die entgegengesetzte Richtung, nicht ohne sich immer wieder umzudrehen, als wolle man sie verfolgen. Da es ihr ohnehin schon schwindlig gewesen war, beeinflusste das häufige Umdrehen ihren Zustand nicht positiv, und sie musste sich von Zeit zu Zeit an Grabsteinen festhalten, um nicht zu fallen. Auch der Umstand, dass die Zwischenräume zwischen den Grabreihen nicht zu einem befestigten Weg angelegt waren, sondern nur mit Gras überwachsen und durch diverses Wurzelgeflecht sehr holprig, ließ Schwester Bianca mehrfach stolpern. So irrte sie scheinbar ziellos zwischen den Gräbern umher. Tatsächlich suchte sie aber die Ruhestätte ihrer Mutter.

Nachdem sie sich nach einiger Zeit sicher schien, von Finkenbeiner nicht eingeholt zu werden, hatte sich auch die Art ihres suchenden Blicks verändert. Wiederholt blieb Bianca stehen und ließ ihre Augen umherschweifen, als sei das Gesuchte ganz nah, doch offensichtlich ohne Erfolg, denn sie setzte ihren Weg immer wieder fort.

Ganz offensichtlich war ihr nicht bewusst, dass sie hier in Konstanz auch niemals das Grab ihrer Mutter finden konnte. Diese lag nämlich auf dem Stuttgarter Waldfriedhof.

Dort war Bianca seit der Beerdigung vor fünf Jahren allerdings nicht mehr gewesen. Das war aber natürlich nicht der Grund für ihre Verwirrung. Man hatte Bianca nach Leas Tod drei Tage im Zentrum für Psychiatrie behalten, sie dann jedoch mit der Auflage entlassen, sie aus ihrer Internatsgruppe herauszunehmen und dafür in einem anderen Bereich einzusetzen, gewissermaßen als Beschäftigungstherapie in ihrem gewohnten Umfeld. Dabei hatten die Ärzte großen Wert darauf gelegt, dass Bianca von den Mitschwestern engmaschig betreut würde, das hieß konkret eigentlich nur, dass man sie möglichst nicht längere Zeit allein lassen durfte. Sie galt zwar nicht als eigentlich krank oder suizidgefährdet, aber sie befand sich doch in einer sehr extremen Trauersituation. Kurz, die Ärzte waren der Meinung, dass Bianca aber gerade deshalb in der klösterlichen Gemeinschaft am besten aufgehoben sei. Bisher schien diese Rechnung auch aufzugehen. Schwester Digna, die nun die Internatsleitung übernommen hatte und ohnehin schon für den Schwesternconvent verantwortlich gewesen war, hatte im Handumdrehen für mehrere Schwestern einen Plan erstellt, nach dem sie sich um Bianca zu kümmern hatten. Vor allem die Schwester von der Pforte, Schwester Liliana, und die Küchenschwester, Schwester Sarah, schienen ihr insofern hervorragend für diese Aufgabe geeignet, als allein schon deren Anwesenheit wie ein Stimmungsaufheller wirkte. Sie nahmen es Digna auch nicht übel, dass sie sie vermehrt mit der verantwortungsvollen Aufgabe betraut hatte. Besonders Sarah sah auch für sich selbst einen Vorteil: Unter dem Vorwand, sie mache es, um Bianca zu beschäftigen, backte sie nun nach Herzenslust Kuchen, Torten und Kekse. Und tatsächlich war auch Bianca mit Feuereifer dabei und schien oft alles um sich herum zu vergessen. Ja, sie lebte richtig auf.

Mit Schwester Liliana gestaltete sich das schwieriger. Sie konnte Bianca zwar mit ihrer humorvollen Art kurzfristig aufheitern, aber es fehlten letztendlich passende Aufgaben und geeigneter Gesprächsstoff. Und was noch schlimmer war: Immer wieder berührten sie Themen, die mit Schwester Lea zu tun hatten oder mindestens an sie erinnerten. So war es auch an diesem Donnerstag gewesen. Dabei waren sie ursprünglich nur auf Biancas Dosensammlung zu sprechen gekommen. Daran schloss sich das Thema »Lavendelduft« an und hieran zwangsläufig der Tod von ›RMM‹. Nun war auch Schwester Lea nicht mehr weit gewesen. Als dann Schwester Liliana einmal kurz auf die Toilette ging, hatte Bianca die Flucht ergriffen.

Eigentlich wusste Schwester Bianca, dass sie Friedhöfe zu meiden hatte. Man hatte es ihr in der Klinik deutlich gesagt. Und da Schwester Lea auf dem Friedhof des Mutterhauses in Stuttgart beerdigt worden war, ihr Grab also eigentlich unerreichbar für Bianca, sah man diesbezüglich von ärztlicher Seite keine akute Gefahr.

Doch vieles war eben anders, als es schien. Niemand ahnte, was in Schwester Bianca wirklich vorging. Und da außerhalb des Klosters niemand über Schwester Biancas Situation unterrichtet war, konnten auch Hofstetter und Finkenbeiner die Lage weder richtig einschätzen, noch sahen sie sich veranlasst, helfend einzugreifen, als sie Bianca auf dem Friedhof sahen.

Schwester Liliana ahnte nichts Gutes, als sie in die Pforte zurückkam und von Schwester Bianca weit und breit nichts mehr zu sehen war. Sie rief deshalb sofort Schwester Digna an, die an diesem Nachmittag die Gruppe von Schwester Bianca betreute. Da diese ja momentan im Internat weder arbeiten konnte noch durfte, war diese Aufgabe auf Schwester Digna und Schwester Stella Maris aufgeteilt worden. Letztere übernahm das zusätzlich zu ihrer eigenen Gruppe, in der auch

Cathrin Siebeneicher und Loreen Lehmann wohnten. Mit diesem Umstand hätte sie eigentlich schon genug zu tun gehabt, aber Schwester Digna hatte keine andere Lösung gesehen. Schwester Angelika versuchte man so weit wie möglich aus allem rauszuhalten, da sie es fast schon wie ein Hobby pflegte, Gerüchte zu verbreiten. Natürlich war es dann einerseits kontraproduktiv, sie von Informationen und realen Situationen fernzuhalten, denn das regte ihre Fantasie noch mehr an, andererseits konnte man so eher davon ausgehen, dass alles, was sie erzählte, erfunden war.

Als Schwester Liliana Schwester Digna endlich am Telefon hatte, rastete diese fast aus. So kannte Liliana ihre Konventsoberin gar nicht. Oder besser gesagt: Ganz selten hatte sie es erlebt, dass Digna so die Beherrschung verlor. Und niemals hätte sie vermutet, dass das in diesem Zusammenhang passieren würde, in einer Situation, die Liliana eher als Lappalie betrachtete, auch wenn sie ein ungutes Gefühl beschlichen hatte.

»Ist es denn zu fassen, dass es Ihnen nicht gelungen ist, Bianca am Fortlaufen zu hindern?«, brüllte Digna ins Telefon, so laut, dass die schwerhörige Liliana erschrocken den Hörer einige Zentimeter vom Ohr weghielt.

»Kindchen, Kindchen, regen Sie sich doch nicht so auf«, entgegnete sie betont ruhig und hoffte, die aufgebrachte Mitschwester zu besänftigen. Aber Digna schrie in unverminderter Lautstärke weiter:

»Rufen Sie sofort die Polizei an. Man muss Bianca suchen. Ich bin sicher, dass sie sich etwas antun will. Kommissar Schmitt rufe ich selbst an, aber sagen Sie bei der Polizei Bescheid, dass Schmitt informiert wurde.«

Beim letzten Satz hatte Dignas Stimme wieder eine normale Lautstärke erreicht, worüber Liliana sehr erleichtert war. Umgehend wählte sie jedoch die Nummer der Polizei, und zwar weder die Notrufnummer noch die Zentrale, sondern die Handynummer von Maximilian Moser. Nach Schwester Dignas Zornausbruch wollte Liliana alles so gut wie möglich machen. Und da die Oberin schon selbst Lilianas Lieblingskommissar anrufen wollte, musste für sie die zweite Wahl herhalten.

Moser, der zwar für Lilianas Anliegen nicht zuständig war, versprach jedoch, sich umgehend um die Angelegenheit zu kümmern, was er auch machte.

Nachdem Schwester Liliana aufgelegt hatte, saß sie einige Minuten nahezu unbeweglich vor dem Telefon und hing ihren Gedanken nach. Sie wusste selbst nicht, was sie mehr durcheinanderbrachte: Biancas Verschwinden oder Dignas Gefühlsausbruch.

Kurze Zeit später stand Schwester Digna in der Pförtnerloge, jetzt wieder wie gewohnt ruhig, wenn auch sichtbar angespannt. Sie wollte wissen, was denn dem Verschwinden Biancas vorausgegangen war.

Als Digna Einzelheiten des Gesprächsverlaufs erfuhr, fand sie nicht mehr, dass es eine gute Idee gewesen war, Schwester Liliana mit der Betreuung von Bianca beauftragt zu haben. So gut, liebenswert und herzerfrischend Liliana auch sein mochte, in puncto Einfühlsamkeit verhielt sie sich oft wie ein menschliches Trampeltier. Digna hätte das wissen müssen, aber momentan steckte sie selbst in einer äußerst schwierigen Lebenssituation.

Da war zunächst einmal schon ihre eigene melancholische Grundstimmung gewesen, in der sie sich Gedanken über ihre Vergangenheit und ihren weiteren Lebensweg gemacht hatte und aus der heraus der Brief an ihren Cousin Daniel entstanden war. Zudem beschäftigte sie die Eskapade mit dem Motorrad doch mehr, als sie zugeben mochte. Außerdem ließ es sie natürlich nicht kalt, dass sich in ihrem Kloster die mysteriösen Todesfälle so häuften, wobei sie um Rainer Maria Mahler und Schwester Lea zwar nicht die große Trauer ergriffen hatte, dafür um Beat Sommerli umso mehr. Das konnte sie selbst nicht richtig nachvollziehen, deshalb machte sie sich auch darüber viele Gedanken. Und letztendlich war die Aufgabe, die ihr durch Schwester Leas Tod nun zugefallen war, zwar fast die, die sie sich schon seit Längerem gewünscht hatte, aber eben nur fast. Sie wollte nicht so ohne Vorbereitung und ohne Einarbeitung in die Internatsleitung hineingeworfen werden. Vor allem wollte sie aber auch keine eigene Internatsgruppe, und schon gar nicht aus der Mittelstufe, übernehmen. Dass sie unter diesen Umständen eine Fehlentscheidung traf oder auch mal die Nerven verlor, war verständlich, machte sie aber wütend auf sich selbst. Und sie spürte, während sie neben Liliana saß und deren Schilderungen zuhörte, wie der immer stärker werdende Wunsch in ihr aufstieg, mit dem Motorrad über Land zu donnern.

Doch aus diesen Empfindungen wurde sie jäh gerissen, als sie plötzlich Schwester Bianca im Türrahmen stehen sah. Für den Bruchteil einer Sekunde hatte sie an eine Wahnvorstellung geglaubt. Aber Schwester Liliana hatte Bianca fast zeitgleich bemerkt und stieß einen Schrei aus.

»Ja, um Gottes willen, wo kommen *Sie* denn jetzt her?«, entfuhr es ihr.

»Ich habe nur ein bisschen Luft geschnappt. Sie haben ja gerade von mir keine Unterstützung gebraucht«, entgegnete Bianca lächelnd und scheinbar gut gelaunt.

Schwester Digna hatte das Gefühl, sie müsse gleich platzen.

Natürlich war sie einerseits unsagbar erleichtert, dass Schwester Bianca wohlbehalten wieder da war. Andererseits reizte sie Biancas naives Verhalten bis aufs Blut. Das war im Übrigen nichts Neues. Schon seit sie Bianca näher kennengelernt hatte, war sie von deren Art abgestoßen gewesen.

KAPITEL 36 (DONNERSTAG, 23.07.2015)

Karl-Anton Hofstetter und Fidelis Finkenbeiner hatten schon eine Weile im Biergarten der ›Hafenhalle‹ gesessen, als Fidelis Finkenbeiners Blick plötzlich auf einen Mann fiel, der drei Tische weiter rechts von ihnen in die Süddeutsche Zeitung vertieft war. Finkenbeiner konnte nur den Rücken sehen, vermutete aber ganz richtig, dass es Ben Pfrogner war. Er erkannte ihn an dem für hiesige Gepflogenheiten etwas eigentümlichen Hemd. Ben hatte es eigentlich mehr zum Scherz in einem Souvenirladen in Kärnten gekauft. Die Ehepaare Pfrogner und Finkenbeiner wanderten seit einigen Jahren immer zu Beginn der Sommerferien eine Woche in Österreich. Und Ben hatte das Hemd heute in der Absicht angezogen, seine Frau mit diesem Kleidungsstück auf ihre diesjährigen Pläne einzustimmen, aber auch um sie ein bisschen aufzuheitern. Das Hemd war nämlich bunt bedruckt mit allen möglichen als typisch österreichisch empfundenen Gebäuden und Gegenständen. So war das Riesenrad von

Wien neben den Salzburger Nockerln abgebildet, der Stephansdom war ebenso zu finden wie Kommissar Rex mit seinem Herrchen, Mozartkugeln waren beim Großglockner zu entdecken, Tafelspitz, Sachertorte und Sissi existierten einträchtig nebeneinander, sogar ein »Pickerl« fehlte nicht. Fidelis musste daran denken, wie Bens Kauf damals große Heiterkeit ausgelöst hatte und auch Mandy herzlich darüber lachen konnte. Dieser Humor war ihr schon seit einiger Zeit abhandengekommen, das war nicht nur Fidelis aufgefallen. Seine Frau und er hatten auch schon etwas besorgt an die diesjährige Wanderung gedacht, denn beide hatten sie das Gefühl, dass es in der Ehe des mit ihnen befreundeten Paars kriselte. Allerdings war sowieso noch nichts richtig geplant, obwohl die Sommerferien schon in einer Woche begannen. Die Ereignisse im Sancta Trinitas hatten sie abgehalten.

Finkenbeiner deutete nun auf Pfrogner und machte Hofstetter auf ihn aufmerksam. »Charlie, meinst du nicht, es täte Ben gut, wenn wir ihn an unseren Tisch holen und ein bisschen aufheitern würden?«

Hofstetter nickte zustimmend. »Ja, der kann's bestimmt brauchen. So wie Mandy heute drauf war, war es sicher auch für Ben keine angenehme Begegnung!«

Er stand auf und schob sich zwischen den Tischen und Stühlen durch, die bei dem wunderbaren Wetter alle besetzt waren. Aber an ihrem Tisch war noch ein Platz frei. Karl-Anton tippte Ben auf die Schulter, und dieser fuhr ganz erschrocken auf. Als er Hofstetter erkannte, ging aber ein Strahlen über sein Gesicht, und er folgte der Einladung dieses guten Bekannten gern, umso mehr, als er realisierte, dass auch sein Freund Fidelis anwesend war. Tatsächlich konnte Ben Aufmunterung brauchen.

Nachdem er mit seiner Weißweinschorle umgezogen war und der Bedienung signalisiert hatte, wo er jetzt zu finden sei, kamen die drei ohne Umschweife auf die seltsamen Umstände zu sprechen, unter denen es zu dem Unfall gekommen war, denn natürlich brodelte schon die Gerüchteküche heftig. Hofstetter und Finkenbeiner wollten gerne etwas Genaueres von demjenigen erfahren, der außer Mandy selbst etwas Genaueres auch wirklich wissen konnte. Aber Ben tappte selber im Dunkeln. Er wusste von der Einladung bei Karla Gulden und hatte sich natürlich darüber schon einige Gedanken gemacht. Schließlich kannte er Mandys problematisches Verhältnis zu Karla Gulden. Er selbst hatte sie einmal kennengelernt. Das war bei einer Weihnachtsfeier des Schulkollegiums im letzten Jahr, zu der auch die Ehepartner eingeladen waren. Sympathisch war ihm Karla Gulden nicht, aber er konnte sie auch nicht wirklich ernst nehmen, deshalb musste er über vieles, was an Bemerkungen aus ihrem Mund kam, nur lächeln oder sogar lachen.

Er hatte zwei Vorteile: zum einen, dass er beruflich mit ihr nichts zu tun hatte, und zum anderen, dass er ein Mann war. Gegenüber Männern verhielt Gulden sich meistens anbiedernd und oft fast unterwürfig. Bei Frauen dagegen stellte sie von vornherein klar, dass *sie* das Sagen hatte, und vor allem, dass ihre Meinung immer die richtige war. Viele Frauen reagierten darauf eingeschüchtert, andere mindestens mit Ablehnung, oft aber auch mit Aggression, was ebenfalls nicht zu einer guten Atmosphäre beitrug.

Die drei Männer waren sich in der Einschätzung Guldens einig. »Aber ich glaube, die ahnt gar nicht, wie abschreckend sie auf andere wirkt«, resümierte Fidelis Finkenbeiner. Die anderen nickten zustimmend.

»Dafür ist sie viel zu unsensibel beziehungsweise von sich eingenommen«, fügte Karl-Anton hinzu. »Aber ich persönlich würde ihr auch eine ganze Menge an negativem Handeln zutrauen«, unterbrach er nach einer Weile das entstandene nachdenkliche Schweigen.

»Hm. Stimmt. Und ich finde, wir sollten morgen bei unserer Vernehmung dem Kommissar den Tipp geben, Gulden genauer unter die Lupe zu nehmen. Ihr Verhältnis zu Schwester Lea war ja nicht gerade das allerbeste!«

Ben und Karl-Anton brachten dieses Mal ihre Zustimmung mit einem noch heftigeren Nicken als zuvor zum Ausdruck.

Tatsächlich war die Beziehung zwischen Schwester Lea und Karla Gulden angespannt gewesen. Das Einzige, worin die beiden sich einig waren, war ihre rigorose Auffassung davon, wie man Schüler zu behandeln hatte. Da konnten sie oft hervorragend kooperieren und wetteiferten fast darin, wie man mit Strenge und Konsequenz sein Ziel bei den ihnen anvertrauten »Zöglingen« erreichte. Den Begriff »Zöglinge« fanden sie passender als das harmlose »Schüler« und hätten ihn allgemein lieber gehört. Ansonsten bestand ihre Beziehung aber eher in einem Wettkampf, wer in einer Sache die Oberhand errang oder behielt.

Das war niemandem im Kollegium entgangen, und man diskutierte schon längst, welche Rolle Gulden in Bezug auf Schwester Leas Tod wohl gespielt haben könnte. Schließlich war bekannt, dass Karla Gulden oft abends in der Schule anzutreffen war. Mit der Begründung, sie müsse die Sportgeräte kontrollieren oder Präsentationen für Erdkunde vorbereiten, war sie oft bis 20 Uhr oder sogar später in den Schulgebäuden anzutreffen. Kollegen, die Physik oder Chemie unterrichteten und tatsächlich Versuche vorbereiten mussten, hatten es beobachtet und hin und wieder im Kollegium davon erzählt. Karla Gulden war wegen ihrer kleinen und großen Unverschämtheiten nämlich immer wieder ein beliebtes Gesprächsthema und gab mit ihrem Verhalten Anlass zu diversen Gerüchten. Die Einzige, die sie hin und wieder verteidigte, war Schwester Bianca. Das mochte daran liegen, dass diese dazu neigte, autoritäre Personen, die deutlich den Weg zeigten, den man zu gehen hatte, sehr schätzte. Deshalb war es ihr ein Bedürfnis, Gulden in Schutz zu nehmen, obwohl auch ihr nicht entgangen war, dass ihre geliebte und verehrte Schwester Lea und »Dracula«, wie Gulden allgemein genannt wurde, einander nicht grün waren.

Das wiederum war für Hofstetter und Finkenbeiner ein gefundenes Fressen, wenn sie ihrem gemeinsamen Hobby frönten. Sie schrieben nämlich Texte für ihr Kabarett, das sie vor einigen Jahren während eines launigen Abends in Hofstetters Garten, in dessen Verlauf viel Rotwein geflossen war, gegründet hatten. Unter dem Namen »Die Pferdeäpfel« trugen sie nun hauptsächlich zu internen vergnüglichen Veranstaltungen des Kollegiums bei, es war aber auch sehr beliebt, sie für private Feiern zu buchen. Den Namen hatten sie gewählt als Anspielung darauf, dass sie einerseits »Mist« verarbeiteten, der andererseits aber von »edlen Tieren« produziert worden war und nun als Dung für wertvolles Neues dienen sollte oder zumindest konnte. Sie waren darauf bedacht, nicht ins unterirdische Niveau abzugleiten, was ihnen aber zugegebenermaßen bei »Dracula« nicht immer gelang.

Mandy Pfrogner hatte auch schon den einen oder anderen Anlass geliefert, der kabarettistisch verarbeitet werden konnte, aber bei ihr war es auf eine nette, eher liebevolle

Art geschehen, denn Hofstetter und Finkenbeiner mochten sie ganz einfach.

Das war auch der Grund, warum sie gern gewusst hätten, was im Hause Pfrogner momentan schieflief.

Finkenbeiner bestellte bei der Kellnerin, die gerade am Nachbartisch abkassiert hatte, noch eine große Cola, Karl-Anton eine große Apfelschorle, und Ben entschied sich für ein Viertel trockenen Meersburger Weißwein.

»Du wirst doch deinen Kummer nicht im Alkohol ertränken?«, ergriff Finkenbeiner geschickt die Gelegenheit, das heikle Thema »Mandy« anzuschneiden.

»Was für einen Kummer meinst du?«, fragte Ben irritiert zurück. Der Unfall und Mandys daraus resultierende Stimmung konnten doch damit nicht gemeint sein, das würde man sicher nicht mit dem Begriff »Kummer« umschreiben. Was aber dann? Mandy und er waren schließlich übereingekommen, dass ihre aktuellen Konflikte niemanden etwas angingen. Niemanden, auch nicht befreundete Kollegen.

»Na ja«, kam Hofstetter seinem Freund Finki zu Hilfe, »wer euch nicht nur oberflächlich kennt, der merkt schon, dass bei euch beiden etwas anders geworden ist. Dass ihr, Mandy und du, irgendein Problem habt. Aber natürlich musst du nicht drüber sprechen, wenn du nicht willst.«

Die Kellnerin brachte die Getränke und lenkte damit kurz davon ab, dass es in Bens Kopf fieberhaft arbeitete, um sich für eine Reaktion zu entscheiden. Als die Bedienung wieder weg war und die erwartungsvollen Blicke seiner Gegenüber auf ihm ruhten, fasste er den Entschluss, alles auszupacken. Endlich mal zu reden. Unter Männern. Unter Freunden, denen er vertraute. Ohne Rücksicht auf Mandy. Ohne Rücksicht auf die Frau, die er zwar wirklich liebte, die ihm aber familienpolitisch immer ihren Willen aufzwingen wollte. Ben holte tief Luft.

»Ertappt«, sagte er knapp und nahm dafür einen großen Schluck Wein. Er setzte das Glas kurz ab, dann leerte er es mit einem Zug. Seine Tischgenossen beobachteten das Geschehen mit großen Augen.

»Um Gottes willen«, entfuhr es Fidelis erschrocken. Dann war Stille am Tisch, nur rundherum plauderten die Gäste fröhlich weiter, was der Situation noch mehr Beklemmung verschaffte. Ben winkte der Bedienung und bestellte ein weiteres Viertel Wein. Die Frau schaute erstaunt.

»Das Glas ist umgekippt«, beeilte sich Hofstetter, eine Erklärung zu liefern. Und als die Kellnerin suchend nach der verschütteten Flüssigkeit schaute, fügte Finkenbeiner hinzu: »Wir haben alles schon mit Tempos aufgewischt. Kein Problem!« Die Kellnerin ließ mit ihrem freundlichen Lächeln offen, ob sie die Geschichte glaubte, und stellte unverzüglich ein weiteres Glas vor Pfrogner.

»Zum Wohlsein!«, fügte sie hinzu.

»Ja, zum Wohlsein«, erwiderte Ben Pfrogner und sah dabei seine sprachlos gewordenen Freunde fest an, nahm aber dieses Mal nur einen kleinen Schluck.

Und dann redete er sich fast ohne Unterbrechung beinahe eine Stunde lang die traurige Geschichte von der Seele. Am Ende hatten auch Karl-Anton und Fidelis einigen Wein konsumiert.

KAPITEL 37 (DONNERSTAG, 23.07.2015)

Schwester Digna hatte Norbert Schmitt angerufen und Entwarnung gegeben. Kopfschüttelnd leitete dieser es an die entsprechende Dienststelle weiter. Natürlich war die Suche schon in Gang gewesen und hatte wegen der angeblichen Dringlichkeit vieles durcheinandergebracht. Deshalb konnte man nun durchaus Bemerkungen hören wie »hysterische Nonnen« und noch weniger Schmeichelhaftes.

Auch zu Dr. Helmut Schuster war die Nachricht von Schwester Biancas Verschwinden gedrungen. Die Polizei hatte ihn informiert. Im Zusammenhang mit den übrigen Vorfällen am Sancta Trinitas hielt man das für notwendig.

Der Anruf erreichte ihn, als er gerade überlegte, ob er Schwester Digna um Hilfe bei der Organisation des Schuljahresendes bitten könne. Eine Woche war noch zu bewältigen, am 30. Juli begannen die Sommerferien. Da die Notenkonferenzen vorbei waren und die Schüler fürs Lernen nun überhaupt nicht mehr zu motivieren waren, handelte es sich schon um eine Tradition, dass in der letzten Woche Ausflüge, Ausstellungen, Theateraufführungen und sonstige Attraktionen stattfanden. In dem allgemeinen Durcheinander war es aber sehr schwierig, etwas auf die Beine zu stellen. Rainer Maria Mahler fehlte jetzt besonders. Aber auch Schwester Lea hatte im organisatorischen Bereich viel geleistet. Außerdem fielen noch einige andere Lehrkräfte aus. Schwester Digna, die Mathe und Chemie unterrichtete, war wegen ihrer Aufgaben im Internat schon seit Leas Tod in ihren Fächern vertreten worden beziehungsweise waren diese ausgefallen. Mandy Pfrogner würde zwar bald aus dem Krankenhaus entlassen werden, war aber bis Ende des Schuljahrs krankgeschrieben. Ebenso Magdalena Seehofer, die es nicht verkraftet hatte, dass sie in Verdacht geraten war. Am liebsten hätte Schuster den Laden gleich dichtgemacht.

Aus seiner großen Not heraus war ihm in den Sinn gekommen, Schwester Digna um Unterstützung zu bitten, er hatte es jedoch gleich wieder verworfen, da er ja selbst wusste, wie unrealistisch diese Idee war. Als dann aber noch der Anruf von der Polizei kam, verließ ihn jegliche Zuversicht. Er bedankte sich zwar noch höflich für die Information, schmetterte aber, sobald er auf den Aus-Knopf des Telefons gedrückt hatte, mit enormer Wucht den Kaffeebecher an die Wand neben der Eingangstür seines Zimmers. Ein Gefühlsausbruch, der bei ihm ungewöhnlich war. Trotzdem hatte er binnen kürzester Zeit zum zweiten Mal die Kontrolle über sich verloren. Der Kaffee, der noch in der Tasse gewesen war, lief in dicken Streifen an der Wand hinunter, was Schuster aber nicht einmal bemerkte, denn er wühlte sofort wieder in seinen Papieren auf dem Schreibtisch. Er suchte nach dem Programm für den feierlichen Abschlussgottesdienst, das Frau Schmidt-Kessler ihm vor einer Viertelstunde gebracht hatte und das nun wie vom Erdboden verschluckt war. Dass es kein einfacher, sondern ein feierlicher Gottesdienst werden sollte, hatte ihm Kaplan Molitor aufgeschwatzt. Dabei war Schuster hierzu nun wirklich nicht zumute. Er wollte dieses verhängnisvolle Schuljahr nur hinter sich bringen, möglichst kurz und schmerzlos. Während er suchte, fragte er sich, warum er in letzter Zeit so sehr zum Weichei geworden war und immer wieder nach der Pfeife anderer tanzte.

Besonders in der Beziehung zu seiner Frau war ihm das aufgefallen. Während sie bis zu Rainer Maria Mahlers

Tod doch relativ friedlich nebeneinanderher gelebt hatten, schien ihm jetzt weder eine neutrale Koexistenz noch ein friedliches Miteinander möglich. Eva-Maria war launisch und damit aggressiv und deprimiert im Wechsel. Nur freundlich oder liebevoll standen nicht auf dem Programm. Und Helmut Schuster versuchte nun mit einer Engelsgeduld, von der nicht einmal er selbst zuvor vermutet hätte, dass er dazu fähig sei, die Tage erträglicher zu gestalten. In den Nächten waren sich beide schon längst aus dem Weg gegangen, so dass hier keine Veränderung auffallen konnte.

Ganz besonders hatte Helmut aber eine Veränderung bei seiner Frau bemerkt, als er einen Tag vor Schwester Leas Tod nach Hause gekommen war. Eva-Maria war offenbar kurz zuvor heimgekommen. Die vollen Einkaufstüten und Kartons lagen noch in der Küche rum. Dabei fiel Helmut auf, dass auch das Hackfleisch noch nicht im Kühlschrank verstaut war. Normalerweise war es aber für Eva-Maria oberstes Gebot, dies sofort zu tun, egal wie wenig Zeit sie hatte oder wie dringend sie zur Toilette musste, denn sie hatte geradezu panische Angst vor einer Fleischvergiftung. Helmut hatte das Päckchen schnell selbst in den Kühlschrank gelegt, um eine Missstimmung seiner Frau zu vermeiden. Allerdings ohne Erfolg.

Eva-Maria war an jenem Freitagabend völlig durcheinander gewesen. Sie hätte ihren Fehler beim Hackfleisch wahrscheinlich gar nicht bemerkt. Auf seine Frage, ob sie etwas Schlimmes erlebt habe, hatte sie nur ausweichend geantwortet, sie habe Schwester Lea unterwegs getroffen, und diese unmögliche Person habe sie völlig arrogant behandelt, als sie, Eva-Maria, sich teilnahmsvoll nach dem Befinden der internen Schülerinnen erkundigt habe, die ja in letzter Zeit viel Aufwühlendes und Trauriges hatten erleben müssen.

In Wirklichkeit war es aber ganz anders gewesen. Nur sollte das Helmut Schuster nie erfahren.

Eva-Maria Schuster hatte vor einigen Tagen gehört, dass Schwester Digna damit betraut gewesen war, Rainer Maria Mahlers Wohnung aufzulösen. Da sie sich immer noch große Sorgen darüber machte, was aus dem Brief geworden war, den sie Mahler an seinem Todestag geschrieben hatte, hatte sie bei Schwester Digna nachgefragt, ob sie diesen Brief gefunden habe. Schwester Digna verneinte wahrheitsgemäß, denn den Brief hatte Mahler ja in ein Buch gelegt, wo er beim Ausräumen der Wohnung nicht gefunden worden war, aber das wusste Digna nicht. Allerdings äußerte sie gegenüber Eva-Maria die Vermutung, dass der Brief vielleicht in einem der vielen Bücher gewesen sein könnte, und Eva-Maria solle doch mal bei Schwester Lea nachfragen, denn dieser habe sie die Bücher für die Internatsbibliothek überlassen.

An diesem bewussten Freitag nun hatte Frau Schuster sich bei Schwester Lea einen Termin geben lassen, um sie ganz persönlich zu bitten, ihr die Suche nach dem vermissten Brief zu ermöglichen, indem sie die Bücher durchsehen dürfe. Natürlich hatte sie dazu eine plausible und unverfängliche Geschichte erfunden, was den Inhalt des Briefs anbelangte – falls Lea ihn gefunden und gelesen hatte. Sie behauptete, der Brief sei die Abschrift eines Zettels, den sie zufällig in einem Philosophie-Klassenarbeitsheft entdeckt habe, als sie aus Interesse am Thema der Klassenarbeit die Hefte auf dem häuslichen Schreibtisch ihres Mannes durchgeblättert habe. Da der Zettel ganz offensichtlich für Rainer Maria Mahler bestimmt gewesen sei, habe sie gemeint, sie müsse diesen davon in Kenntnis setzen. Natürlich ganz diskret, heißt, ohne ihren Mann zu informieren.

Während Schwester Digna sich die Geschichte völlig neutral angehört hatte, sie nahm Eva-Maria sowieso nicht ernst und hatte nicht das geringste Interesse an deren Geschichten, hatte Schwester Lea gegenüber Eva-Maria Schuster mit einem belustigten, ironisch anmutenden Lächeln reagiert. Wenn man wollte, konnte man daran ablesen, dass Lea die Situation durchschaut hatte, und Eva-Maria war sich nicht sicher, wie sie es deuten sollte. Jedenfalls bekam sie von der Internatsleiterin die Auskunft, dass die »Bücherspende« von Schwester Digna zwar sicher gut gemeint gewesen sei, dass sie aber in der Internatsbibliothek nichts damit hätte anfangen können und sie die Bücher deshalb an Schwester Wiltrudis von der Schulbibliothek weitergeleitet habe. »Frau Dr. Schuster«, wie Lea sie immer spöttisch anredete, obwohl nicht sie, sondern nur ihr Mann den Doktortitel hatte, solle sich doch mit der Leiterin der Schulbibliothek in Verbindung setzen.

Die Art, wie sie von Lea behandelt worden war, und das daraus resultierende Misstrauen bezüglich Leas Kenntnisstandes raubten Eva-Maria, innerlich, die Fassung. Äußerlich gelang es ihr mit viel Mühe, die Ruhe zu bewahren und sofort im Anschluss noch bei Schwester Wiltrudis in der Schülerbücherei vorbeizusehen. Diese schien über Eva-Marias Besuch erstaunt zu sein.

Schwester Wiltrudis unterrichtete Musik und Religion und hatte den Spitznamen »The singing nun«. Und da sie trotz ihres relativ jungen Alters, sie war erst 42 Jahre alt, als sehr ausgeglichen galt, andererseits aber auch als ein bisschen naiv, nahm man, und in dem Fall auch Eva-Maria, ihr das Verhalten ohne Argwohn ab.

Nein, sie habe bei der Durchsicht nichts gefunden, log Schwester Wiltrudis und war davon überzeugt, dass diese

Lüge eine gute Tat sei, weil sie glaubte, die unangenehme Situation insgesamt zu beruhigen.

In Wahrheit hatte Schwester Wiltrudis aber den Brief bei der Durchsicht der Bücher gefunden und gelesen, die Sachlage sehr realistisch eingeschätzt und den Brief unverzüglich geschreddert.

Eva-Maria Schuster aber war nun überzeugt, dass Schwester Lea sie belogen hatte, und dachte sich immer mehr Variationen aus, wie sie die für sie gefährliche Mitwisserin zum Schweigen bringen könne, musste aber eine Idee nach der anderen wieder verwerfen. Dafür ließ sie ihre Wut ungehemmt an ihrem Mann aus, der seinerseits an diesem Abend plötzlich vom selbst diagnostizierten »Weichei« zum gewalttätigen Ehemann mutiert war. Auf Eva-Marias lautstark vorgebrachte Anschuldigung, Helmut sei als Schulleiter völlig unfähig und habe die Todesfälle mit zu verantworten oder sei sogar selbst ein Mörder, holte der Angegriffene aus und versetzte seiner Frau eine Ohrfeige, an die sie auch rein physisch noch lang erinnert wurde.

KAPITEL 38 (DONNERSTAG, 23.07.2015)

An diese Situation erinnerte sich Helmut Schuster gerade, als das Telefon schrillte und ihn aus den Gedanken riss. Kommissar Norbert Schmitt persönlich teilte ihm mit, dass die Aufregung um Schwester Bianca falscher Alarm gewesen sei, und bei beiden mischte sich in die Erleichterung auch eine gewisse Verärgerung. Wurde jetzt etwa auch Schwester Digna hysterisch?

Nachdem Schuster das Gespräch beendet hatte, konnte er doch insofern wieder einigermaßen klar denken, als er wahrnahm, was er mit seiner Kaffeetasse angerichtet hatte. Er sammelte die Scherben auf und schrubbte mit einem Schwammtuch, das zur Ausstattung des in einer Schrankwand versteckten Waschbeckens gehörte, die Flecken von der Wand, was ihm einigermaßen gelang.

Ein Blick auf die Armbanduhr sagte ihm, dass es nun wohl besser sei, nach Hause zu gehen, auch wenn er nicht die geringste Lust dazu verspürte, denn das Verhältnis zu seiner Frau hatte sich nicht gebessert. Seine Bitten um Entschuldigung für die Ohrfeige waren verhallt, ohne einen sichtbaren Eindruck zu hinterlassen. Stattdessen steigerten sich Eva-Marias bissige Bemerkungen ins Unerträgliche.

Diesbezüglich hätte Helmut Schuster sich aber an diesem Abend keine Sorgen machen müssen. Das Haus war leer, als er heimkam. Das hätte er vielleicht gar nicht so schnell bemerkt, weil sich die Eheleute in letzter Zeit nicht gerade suchten. Aber in der Küche lag ein Zettel:

›Bin bei den Kindern‹.

Schuster nahm die Nachricht auch innerlich emotionslos zur Kenntnis. Ganz neutral schienen seine Gedanken sich mit der Situation auseinanderzusetzen: Eva-Maria hielt es also für eine gute Idee, einige Zeit bei ihrem Sohn Jonas oder ihrer Tochter Jasmin – oder abwechselnd bei beiden – zu verbringen. Helmut konnte sich nicht vorstellen, dass das bei seinen Kindern, die in Bonn studierten, große Begeisterung auslösen würde. Wie er, hatten sie schon lang Probleme damit, dass sich Eva-Maria so künstlich jung machte und mit ihrer Ausgeflipptheit punkten wollte. Aber er war sich auch sicher, dass die beiden mit ihrer Mutter fertigwürden.

KAPITEL 39 (DONNERSTAG, 23.07. / FREITAG, 24.07.2015)

Norbert Schmitt hatte mit Schwester Digna vereinbart, dass sie eine Liste der Schwestern vom Kloster Sancta Trinitas anfertigen werde, und zwar möglichst mit einem kurzen Kommentar versehen, damit Schmitt sich schon mal ein Bild machen konnte, mit wem er es zu tun hatte. Schwester Digna hatte sie ihm am Donnerstag kurz nach 21 Uhr noch vorbeigebracht. Allerdings kam er an diesem Abend nicht mehr dazu, sich mit der Aufstellung zu beschäftigen, denn Digna hatte Norberts und Sabines spontane Einladung auf ein Glas Wein gern angenommen. Nach der Aufregung um Schwester Biancas Verschwinden war sie froh, mit ihren Freunden noch einmal in aller Ruhe darüber sprechen zu können. Außerdem vermutete sie schon ganz richtig, dass Norbert an ihrem Verstand gezweifelt hatte.

Es wurde dann ein sehr entspannter Abend auf Schmitts Dachterrasse, an dem trotz der unerfreulichen Situation und obwohl alle nach zwei Gläsern Wein auf Fruchtsaftschorle umgestiegen waren, lustige Geschichten aus dem Internatsleben zur Sprache kamen. Mancher außenstehende Betrachter hätte das lockere Plaudern auch als pietätlos empfinden können, wenn es um Schwester Lea ging, oder als respektlos, wenn auf Kosten der anderen Schwestern, weltlichen Erzieherinnen oder Schülerinnen gelacht wurde, aber diese Geschichten eigneten sich wunderbar als Blitzableiter in der doch unheilschwangeren Suche nach Schwester Leas Mörder. Digna hatte ein großartiges Talent, sogar die banalsten oder skurrilsten Situationen auf so lustige Weise zu schildern, dass man Tränen lachen konnte. So waren Dignas Schilderungen der von Lea angeordneten Großputz-Aktionen am Schuljahrsende gut für die Lachmuskeln. Sabine und Norbert sahen die betroffenen Personen wie lebendig vor sich und schüttelten sich vor allem vor Lachen, wenn sie sich die eifrige Schwester Bianca auf der Suche nach einem übersehenen Staubkorn am Bettrost vorstellten oder wie deren Zunge zwischen den Lippen hervorkam, wenn sie hoch konzentriert die von den Schülerinnen zu nachlässig behandelten Bodenleisten mit Nussöl einpinselte.

Nur als Norbert Schmitt mal wieder augenzwinkernd von der »von einer forschen Franziskanerin gelenkten rollenden Rakete durch Radolfzell« sprach, wurde er ungewohnt heftig von Digna unterbrochen.

»Ich finde, dass das Räuchermännchen sich da mal besser mit Kommentaren zurückhält!«

Norbert hatte sofort begriffen, dass er vermintes Gelände betreten hatte, und ging über Dignas Angriff scheinbar belustigt hinweg. In einem Ton, als sei er dankbar für das Stichwort, erkundigte er sich:

»Apropos Räuchermännchen, sind bei euch im Internat mal wieder nachts die Rauchmelder losgegangen?«

Digna nahm den Ball auf und schilderte lebhaft den letzten Vorfall. Nur war es dieses Mal nicht nachts und auch nicht wegen der heimlichen Raucher gewesen. Schwester Anastasia hatte in ihrem Zimmer ein Weihrauchfass hin und her geschwenkt, angeblich um eine würdevolle Atmosphäre für das abendliche Rosenkranzgebet zu schaffen. Unter vorgehaltener Hand ging jedoch bei den Schwestern das Gerücht um, dass sich Schwester Anastasia mit den Weihrauchschwaden in einen rauschähnlichen Zustand versetzte. Dieses Mal hatte sie es wohl etwas übertrieben und der Rauch zog zum Rauchmelder auf dem Flur. Die Konstanzer Feuerwehr war mit zwei Löschzügen angerückt, und dieses Mal wurde der Einsatz auch in Rechnung gestellt. Freundlicherweise hatte man die beiden vorherigen Fehlalarme offiziell als Übungseinsätze deklariert, aber das konnte natürlich nicht endlos so weitergehen, auch nicht, wenn das großzügige Angebot von Schwester Anastasia, für das Seelenheil der Feuerwehrleute zu beten, verlockend gewesen sein mochte.

Als Schwester Dignas Blick auf ihre Armbanduhr fiel, waren die drei schon längst von der Dachterrasse ins Wohnzimmer umgezogen, um Schlaf suchende Nachbarn nicht zu verärgern. Aber keiner von ihnen hätte gedacht, dass es schon so spät war. Schwester Digna hatte es plötzlich sehr eilig heimzugehen. Sie hatte sich weder im Kloster noch im Internat abgemeldet, und das Handy hatte sie auch nicht dabei. Jetzt konnte sie nur hoffen, dass man sie inzwischen nicht gebraucht hätte.

Norbert und Sabine begleiteten sie noch bis zur Hauptpforte des Internats, dann trennten sie sich fast schweren Herzens. Ihnen war nur allzu klar bewusst, dass sie jetzt wieder in einen sehr unangenehmen Alltag eintauchen würden.

Der nette Abend stand für einen Moment vor Kommissar Schmitts Augen, als er am Freitag, kurz bevor er zu seiner Dienststelle aufbrach, Schwester Dignas Liste überflog:

<u>Es gibt folgende Schwestern im Sancta Trinitas</u>
In der Schule und im Internat:

- Schwester Digna Paulus (50)
  Unterrichtet Mathe und Chemie. Ist Konventsoberin.
- Schwester Bianca Behrendt (33) Erzieherin in einer Gruppe von Mittelstufenschülerinnen.
- Schwester Blandina Mertens (41)
  Erzieherin in einer Gruppe von Mittelstufenschülerinnen. Will »cool« sein, macht sich aber eher lächerlich.
- Schwester Stella Maris Rossknecht (47)
  Erzieherin in einer Gruppe von Mittelstufenschülerinnen. In ihrer Gruppe sind auch Cathrin Siebeneicher und Loreen Lehmann.
- Schwester Camilla Heesters (31)
  Erzieherin in einer Gruppe von Unterstufenschü-

lerinnen. Naiv, aber warmherzig. Gibt den Kindern Geborgenheit.
Kommt wie Pfarrer van Houten ursprünglich aus den Niederlanden.

- Schwester Anastasia Gärtner (62)
  Unterrichtet Latein und Französisch. Lebt in einer »Früher-war-alles-besser-Welt«. Ist ziemlich »verpeilt« und gibt ungerechte Noten, vor allem im mündlichen Bereich, weil sie nichts blickt.
- Schwester Luitgard Kornbichler (67)
  Unterrichtet Spanisch, Italienisch und Französisch. Leitet seit 40 Jahren die Theater-AG mit großem Erfolg.
- Schwester Wiltrudis Löwe (42), genannt »The singing nun«. Unterrichtet Musik und Religion. Leitet auch die Bibliothek.

In sonstigen Bereichen:

- Schwester Sarah Schwab (58)
  Küchenschwester. Hervorragende Köchin. Bäckt mit Leidenschaft. Liebt Krimis und findet Kommissar Schmitt sympathisch. ☺
- Schwester Liliana Perlmann (79)
  Pfortenschwester. Kugelrund und quicklebendig. Nach eigener Aussage »Fit wie ein Turnschuh«.
- Schwester Angelika Giancarlo (73)
  War früher Krankenschwester. Wird jetzt überall eingesetzt, wo gerade jemand gebraucht wird. Hört das Gras wachsen und verbreitet gern die Geschichten, die sie sich zusammengereimt hat. Wohnt in der Gruppe von Schwester Bianca.

Bis vor Kurzem gab es:

- Schwester Lea Strindberg (55)
  Internatsleiterin. Langfristig war geplant, dass sie einen wichtigen Posten im Mutterhaus bekommt, da sie sehr »linientreu«, konservativ und korrekt war.

Bei einigen Kommentaren musste Schmitt schmunzeln. Das waren typische Veronika-Vorderhofer-Bemerkungen und erinnerten ihn mal wieder an lustige Stunden in der Hamburger Zeit.

Zunächst waren aber die Befragungen von den Lehrern Hofstetter, Finkenbeiner, Rohrer, Thomsen und Pfrogner geplant.

Bei Schmitts Ankunft um 7.30 Uhr saßen die befreundeten Kollegen Hofstetter und Finkenbeiner schon im Wartebereich vor dem Dienstzimmer des Kommissars. Entgegen ihrer sonstigen Gewohnheit waren die beiden sehr schweigsam, was nicht nur an der frühen Stunde lag. Die Situation in ihrer Schule belastete sie mehr, als sie sich vorgestellt hatten. Dazu kam das sonderbare Verhalten von Bianca, das sie auf dem Friedhof beobachtet hatten und das sie nicht einordnen konnten. Außerdem beschäftigte sie sehr, was Ben Pfrogner ihnen erzählt hatte.

Ja, Ben und Mandy Pfrogner steckten mitten in einer ernsten Ehekrise. Eigentlich hätten sie glücklich sein können, wäre da nicht das Problem ihrer Familienplanung gewesen. Im Prinzip hätten beide gern Kinder gehabt. Trotzdem tat Mandy alles, um nicht schwanger zu werden. Sie traute sich einfach nicht zu, ein Kind richtig zu erziehen. Allenfalls konnte sie sich noch vorstellen, ein Kind zu adoptieren, am besten ein schwer vermittelbares, denn dieses Kind war schon auf der Welt und hätte es im Heim doch mit großer Wahrscheinlichkeit schlechter, als wenn Ben und sie es aufnehmen würden, selbst wenn Mandy viele Fehler machen würde. »Es gibt schon so viele unglückliche Kinder, da müssen wir nicht auch noch eines hinzufügen«, war ihr immer wiederkehrendes Argument. Ben versuchte, das zu verstehen, aber er verstand es nicht. Schließlich war er überzeugt, dass auch seine Frau sich bemühen würde – und sie war ein sehr liebevoller Mensch. Es gehörte einfach zum Menschsein dazu, dass man nie eine fehlerfreie Erziehung genoss, denn jeder wurde ja von unvollkommenen Menschen erzogen. Aber die Fronten zwischen Ben und Mandy verhärteten sich immer mehr, und gleichzeitig wurde Mandys Selbstbewusstsein immer geringer. Es war, als müsste sie sich selbst beweisen, wie unfähig sie war, mit Kindern umzugehen. Inzwischen wirkte sich das auch auf ihren Beruf aus. War sie in den ersten Jahren noch eine souveräne Lehrerin gewesen, die ihre Schüler mit liebevoller, aber fester Hand führte, konnte sie sich nun immer weniger durchsetzen. Die Schwierigkeiten wurden größer und weitreichender, und sowohl Schwester Lea als auch Karla Gulden beobachteten diese Entwicklung mit Argwohn und daraus resultierender Verachtung. Wobei bei Gulden auch die Schadenfreude eine erhebliche Rolle spielte und sie deshalb gern Salz in Mandys Wunden streute. Den Grund für Guldens Schadenfreude kannte Mandy Pfrogner nicht. Weder sie selbst noch Ben noch Fidelis Finkenbeiner oder Karl-Anton Hofstetter hätten es wohl glauben können: Der Grund war, dass Karla Gulden Mandy Pfrogner für harmonisch und glücklich verheiratet hielt. Und das gönnte sie der jungen Kollegin nicht.

Jegliche Art von Zusammenhängen blieb für die beiden Wartenden unklar.

Sie wurden aus ihren Gedanken gerissen, als Punkt acht Uhr die Tür von Schmitts Büro aufging und Schmitt als Ersten Karl-Anton Hofstetter zur Befragung hereinbat.

Weder Hofstetter noch anschließend Finkenbeiner konnten konkret etwas dazu beitragen, Licht ins Dunkel der Täterfrage zu bringen. Aber Schmitt nahm ihre Informationen bezüglich Karla Gulden sehr interessiert zur Kenntnis und machte sich viele Notizen.

Die Aussagen von den Kollegen Rohrer und Thomsen waren noch weniger ergiebig. Sie konnten sich lediglich sehr subjektiv über das allgemeine Arbeitsklima in der Schule äußern, das sie als insgesamt positiv beschrieben, und einige Anekdoten über die Klosterschwestern erzählen. Vom Internat hatten sie eigentlich keine Ahnung. Darüber wunderte sich Schmitt, weil er doch erwartet hatte, dass sich die Lehrer intensiver mit dem Leben und den Problemen der internen Schülerinnen beschäftigen würden.

Nachdem Schmitt am Vormittag von dem problematischen Verhältnis zwischen Gulden und Pfrogner erfahren hatte, war es ihm nachträglich gelungen, die Termine so zu legen, dass die beiden nicht aufeinandertrafen.

Zuerst beschäftigte sich Schmitt mit Mandy Pfrogner, die am Morgen aus dem Krankenhaus entlassen worden war. Der behandelnde Arzt hatte sie für vernehmungsfähig erklärt. Sie machte aber immer noch einen verstörten Eindruck, und Schmitt war sich nicht so richtig klar darüber, ob sie sich allgemein so verhielt, ob es mit dem Unfall zusammenhing oder ob sie etwas verschwieg. Dass sie gegen Abend in der Schule gewesen war und sich dabei auch in der Nähe der Kapelle aufgehalten hatte, gab sie ohne Umschweife zu Protokoll. Und nachdem Schmitt mit Karla Gulden gesprochen hatte, glaubte er auch zu wissen, woher Pfrogners Unsicherheit kam. Sie hatte wohl etwas von Guldens Aussage befürchtet, aber diese hatte wahrheitsgemäß berichtet, sie habe Pfrogner zwar in der Nähe der Kapelle getroffen, habe aber auch bei einem zufälligen Blick aus einem Fenster im Flur neben der Kapelle gesehen, wie Pfrogner die Schule gegen 18 Uhr verließ. Mit süffisantem Lächeln hatte Gulden hinzugefügt: »Und in der Kapelle war zu diesem Zeitpunkt noch alles in Ordnung. Das kann ich Ihnen mit Sicherheit sagen, weil ich anschließend selbst noch in der Kapelle war. Und zwar, ob Sie es glauben oder nicht, um zu beten. Allerdings nicht für Schwester Lea.«

Diese sei aber zu dem Zeitpunkt gar nicht in der Kapelle gewesen, zumindest habe sie sie nicht bemerkt. Im Übrigen machte Gulden keinen Hehl daraus, dass sie Schwester Lea nicht ausstehen konnte.

Norbert Schmitt hatte nach diesem Gespräch nicht den Eindruck, dass Karla Gulden etwas mit Schwester Leas Tod zu tun habe, nahm sich aber trotzdem vor, diese Frau nicht aus den Augen zu verlieren. Trotz seiner Menschenkenntnis war sie für ihn schwer einzuschätzen.

Es gab keinen Grund, jeden Einzelnen aus dem Kollegium zu vernehmen. Freiwillig hatte sich auch niemand gemeldet. So konnte Schmitt wie geplant am Freitagnachmittag nach den Gesprächen mit Mandy Pfrogner und Karla Gulden den offiziellen Arbeitstag beenden.

KAPITEL 40 (FREITAGABEND, 24.07. UND SAMSTAG, 25.07. 2015)

Am Freitagabend war Gartenparty im Hause Schmitt. Norberts Eltern feierten mit fast 40 Gästen ihre Goldene Hochzeit, natürlich waren auch ihre mit ihnen im Haus lebenden »Kinder« dabei. Norbert und Sabine hätten gern auch Digna eingeladen, was seitens der Eltern überhaupt kein Problem gewesen wäre, aber sie wussten, dass Digna Kloster und Internat nicht schon wieder verlassen konnte, sie wurde dort gebraucht. Außerdem wäre es in der aktuellen Situation nicht günstig für den Ruf der Schule gewesen, wenn man Digna in der Öffentlichkeit feiernd und lachend angetroffen hätte. Und der Garten war nun mal von allen vier Seiten gut einsehbar.

Für Norbert Schmitt war es aber wohltuend, nach diesem sehr arbeitsintensiven Tag in dem Trubel abschalten zu können. Sein Bruder, seine Schwägerin und seine Frau hatten die Organisation des Fests übernommen, sodass er nur die Annehmlichkeiten genießen konnte. Außerdem hatte er die Idee gehabt, seine Eltern zu bitten, auch seinen Kollegen Maximilian Moser und dessen neue Freundin Magdalena Seehofer einzuladen. Sie waren sofort einverstanden, denn sie wussten, dass ihr Sohn sicher gute Gründe dafür hatte. Magdalenas Kinder durften auch mitkommen. Das war kein Problem, denn es gab einen Sandkasten und eine Schaukel, außerdem konnte man in dem großen Garten herrlich Verstecken spielen. Schmitts Plan war, dass er sich nach einer gewissen Zeit mit Moser in die Wohnung zurückziehen würde, um mit ihm den Fall zu besprechen. Moser war ja nicht mehr wegen Befangenheit beurlaubt, sondern hatte selbst Urlaub genommen, um problemloser mit Magdalena Seehofer auch während der Ermittlungen zusammen sein zu können.

Moser hatte sich über Schmitts Vorschlag gefreut. Einmal, weil es ein Vertrauensbeweis war, zum anderen, weil er selbst an dem Fall interessiert war.

Und so setzten sie Schmitts Plan tatsächlich um. Gegen 22 Uhr zogen sich die beiden Ermittler auf die Dachterrasse zurück, Magdalena ging mit den Kindern nach Hause. Ohne ihren Maxi wollte sie auch nicht mehr bleiben, außerdem wurden die Kinder müde.

*

Als Sabine kurz vor Mitternacht ebenfalls nach oben kam, saßen die beiden Männer noch intensiv ins Gespräch vertieft auf der Terrasse. Sie hatten ihre Gedanken ausgetauscht und für die Vernehmung der internen Schülerinnen sowie deren Erzieherinnen eine Strategie entworfen.

Diese sah vor, dass man im Prinzip genauso verfuhr wie nach dem Tod von Rainer Maria Mahler. Allerdings wollten sie dieses Mal zuerst die Erzieherinnen befragen und dann als erste Schülerinnen Cathrin Siebeneicher und Loreen Lehmann in die Mangel nehmen.

Im Einvernehmen mit Norbert Schmitts Vorgesetzten führten Schmitt und Moser die Befragungen am Samstag gemeinsam durch, und zwar im früheren Büro von Schwester Lea. Das war nicht nur praktisch, weil es jetzt nicht mehr anderweitig genutzt wurde, es hatte auch einen psychologischen Hintergrund. Die gefühlte Nähe zur Ermordeten sollte auch die eine oder andere Zunge bei den Aussagen lösen.

Frühstück gab es im Internat am Wochenende erst um acht Uhr, daher begannen die Kommissare um 8.30 Uhr mit den Gesprächen.

Susanne Dupont, eine gut proportionierte dunkle Schönheit, bei der sich viele nicht klar waren, ob sie mehr einen slawischen oder doch eher indianischen Einschlag hatte, saß schon vor Schwester Leas Büro, als die Kommissare kurz vor halb neun eintrafen. Diese Pünktlichkeit war eher untypisch für sie, denn obwohl sie immer die besten Vorsätze hatte, kam ihr leider meistens etwas oder jemand dazwischen und hielt sie auf. Aber heute wollte sie unbedingt den Zug um 9.22 Uhr erreichen. Sie hatte nämlich ihr freies Wochenende und wollte möglichst bald in ihrer Stuttgarter Wohnung sein, die sie gemeinsam mit ihrem Freund bewohnte. Gegen alle Widerstände von der Internatsleitung war es ihr gemeinsam mit ihrer Kollegin Tanja Maier-Waldsee nach einem über ein Jahr dauernden Kampf endlich gelungen, eine Tradition zu brechen. Bisher mussten nämlich auch weltliche Erzieher in ihrer Freizeit, außer in den Ferien, immer im Internat wohnen. Sogar an den freien Wochenenden. Aus klösterlicher Sicht gab es nämlich im Grunde keine wirklich freien Wochenenden. Eine Erzieherin musste immer zur Verfügung stehen, genau wie die Mutter in einer Familie.

Dupont und Maier-Waldsee gehörten aber mit ihren 40 und 35 Jahren nicht nur einer neuen Generation an, sie waren auch grundsätzlich nicht gewillt, ihre Gesundheit in einem unter Schwester Leas eiserner Hand oft recht mittelalterlich anmutenden Internat zu ruinieren. Mit einem gesunden Selbsterhaltungstrieb und dem Elan junger Frauen, die auch noch ein Privatleben ohne klösterliche Keuschheit pflegen wollten, setzten sie ihre Rechte durch, was sie aber bei den meisten Schwestern nicht gerade beliebt machte. Eine Ausnahme bildeten Schwester Digna, Schwester Liliana und Schwester Sarah. Bei Schwester Wiltrudis waren sie sich nicht sicher. Sicher waren sie aber, dass Schwester Angelika ihnen am liebsten Gift verabreicht hätte.

Da ihr das nicht möglich war, versuchte Schwester Angelika es immer wieder mit negativen Äußerungen und Verleumdung. So hatte sie auch den Kommissaren den Tipp gegeben, dass Susanne Dupont sich in letzter Zeit besonders oft sehr despektierlich über Schwester Lea geäußert habe. Außerdem glaube sie, Frau Dupont am fraglichen Abend zur fraglichen Zeit in Richtung Kapelle habe gehen sehen.

Aber sowohl bei Dupont als auch bei Maier-Waldsee ließ sich jeweils ganz klar feststellen, dass sie den ganzen Abend bis spät in die Nacht immer mit mehreren Schülerinnen zusammen gewesen waren.

Das galt auch für die anderen Erzieherinnen, denn durch die unerträgliche Hitze hatte man erstens alle Zimmertüren offen gelassen, um einen Durchzug herzustellen, und zweitens war an Schlafen nicht zu denken gewesen. Deshalb herrschte mindestens bis Mitternacht ein reger Verkehr auf dem Flur.

Schwester Bianca war nicht vernehmungsfähig, aber sowohl Schwester Angelika als auch viele Schülerinnen aus der Gruppe bestätigten eine nahezu lückenlose Präsenz. Jedenfalls waren die nicht hundertprozentig bezeugten Zeiträume viel zu kurz, als dass Bianca in der Kapelle gewesen sein konnte. Zudem: Was lag ferner als ein Zusammenhang zwischen Schwester Bianca und Schwester Leas Tod?

Eigentlich hatten sich das Schmitt und Moser schon in etwa so vorgestellt, aber sie hatten doch gehofft, von den Erzieherinnen den einen oder anderen Hinweis zu Schülerinnen zu bekommen. Schließlich suchten sie ja noch die Eigentümerin des tagebuchartigen Sammelbands mit dem angeblichen Rilke-Gedicht.

Unerwartet kam bei diesem Problem wieder einmal Hilfe von Loreen Lehmann und Cathrin Siebeneicher. Letzterer gehörte das Buch. Und ja, sie selbst hatte das Gedicht geschrieben. Sie beabsichtigte, damit mit Mahler ins Gespräch zu kommen, indem sie mit diesem Gedicht, das angeblich von Rilke sei, seine Aufmerksamkeit auf sich ziehen wollte. Aber es hatte nicht funktioniert. Mahler hatte es gleich als »Fake« erkannt und sich über sie lustig gemacht.

Aber in dem Buch waren weitere Notizen enthalten. Unter anderem Tagebucheinträge. Und an diesem Abend habe sie Schwester Lea abgepasst, als diese in die Kapelle ging. Sie wollte ihr einen Eintrag über eine ganz furchtbare Reaktion ihres Vaters zeigen. Am letzten Weihnachtsfest war er wegen einer Kleinigkeit so ausgerastet, dass er sie und ihre Mutter fast krankenhausreif geschlagen hatte. Cathrin hatte gehofft, dass Schwester Lea dann davon Abstand nehmen würde, ihre Eltern über den Vorfall mit ihrem Freund zu informieren. Das hatte Schwester Lea nämlich noch nicht getan. Sie wollte das in einem persönlichen Gespräch mit den Eltern machen, wenn diese am Schuljahresende ihre Tochter abholen würden. Sie wollte nämlich auch zur Bedingung machen, dass Siebeneichers künftig einen höheren Betrag für den Aufenthalt ihrer Tochter im Internat zu zahlen hätten. Das war möglich, wenn es sich bei den Kindern um schwierige Fälle handelte. Cathrin war klar, dass das zu einer familieninternen Katastrophe führen würde.

»Und wie hat Schwester Lea reagiert?«, unterbrach Moser die langatmigen Ausführungen von Cathrin, die sich offensichtlich entsetzlich quälte.

»Sie hat mir das Buch aus den Händen gerissen und mitgenommen. ›Mal sehn, was ich sonst noch darin entdecke‹, hat sie gesagt und mich ganz spöttisch dabei angeschaut.«

Bei Cathrin liefen jetzt die Tränen, und Loreen nahm sie tröstend in die Arme.

»Und warum habt ihr das nicht längst schon erzählt?«, schaltete sich Schmitt nun ein. »Ihr wusstet doch, dass wir die Eigentümerin des Buches suchen.«

»Es hat zwei Gründe«, antwortete Loreen, die immer noch ihre Freundin in den Armen hielt. »Erstens war es Cathi peinlich, dass Fremde alles lesen konnten, was in dem Buch steht, und zweitens hatten wir beide Angst, dass man uns mit dem Mord in Verbindung bringt.«

»Na ja, das ist schon verständlich«, brummte Schmitt und Moser nickte.

»Aber ist euch denn nicht klar, dass ihr wirklich ein hervorragendes Alibi habt? Wie ich von Schwester Stella Maris gehört habe, wart ihr wesentlich daran beteiligt, dass die beste Nähmaschine, die es in dieser Gruppe gibt beziehungsweise gab, jetzt nur noch Schrottwert hat. Und zum fraglichen Zeitpunkt wart ihr gemeinsam mit anderen aus der Gruppe damit beschäftigt, die Einzelteile einzusammeln«, fuhr Schmitt fort.

Es war, als würde man die Steine hören, die den beiden nun von ihren Herzen fielen. Ihr Alibi hatten sie in der Aufregung ganz vergessen. Jetzt lagen sie sich jubelnd in den Armen.

»Ja, es hat alles zwei Seiten«, sagte Moser abschließend. »Bei allem Schlechten gibt es immer etwas Gutes. So auch bei der von euch tollpatschig geschrotteten Nähmaschine.«

Für die Kommissare waren die Verhöre für diesen Tag beendet. Das war das Gute. Das Schlechte: Sie waren eigentlich keinen Schritt weitergekommen.

KAPITEL 41 (FREITAG, 24.07.2015)

Bianca saß auf ihrem Bett. Von ihrer neuen Umgebung nahm sie kaum etwas wahr. Da man sie aus ihrer Internatsgruppe herausgenommen hatte, war sie nun in einem für Schwestern reservierten Trakt, dem sogenannten C-Bau, untergebracht. Sie bewohnte kein Apartment mehr, sondern ein zwölf Quadratmeter großes Zimmer mit kleinem Balkon und musste sowohl Toilette als auch Dusche oder Badewanne mit anderen Schwestern teilen. Das hätte sie bisher wahrscheinlich gestört, jetzt war es ihr völlig gleichgültig, und sie empfand nur eine tiefe Dankbarkeit, dass sie nicht mehr im Internat arbeiten musste. Eigentlich hatte sie noch nie wirklich gern in einer Internatsgruppe gearbeitet, aber nach Schwester Leas Tod war ihr die Arbeit mit den heranwachsenden jungen Mädchen unerträglich, vor allem aber, weil alles sie an die geliebte und verehrte Internatsleiterin erinnerte und sie auch Leas Rat nicht mehr bekommen konnte.

Da sie vorerst keine eigenen neuen Aufgaben übernehmen musste, nur ab und zu mal bei Schwester Liliana an der Pforte oder Schwester Sarah in der Küche aushalf, widmete sie sich zwei Dingen besonders intensiv. Einmal füllte sie Seite um Seite von Schulheften, die ein Tagebuch darstellten, zum anderen suchte sie auf eBay fieberhaft nach für sie erschwinglichen Marienstatuen. Die schönen, kunstvollen waren meistens erst in höheren Preisklassen zu finden, aber Bianca gab sich auch mit den preisgünstigen oder sogar billigen zufrieden, ebenso mit Postkarten von sogenannten Gnadenbildern, Medaillons aus Blech und Schneekugeln, die man an Wallfahrtsorten als Souvenir erwerben konnte.

Es wurde ein Päckchen nach dem anderen an Schwester Bianca geliefert, sodass Schwester Liliana es schließlich für nötig hielt, Schwester Digna zu informieren. Das tat sie am Freitag, dem Tag, nachdem der Zwischenfall auf dem Friedhof gewesen war. Digna war alles andere als begeistert, als Liliana sie deswegen anrief, aber sie wollte sowieso noch mit Bianca wegen deren Verschwinden am Vortag reden und könnte gleich die Sache mit den Päckchen klären.

Doch dieses Thema erübrigte sich gewissermaßen, als Digna Biancas Zimmer betrat, denn auf einem runden Tisch in der linken Ecke an der Fensterfront waren sie alle aufgebaut: große und kleine Madonnen, bunte und einfarbige, mit Jesuskind und ohne … und davor brannte eine dicke, etwa noch 15 Zentimeter hohe Kerze, auf der ebenfalls ein Marienbild zu sehen war.

»Ach du lieber Himmel! Auch das noch!«, entfuhr es Digna, als sie Schwester Bianca auf dem Bett sitzen sah, den Blick auf die vielen Marienstatuen und -bilder gerichtet. Bianca drehte sich langsam und apathisch um. Ihre Augen starrten Digna ausdruckslos an, sodass diese ein zweites Mal erschrak.

»Wo haben Sie die denn alle her?«, fragte sie, mehr um etwas zu sagen, als um eine Auskunft zu bekommen. Schließlich konnte sie sich denken, dass das mit den Päckchen etwas zu tun hatte.

»Internet«, war die wortkarge Antwort.

»Aber warum brauchen Sie denn so viele?«, versuchte Schwester Digna ein Gespräch in Gang zu bringen.

»Es ist für Schwester Lea. Die in der Kapelle ist ja nun kaputt«, kam die verwirrende Antwort einer völlig verwirrten Bianca. Schwester Digna setzte sich neben sie aufs Bett, das säuberlich mit einem altmodischen, aus den 50er-Jahren stammenden Überwurf bedeckt war.

»Und das Geld? Woher haben Sie das Geld, um das alles zu bezahlen?«

»Aus der Spendenkasse unserer Internatsgruppe für das Kinderheim in Kolumbien.«

Bianca ließ ihren Kopf schluchzend auf Dignas Schoß fallen und klammerte sich gleichzeitig irgendwie an ihr fest. Digna legte den rechten Arm um das zitternde, in Tränen aufgelöste Bündel und strich der Verzweifelten mit der anderen Hand über den Kopf. So saßen sie lange. Digna kam es wie eine Ewigkeit vor. Tatsächlich dauerte es fast eine halbe Stunde, bis sich Bianca wieder beruhigt hatte. Und da Schwester Digna eigentlich nicht wusste, was sie sagen sollte, flüsterte sie nur:

»Aber jetzt sind genug Marienstatuen da. Vor allem bestellen Sie jetzt nichts mehr im Internet, das wird allmählich zu teuer, und es wäre sicher auch nicht im Sinn von Schwester Lea, dass Sie das Geld aus der Spendenkasse stehlen. Sie können sich ja welche schenken lassen, wenn Sie unbedingt noch welche haben wollen. Es gibt immer wieder Leute, die so etwas loswerden möchten. Und dann ist es ja bei Ihnen gut aufgehoben.«

Bianca fing wieder an zu schluchzen, deshalb stand Digna mit einem Ruck auf, und Bianca hielt erschrocken inne.

»Ich habe niemanden mehr, dem ich etwas anvertrauen kann. Was soll ich nur tun?«

Schwester Digna ging im Zimmer auf und ab. Jetzt musste sie die richtigen Gedanken haben. Und sie musste die richtigen Worte finden.

»Gehen Sie doch mal zu Pfarrer van Houten. Er ist ein aufgeschlossener Mensch, ihm kann man vertrauen, außerdem hat er sich mit Schwester Lea gut verstanden, das schafft eine Verbindung, die Ihnen vielleicht helfen kann.«

Zunächst war es eine Weile still im Raum. Dann hörte man ganz leise Biancas Stimme: »Ja, vielleicht haben Sie recht. Ich werde es versuchen.«

Digna nickte ihr aufmunternd zu, bevor sie das Zimmer verließ.

»Das wird schon wieder. Sie müssen Vertrauen und Geduld haben.«

Dann schloss sie schnell die Tür hinter sich. Sie wollte sich nicht noch mehr solcher Plattitüden sagen hören. Aus eigener Erfahrung wusste sie, wie sehr solche Sprüche einen noch mehr runterziehen konnten, wenn man sich ohnehin schon in einem tiefen Loch befand.

Doch Bianca hatte gar nicht mehr mitbekommen, dass Digna etwas gesagt hatte. Sie hörte in sich immer noch, dass sie zu van Houten gehen solle. Und das löste bei ihr eine Gedankenkette aus. Sie legte sich angezogen auf das

Bett und deckte sich nach einer Weile mit dem Bettüberwurf zu, denn sie fröstelte trotz der Hitze. Ihre Gedanken bildeten ein wildes Durcheinander, und als sie schließlich eingeschlafen war, setzte sich das in wirren Träumen fort. So gewann sie beispielsweise bei der Weltmeisterschaft in Leichtathletik den ersten Platz. Sie hatte beim Speerwerfen teilgenommen, und dieser Wettkampf hatte im Schwimmbad stattgefunden. Der Speer musste das lebensgroße Foto eines Lehrers treffen. Und Bianca hatte Rainer Maria Mahler mitten ins Herz getroffen. Bei der Siegerehrung wurde ihr kein Pokal, sondern eine Marienstatue überreicht, und die war so groß, dass sie von ihr um einen Kopf überragt wurde, obwohl man sie ihr nicht in die Hand gegeben, sondern neben sie gestellt hatte.

Nach drei Stunden unruhigen Schlafs wachte Bianca gegen 22 Uhr schweißnass und mit starkem Herzklopfen auf. Draußen wurde es langsam dunkel. Die Luft war drückend, trotzdem schloss sie das Fenster und die Balkontür, damit keine Mücken ins Zimmer kämen, wenn sie jetzt Licht anmachte. Dann holte sie eines ihrer gelben Hochglanzhefte Marke »Oxford« heraus. Die ersten Seiten waren schon beschrieben. Es handelte sich um ihr Tagebuch, das sich aus mehreren solcher Hefte zusammensetzte. Obwohl nach dem letzten Eintrag noch anderthalb Seiten frei waren, blätterte Bianca um und malte mehr, als dass sie schrieb: Konstanz am Freitag, den 24. Juli 2015.

Mit den Worten ›Warum wurde ich geboren?‹ leitete sie ein Resümee ihres bisherigen Lebens ein, in dem sie mit meist nüchternen Worten die wesentlichen Fakten und Empfindungen schilderte.

Sehr vielversprechend hatte ihr Leben begonnen. Sie war das jüngstes Kind von insgesamt vier Geschwistern, zwei

Brüder hatte sie noch und eine Schwester, die zwei Jahre älter war als sie. Mit Michaela vertrug sie, Daniela, sich sehr gut. Man konnte sogar sagen, abgesehen von kleinen, ganz normalen geschwisterlichen Streitigkeiten waren sie ein Herz und eine Seele. Auch mit den Brüdern, dem vier Jahre älteren Manuel und dem sechs Jahre älteren Nathanael, verstand sie sich ausgezeichnet. Sie waren ihre großen Beschützer. Überhaupt fiel ihr die typische Rolle des Nesthäkchens zu. Noch als sie schon zehn Jahre alt war, betitelten vor allem die Tanten und die beiden Großmütter sie mit dem Attribut »süß«: Sie selbst war einfach süß, ihr Gesichtsausdruck war süß, sie hatte so eine süße Art zu reden und ihre Locken waren süß. Die Liste ließe sich fortsetzen. Aber allmählich mehrten sich auch andere Stimmen, Stimmen, die eine nicht so rosige Zukunft vorhersagten. »Sie hat ja wirklich süße Locken, aber lang wird sie sie nicht mehr haben. Bei mir war das auch so …«, konnte man hören. Oder: »Sie ist ja immer noch ein süßer Fratz und wickelt damit alle ein. Aber allmählich wird sie sich daran gewöhnen müssen, dass sie erwachsen wird und diese Masche nicht mehr zieht.« Oder: »Es ist ja rührend, wie die Geschwister sich um Daniela kümmern, aber sie wird sich daran gewöhnen müssen, ihr Leben selbst in die Hand zu nehmen, wenn sie erwachsen ist.« Dagegen bestärkten die Eltern Daniela eher, so zu bleiben, wie sie war, nämlich ihr süßer kleiner Goldschatz. Der Sonnenschein der Familie. Es war fast schon ein Wunder, dass die Geschwister nicht eifersüchtig waren, aber da sie von den Eltern auch viel Anerkennung erfuhren, jedes Kind auf die zu ihm passende Art, entstanden keine wesentlichen Probleme. Und so war oft die ganze Familie am Wochenende auf dem Fußballplatz versammelt gewesen, um Daniela anzufeuern. Mit

Leib und Seele war sie seit ihrem zehnten Lebensjahr zweimal pro Woche im Training, im Mittelfeld spielte sie nicht ungern, aber am liebsten war sie Stürmer. Später hatte sie ihrem Verein zu manchem Sieg verholfen, denn sie war ein guter Torschütze. Verletzungen steckte sie weg, ignorierte die Schmerzen, auch die seelischen, wenn manche zu ihr sagten, Fußball sei nichts für Mädchen. Frauenfußball war in ihrer Kindheit und Jugend, 23 Jahre waren seit ihrer Entscheidung für diesen Sport inzwischen vergangen, nicht so selbstverständlich wie heute.

Ein weiteres Hobby von Daniela war die Querflöte. Ihre Mutter hatte zwar gemeint, Geige passe viel besser zu Daniela. Aber dagegen hatte sich das Kind erfolgreich gewehrt. Die Eltern wurden damit belohnt, dass Daniela fleißig übte und schon bald im Schulorchester und im Orchester der Musikschule spielen durfte.

In der Schule gab es ebenfalls keine Probleme. Danielas Noten waren gut, ohne dass sie eine Streberin war. Sie ließ andere abschreiben, machte sich auch selbst mal einen Spickzettel, löste in langweiligen Schulstunden Kreuzworträtsel oder schickte Briefchen an Mitschülerinnen, zeichnete Karikaturen von Lehrern und provozierte sie mit unangenehmen Fragen. Ein Engel war sie nicht, aber eben »herzerfrischend« oder »herzerfrischend kindlich«, wie ihre Deutschlehrerin den Eltern bei einem Sprechtag mitteilte, als Daniela schon in der elften Klasse war.

Ja, schön war es gewesen. Aber dann nahte unerbittlich der 18. Geburtstag. Alle Welt sprach vom unausweichlichen Erwachsenwerden, wie wunderbar das sei, aber eben auch hart.

Je näher der Tag rückte, desto mehr reifte in Daniela der Entschluss, dass sie nicht einfach über sich bestimmen lassen würde. Und so wurde es fast wie bei Oskar Matzerath in der »Blechtrommel« von Günter Grass. So wie dieser im Alter von drei Jahren beschlossen hatte, nicht mehr zu wachsen, so wollte Daniela nicht erwachsen werden. Der erste Schritt hierzu war, dass sie sich weigerte, den Führerschein zu machen. Dabei hätten ihre Eltern ihr sogar ein Auto geschenkt. Daniela wollte nicht. Und auf die zuerst scherzhaft ausgesprochene, aber von Anfang an ernst gemeinte Drohung der Eltern und Geschwister, man werde sie nicht mehr chauffieren, lachte sie nur und erwiderte, sie habe ja ein Fahrrad, das sei ohnehin umweltfreundlicher, ebenso wie das Nutzen der Autos ihrer Freunde mit mehreren Personen …

*

Als Bianca den letzten Satz geschrieben hatte, schlug die Uhr von St. Florian zwölf Mal. Sie beschloss, an diesem Samstag noch bei Kaplan Molitor zu beichten.

KAPITEL 42 (SAMSTAG, 25.07.2015)

»Gehen Sie doch mal zu Pfarrer van Houten. Er ist ein aufgeschlossener Mensch, ihm kann man vertrauen, außerdem hat er sich mit Schwester Lea gut verstanden, das schafft eine Verbindung, die Ihnen vielleicht helfen kann.«

Trotz Biancas desolaten Zustands hatte sich jedes einzelne Wort in ihr Gedächtnis eingegraben. Schwester Digna hatte vielleicht recht. Vielleicht. Vielleicht auch nicht. Auch für Bianca ging von van Houten, trotz allem, was sie ihm vorwarf, eine gewisse Faszination aus, wie auf viele andere Menschen, wie auf Schwester Lea.

Aber Bianca spürte auch eine innere Barriere. Eine Stimme sagte ihr, sie müsse mit ihrer Schuld zu Kaplan Molitor gehen, nur durch die von ihm auferlegte Buße könne ihr ihre Schuld vergeben werden. Dass diesen Gedanken ein großes Missverständnis des Bußsakraments zugrunde lag, war Bianca nicht bewusst. Ihr Gottesbild und ihre Glaubensgrundlagen ähnelten in vieler Hinsicht noch dem, was von der Kirche im Mittelalter vertreten worden war. Und hier passte auch Kaplan Molitor perfekt in das Bild eines guten Pfarrers.

Schon äußerlich war er immer als Priester zu erkennen. Ohne Zweifel hatte das Vorteile – für ihn selbst und für die anderen. Ihn schützte das Gewand in der Öffentlichkeit vor ungebührlichem Verhalten jeglicher Art, und die anderen konnten spontan Kontakt zu ihm als Priester aufnehmen, wenn sie Hilfe brauchten, auch wenn sie ihn gar nicht persönlich kannten. Nicht zu vergessen war der Gefallen, den er denjenigen damit tat, die glaubten, ihre Psyche durch boshaftes Lästern über einen katholischen Geistlichen ins Gleichgewicht manövrieren zu können.

Die Kleidung war allerdings auch die einzige Äußerlichkeit, die Molitor mit einer gewissen Anziehungskraft versah. Er sah insgesamt nicht schlecht aus, und seine sich vorn lichtenden Haare vertuschte er teilweise mit nach rechts drapierten, kurz gehaltenen Strähnen, die den übrigen Bürstenhaarschnitt auf ungewöhnliche Weise ergänzten. Seine braunen Augen hätten ihm etwas Warmes und Vertrauenerweckendes verleihen können, wäre da nicht das immer wieder fanatisch aufblitzende Funkeln gewesen. Sein Gegenüber hatte nur zwei Möglichkeiten: Entweder diese Person war von vornherein ein guter Nährboden für extremes Verhalten und der Funke sprang deshalb sofort über – oder die Person reagierte mit spontanem Misstrauen oder sogar mit Ablehnung. Es gab nicht wenige Menschen, die Molitor alles Schlechte zugetraut hätten, bis hin zur Pädophilie. Damit taten sie ihm aber bitter Unrecht. Molitors Abgründe erstreckten sich auf Eitelkeit und Selbstüberschätzung. Deshalb hatte er sich ja auch nie mit dem banalen Familiennamen »Müller« abfinden können und hatte auf seine Eltern unermüdlich eingeredet, eine Namensänderung in das lateinische »Molitor« vornehmen zu lassen. Gekrönt wurde diese Verwandlung durch den mit großer Mühe erworbenen Doktortitel. Mit dem Thema »Petri Fischzug im 21. Jahrhundert. Wie Geistliche junge Erwachsene heutzutage für den Eintritt in ein Kloster motivieren können« erreichte er ein Ergebnis »summa cum laude«, und zwar ohne Bestechung und ohne Plagiat, denn glücklicherweise hatte Molitor einen Doktorvater gefunden, der ähnlich reaktionär wie er tickte und seine Ausführungen mit Begeisterung zur Kenntnis nahm.

Wäre Schwester Bianca nicht ohnehin schon im Kloster gewesen, hätte sie für Molitor eine gute Beute abgegeben. Mit ihrer Naivität und Beeinflussbarkeit war sie gut zu lenken – wie ja auch Schwester Lea schon festgestellt hatte. Die besondere Beziehung von Schwester Bianca und Schwester Lea hatte natürlich auch Molitor bemerkt und war, seit er beobachtete, dass Schwester Lea sich häufig mit seinem Gegner van Houten traf, nicht nur sehr beunruhigt bezüglich Leas Seelenheils, sondern er machte sich besondere Sorgen um Bianca. Doch seine Versuche, Schwester Bianca in Gespräche zu verwickeln, waren bisher ohne Erfolg geblieben. Umso erstaunter und erfreuter war Konrad Molitor, als er am heutigen Samstag Bianca vor dem Beichtstuhl knien sah – ganz offensichtlich, um bei ihm die Beichte abzulegen.

Kaplan Molitor war einer der wenigen Priester, die die Beichte noch im Beichtstuhl abnahmen. Im Vergleich zu »früher«, und das war ein dehnbarer Begriff, wurde sowieso kaum noch gebeichtet, und wenn doch, dann fast immer in Form eines Beichtgesprächs in einem Sprechzimmer. Molitor hielt aber gern an dem alten Brauch fest, da er es angemessen fand, dem Sünder ein bisschen das Gefühl zu vermitteln, am Pranger zu stehen beziehungsweise zu knien. Wie konnte man seine Sünden wirklich reuevoll bekennen, wenn man »gemütlich« mit dem Priester im Sprechzimmer saß? Auf der anderen Seite hielt er den Beichtstuhl für den einzigen Ort, der die gottähnliche Position des Priesters hervorhob. Ein etwas kritischer Sünder hätte sich allerdings fragen können, ob die betörende Wolke des Rasierwassers »Eau sauvage« von Christian Dior in diesem Bild stimmig war.

Zum Glück gab es an diesem Ort keine kritischen Sünder. Und Schwester Bianca vermittelte eher den Eindruck, reuevoll im Staub zu liegen, als in der Kirchenbank zu knien.

Mit einem »Gelobt sei Jesus Christus« und der einladenden Handbewegung, ihm in den Beichtstuhl zu folgen, verschwand Molitor selbst in dem Gehäuse.

Bianca rührte sich erst nicht, doch nach einigen Sekunden erhob sie sich schwerfällig und schleppte sich die wenigen Schritte zur linken Kabine, als ginge sie zu ihrer Hinrichtung. Gott sei Dank ist es kein offener Beichtstuhl, dachte Bianca noch, bevor sie sich zum Sündenbekenntnis hinkniete. Der muffige und doch wohlig anheimelnde Geruch, der aus einem Gemisch von Holz, Weihrauch und abgebrannten Kerzen entstanden war, weckten in Bianca ein hoffnungsvolles Gefühl auf nahende Vergebung ihrer schweren Verfehlungen. Das für die Diskretion notwendige Flüstern erhöhte noch die verschwörerische Atmosphäre, die aus dem Tausch »Meine Sünden gegen deine Vergebung« resultierte. Sie holte tief Luft. Dann fing sie zaghaft mit den hilfreich formelhaften Wendungen an:

»Meine letzte Beichte war vor einem halben Jahr. In Demut und Reue bekenne ich meine Sünden …«

Es folgten zunächst die weniger schlimmen Übertretungen, hauptsächlich Verstöße gegen die von der Kirche erlassenen Vorschriften.

Wie durch einen Donnerschlag wurde diese vertrauliche Situation jedoch plötzlich gesprengt.

»Du vom Teufel besessenes Wesen! Wie konntest du das tun?«

Nach einem kurzen beiderseitigen Schweigen hörte man unterdrücktes Schluchzen von Bianca und danach wieder Flüstern vom Platz des Priesters.

Er teilte der reumütigen Bianca mit, dass es zwar eine Sünde gewesen sei, Rainer Maria Mahler nicht zu retten, als sie ihn verletzt im Schwimmbad entdeckt hatte und in dem Bewusstsein liegen ließ, dass er ohne Hilfe nicht überleben würde. Es sei auch eine Sünde gewesen, die Polizei zu belügen. Aber diese Sünden seien unvergleichlich geringer gewesen als das Ungeheuerliche, nämlich sich von Rainer Maria Mahler verführen zu lassen. Auch wenn es nur einmal gewesen sei. Auch wenn … auch wenn … auch wenn … Und es sei ihm unmöglich, sie von dieser ungeheuren Schuld loszusprechen, bevor sie nicht tätige Reue gezeigt habe, indem sie sich öffentlich im Kloster, im Internat und in der Schule dazu bekannt hätte. Wohlgemerkt, indem sie einräumte, selbst schuld daran zu sein, dass es passiert war. Was die unterlassene Hilfeleistung anbelange, müsse sie sich der Polizei stellen.

Bianca kauerte noch laut schluchzend im Beichtstuhl, als der Kaplan ihn schon längst verlassen hatte. Molitor ging zügig in ein Nebenzimmer des Pfarrsaals, wo er unbeobachtet und gefahrlos eine Zigarette rauchen konnte. Oh, es war oft so unglaublich anstrengend, Gottes verlängerter Arm zu sein.

Seiner Wichtigkeit vollkommen bewusst, ließ er sich von der großen Hitze nicht abhalten und schlüpfte wenig später in seine Soutane, um in würdigem Erscheinungsbild in seiner Gemeinde Krankenbesuche zu machen.

Bianca quälte sich schließlich aus dem Beichtstuhl und verließ, immer noch tränenüberströmt, aber inzwischen ohne lautes Schluchzen, die Kirche. Es war ihr gleichgültig, ob es Zeugen der Szene gegeben hatte. Aber hier war das Glück auf ihrer Seite gewesen: Niemand hatte den Vorfall mitbekommen.

Seltsamerweise kam sie auch unbemerkt in ihr klösterliches Zimmer, in das sie sich einschloss. Wie ein Film lief das verhängnisvolle Erlebnis mit Rainer Maria Mahler noch einmal vor ihr ab: Wochenlang hatte er sie umgarnt, bis es endlich zu der alles verändernden Situation gekommen war. Unter einem Vorwand hatte er sie an einem Samstagnachmittag in das zur Schule gehörige Schul- und Internatsmuseum gelockt. Dort kam normalerweise niemand rein, außer zu offiziellen Führungen bei Schulfesten und Klassentreffen. Da in absehbarer Zeit wieder ein Schulfest stattfinden sollte, wollte Rainer Maria Mahler angeblich für seine Planung genauere Informationen über manche Ausstellungsstücke haben. Und hier, wo sie völlig ungestört waren, konnte sie schließlich seinen Verführungskünsten nicht länger widerstehen.

Für kurze Zeit hatte Bianca sich wie im siebten Himmel gefühlt. Aber dieses Schweben im unbeschreiblichen Glück endete nur wenige Sekunden später durch den grausamen Aufprall in der Realität.

»So, jetzt ist Schwester Bianca eine gefallene Nonne«, hatte Rainer Maria Mahler, während er sich wieder anzog, mit einem hämischen, eiskalten Grinsen gezischt. »Was wohl Schwester Lea dazu sagen wird, wenn du ihr das erzählst? Und du wirst es ihr erzählen müssen, denn du fühlst in dir, dass du ihr immer Rechenschaft schuldig bist.«

Triumphierend hatte er vor sich hin gelacht.

»Du kannst ihr ausrichten, das sei für ihre anmaßende Bemerkung über die angebliche ›verschlossene Schuld‹. Sie soll sich gefälligst um ihren eigenen klösterlichen Dreck kümmern!«

Mit diesen Worten hatte er die völlig fassungslose Bianca im aus den 50er-Jahren stammenden Metallbett mit der nun nicht mehr ganz blütenweißen Bettwäsche zurückgelassen.

Aber sie hatte Schwester Lea nie etwas erzählt, nur versucht, sich ihr noch mehr unterzuordnen. Immer in der festen Überzeugung, dass Schwester Lea so etwas nie passiert wäre. Und immer im Glauben, dass sie, Bianca, ein von Grund auf verdorbener Mensch sei.

Natürlich konnte Bianca wegen dieses Geheimnisses Schwester Lea auch nicht anvertrauen, welche Rolle sie bei Mahlers Tod gespielt hatte.

Was es mit der »verschlossenen Schuld« auf sich hatte, blieb für Bianca lebenslang ein Rätsel.

KAPITEL 43 (SAMSTAG, 25.07.2015)

Gegen 20 Uhr kam Kaplan Konrad Molitor von seinen Krankenbesuchen zurück ins Pfarrhaus. Die Wohnungen im ersten und zweiten Stock waren offen zugänglich, also ohne Wohnungstür. Als Molitor auf dem Weg zu seiner Wohnung im zweiten Stock an der von van Houten vorbeikam, sah er diesen im Arbeitszimmer am Schreibtisch sitzen, da die Tür weit offen stand. Er arbeitete noch an der Predigt für die morgige Sonntagsmesse. Zwar war er schon die ganze Woche über damit beschäftigt gewesen, aber er war einfach nicht richtig vorangekommen. Seit Schwester Leas Tod war van Houten nur noch ein Schatten seiner selbst. Der strahlende Priester, der vielleicht zu viele Menschen, vor allem Frauen, an George Clooney erinnerte, hatte sich so gut wie möglich zurückgezogen. Das trug aber nicht gerade dazu bei, mit den Vorwürfen, die er sich selbst machte, besser klarzukommen. Immer wieder dachte er darüber nach, was Schwester Lea ihm in den letzten Monaten alles von ihrem Leben erzählt hatte. Er dachte nach über die Probleme, die sie gequält hatten, über die Ausweglosigkeit aus ihrem Elend, die sie empfunden hatte. Und immer wieder stellte er sich die Frage, ob er richtig gehandelt hatte.

Es hatte lange gedauert, bis Schwester Lea ihm erzählt hatte, warum sie in Tränen ausgebrochen war, als er ihr den Kakao gekocht hatte. Der Kakao hatte sie in eine ganz entscheidende, ihren Lebensweg beeinflussende Situation zurückversetzt. Es waren die gemütlichen Nachmittage, die sie bei ihrer Großmutter verbracht hatte. Bei ihr hatte sie sich immer rundum wohlgefühlt, was sie von ihrem Elternhaus nicht sagen konnte. Dort waren sie und ihre zwei jüngeren Schwestern täglich Zeugen des Streits zwischen ihrem Vater und ihrer Mutter geworden. Und die Kinder wurden meistens auch nur angeschrien. Aber bei der Großmutter war es friedlich, und Lea, die damals noch Daniela hieß, genoss die Stunden, die sie bei ihrer Oma verbringen durfte. Sie hatten auch viele gute Gespräche über alles Mögliche, und eigentlich hatte die für ihr Alter von ungefähr 70 Jahren recht jugendlich wirkende Frau oft ganz moderne Ansichten. Vor allem aber war sie tolerant und beharrte auch nicht darauf, dass ihre eigene Meinung unbedingt die richtige sein musste. Nur bei einem Punkt war sie überzeugt, dass sie ihre Enkelin unbedingt beeinflussen musste, dieselbe Meinung wie sie zu haben: Daniela sollte ins Kloster gehen. Die überzeugte Katholikin war nicht davon abzubringen, dass das für ihre Lieblingsenkelin der richtige Weg sei.

Ihr Einfluss auf Daniela war groß, und eigentlich war es gar nicht schwierig, das Mädchen davon zu überzeugen, dass ihr Platz im Kloster sei. Für Daniela war es eine geradezu romantische Vorstellung, ein Geschmack von Geborgenheit, der so süß wie der Kakao war und so weich und warm wie die Umarmung ihrer Großmutter. Dass Daniela außergewöhnlich hübsch war und mehrere Jungen gern mit ihr befreundet gewesen wären, erhöhten für Daniela nur den Reiz, dem allen zu entsagen.

Dass es der falsche Weg gewesen war, den sie damit ging, stellte sich schon während des Noviziats heraus. Es wäre also noch nicht zu spät gewesen, den Fehler zu korrigieren. Aber zu Danielas Charakter gehörte es auch, dass sie Fehler nicht eingestehen konnte. Und so zog sie alles bis zum bitteren Ende durch, wurde aber für ihre Mitmenschen immer unausstehlicher.

Timotheus van Houten hatte versucht, Lea dahingehend zu beeinflussen, dass sie die Ordensgemeinschaft verließ. Damit stieß er aber auf heftigen Protest, und Lea hatte einmal zu ihm gesagt, er sei ein Instrument des Teufels.

Dies alles ging Timotheus van Houten wieder und wieder durch den Kopf, auch jetzt, als er vor dem Manuskript seiner Predigt saß.

Konrad Molitor wollte eigentlich nur vom Treppenhaus aus Hallo sagen, hielt es dann aber doch für seine christliche Pflicht, zu Timotheus kurz ins Arbeitszimmer zu kommen, um ihm ein paar aufmunternde Worte zu sagen. Doch wie meistens lag er mit seiner Themenwahl völlig daneben.

»Hallo, mein Freund!«, rief er betont munter. »Habe ich da gerade eine Taube aus dem Fenster fliegen sehen? Das muss der Heilige Geist gewesen sein. Deine Predigt ist bestimmt hervorragend! Du kannst heute aufhören zu arbeiten!«, fügte Molitor großzügig hinzu.

Van Houten hob den Kopf und sah direkt in Molitors breites Grinsen.

»Wer sagt dir denn, dass die Taube nicht ein Kranich war?«, erwiderte er gereizt und machte eine Kopfbewegung hin zu dem Bild, das ihm sein Neffe einmal zu Weihnachten geschenkt hatte und das an der gegenüberliegenden Wand hing. Es handelte sich um eine Collage aus Origami-Kranichen in verschiedenen Größen und dem aus Zeitungsschnipseln zusammengestellten Zitat aus Schillers Gedicht »Die Kraniche des Ibykus«: »Sieh da, sieh da, Timotheus, Die Kraniche des Ibykus!«

»Na ja, das wollen wir mal nicht hoffen, lieber Timotheus«, nahm der Kaplan freudig den Ball auf, den ihm van Houten unbedacht zugespielt hatte. »Du weißt ja schon, dass die Kraniche den Timotheus als Mörder des Ibykus entlarvt haben. Und wir gehen doch nicht davon aus, dass du Schwester Lea ermordet hast.«

Ein Blick in van Houtens entsetztes Gesicht zeigte, dass Molitors Seitenhieb gesessen hatte, was diesen geradezu mit einem Glücksgefühl erfüllte.

»Kleiner Scherz«, fügte er mit Unschuldsmiene hinzu. »Ich würde dich so gern aufmuntern«, log er und stellte dann scheinbar bedauernd fest, dass es ihm wohl nicht gelungen sei.

Entgegen seines sonst besonnenen Verhaltens und seiner sonst guten Umgangsformen erwiderte van Houten daraufhin mit fester Stimme: »Verpiss dich!«, was Molitor mit einem betont gekränkten Gesichtsausdruck auch tat.

KAPITEL 44 (MONTAG, 27.07.2015)

Ging Gong Gong.

Pfarrer van Houten schreckte auf. Er hatte gerade in einem Bildband über die Dresdner Frauenkirche geblättert, die Sonne schien ins Zimmer, und es war ihm gelungen, für einige Zeit aus der Realität abzutauchen. Die Realität, die seit Schwester Leas Tod fast unerträglich für ihn war. Zudem würde er nachher auch noch verhört werden. Als Zeuge? Er wusste es nicht. Er hatte vielmehr den Eindruck, selbst tatverdächtig zu sein. Der Termin war um 17 Uhr. Van Houten schaute auf seine Armbanduhr: 16.12 Uhr.

Wer mochte wohl zu ihm kommen? Um diese Zeit? Er erwartete niemanden. Zumal an der Haustür ein Zettel angebracht war, dass man sich außerhalb der Sprechzeiten an Kaplan Konrad Molitor zu wenden hatte.

Van Houten drückte auf den Türöffner, ohne vorher die Sprechanlage betätigt zu haben.

Mit Erstaunen stellte er fest, dass Schwester Bianca die Treppe hochkam.

An sie hatte er oft in den letzten Tagen gedacht. Warum, das wusste er selbst nicht so recht. Dass es wegen der ihm bewussten Tatsache war, dass sie furchtbar unter dem Tod Leas leiden musste, war wohl nicht der einzige Grund. Das spürte van Houten genau. Er hätte auch gern das Gespräch mit ihr gesucht, aber er fühlte sich dazu einfach nicht in der Lage.

Drei Stunden vor ihrem von der Polizei festgestellten Todeszeitpunkt war Schwester Lea noch bei ihm gewesen. Und sie hatten ein sehr ernsthaftes Gespräch geführt über

Wahrheit und Lüge. Sie hatten sich nicht einigen können. Und sie waren im Unfrieden auseinandergegangen. Schwester Lea hatte Timotheus van Houten vorgeworfen, er mache sich alles zu leicht.

Kerzengerade stand Schwester Bianca nun vor ihm und mit versteinertem Gesichtsausdruck. Van Houten führte das auf die seelischen Schmerzen zurück, die Bianca seit Leas Tod durchlitt. Er konnte es gut nachvollziehen.

Van Houten bat Bianca, ihm in die Wohnküche zu folgen. Hier empfing er seine Besucher immer, wenn er ihnen Geborgenheit vermitteln wollte. Doch als er Bianca aufforderte, auf der Eckbank Platz zu nehmen, winkte sie nur ab und stieß mit tonloser Stimme hervor: »Ich habe Sie gesehen!«

Van Houten verstand nicht, dass mit »Sie« die Anredeform gemeint war.

»Wen haben Sie gesehen?«, fragte er deshalb nach.

»Ich habe *Sie* gesehen«, erwiderte Bianca mit Betonung auf »Sie« und deutete auf ihn.

Es entstand eine Pause. In van Houtens Kopf arbeitete es fieberhaft. Schließlich fragte er: »Wo haben Sie mich gesehen?«

»Zusammen mit Schwester Lea.«

Van Houten war völlig verwirrt und hatte keine Ahnung, was Bianca meinte. Natürlich konnte sie ihn mit Lea gesehen haben. Sie hatten sich ja oft getroffen.

Er hakte nach: »Ja, das ist gut möglich. Aber wann und wo haben Sie uns gesehen?«

»Ich habe *es* gesehen!«, schrie Bianca nun förmlich.

Van Houten schluckte jetzt sichtbar. Es fiel ihm schwer, weiterzuatmen. Er ahnte auf einmal, was Bianca meinte.

Bevor ihm Lea nämlich vorgeworfen hatte, es sich zu

leicht zu machen, hatte er sie in seinem Arbeitszimmer im Arm gehalten. Ihr Schleier war ihr vom Kopf gerutscht und auf den Boden gefallen, und van Houten hatte ihr mit einer Hand liebevoll über die blonden Locken gestrichen, mit dem anderen Arm hatte er sie fest zu sich gezogen, und Lea hatte ihren Kopf auf seine Schulter gelegt.

»Sie meinen vielleicht die Situation bei mir im Arbeitszimmer an Leas Todestag?«

»Genau!«

»Aber das war nichts Schlimmes. Und es war nicht gegen Leas Willen!«

»Das kann nicht sein! Niemals! Niemals! Niemals!« Biancas Stimme überschlug sich. »Du lügst!«, wechselte Bianca nun die Anredeform. »Und *du* bist schuld, dass Lea nun nicht mehr lebt, du Schwein!!!«

»Das ist nicht wahr«, versuchte van Houten sich zu verteidigen. Aber das bewirkte nur, dass sich Bianca noch mehr in ihre rasende Wut hineinsteigerte.

Niemals konnte Schwester Lea freiwillig so gehandelt haben! Die von Bianca wie eine Heilige verehrte Schwester Lea! An deren Vorbild Bianca ihr eigenes Leben so sehr orientiert hatte! Wegen der sie so anders gelebt hatte, als es eigentlich ihrer Natur entsprach! Vor der sie sich so schmutzig gefühlt hatte! Der sie deshalb nicht anvertrauen konnte, was mit Rainer Maria Mahler im Schulmuseum geschehen war!

Bianca schaute wild um sich, als suche sie etwas. Ihr Blick fiel auf das große Fleischmesser, das van Houten von Hand gespült hatte, damit es in der Spülmaschine nicht stumpf wurde.

Van Houten hatte nicht die geringste Chance, den Angriff zu verhindern, so schnell ging alles.

Mitten in Timotheus van Houtens Herz stieß die Rasende das Messer, zog es wieder heraus und stach noch zweimal an derselben Stelle zu.

Dann sackte Bianca vor der Leiche in sich zusammen. Das Messer hielt sie fest umklammert.

*

So fand Kaplan Molitor die Szene vor, als er, von dem Lärm, der bis zu ihm nach oben in seine Wohnung gedrungen war, beunruhigt, in die Küche stürmte. Er erstarrte vor dem grausigen Bild, das sich ihm bot.

Als er das Messer in Biancas Hand bemerkte, wusste er nicht, was er tun sollte. Einerseits wollte er zu van Houten, um zu schauen, ob ihm noch zu helfen war, andererseits konnte er sich gut vorstellen, dass Bianca nun auch auf ihn losgehen würde. Doch es dauerte nur wenige Sekunden, dann kam wieder Leben in Molitor. Er verließ blitzschnell die Küche und schloss die Tür hinter sich zu. Der Schlüssel steckte glücklicherweise schon außen. Dann griff er nach seinem Handy, das er immer in der Hosentasche bei sich hatte, und rief zuerst den Notarzt, dann die Polizei.

Beide waren fast zeitgleich zur Stelle. Der Notarzt konnte nur noch van Houtens Tod feststellen.

Die Festnahme Biancas stellte kein Problem dar. Sie leistete keinen Widerstand.

KAPITEL 45 (MONTAG, 27.07.2015)

Punkt 15.29 Uhr stand Karla Gulden im Polizeipräsidium vor Kommissar Schmitts Tür. Bei einem Blick auf die große Uhr, die im Flur von der Decke hing, stellte sie mit Befriedigung fest, dass sie durch ihr knappes Eintreffen zum Termin Souveränität signalisierte. Und das wollte sie unbedingt, denn man hatte sie ein zweites Mal vorgeladen. Vermutlich zweifelte man an ihrer ersten Aussage – oder zumindest an deren Vollständigkeit.

Und so war es in der Tat. Die Ermittlungen hatten in den Gesprächen ergeben, dass bei Guldens Aussage nicht alles richtig sein konnte. Vor allem Guldens Angabe der Uhrzeit, zu der sie in der Kapelle gewesen sein wollte, wurde bezweifelt. Und natürlich hatte Schmidt nicht vergessen, was Hofstetter und Finkenbeiner ihm ans Herz gelegt hatten.

Nachdem Kommissar Schmitt schon etwas früher als geplant bereit war, mit Karla Guldens Vernehmung zu beginnen, und sie deshalb kurz vor halb vier schon reinholen wollte, sie aber noch nicht da war, ließ er sie nun gern noch ein bisschen warten. Er wollte ihr deutlich zeigen, wer hier der Herr im Haus war und dass er keinesfalls auf ihre Spielchen einzugehen gewillt war.

So saß nun Karla Gulden noch 20 Minuten vor Schmitts Tür. Vielleicht ging ja Kommissar Schmitts Uhr falsch und er hatte gedacht, sie sei nicht rechtzeitig zum Termin erschienen, schoss es ihr durch den Kopf. Aber entgegen ihrer sonstigen Forschheit traute sie sich nicht anzuklopfen, um ihre Anwesenheit zu demonstrieren.

Von Minute zu Minute wurde Gulden nervöser. Sie selbst

wusste ja nur zu gut, dass sie bei ihrer letzten Aussage erstens gelogen hatte, was den Zeitpunkt ihres Aufenthalts in der Kapelle betraf, und zweitens etwas ganz Wesentliches verschwiegen hatte.

Was ihre Anwesenheit in der Kapelle anbelangte, so war es ihr peinlich gewesen, überhaupt zuzugeben, dass sie dort war. Aber sie musste es sagen, weil Mandy Pfrogner sie gesehen hatte, allerdings tatsächlich schon gegen 18 Uhr. Danach war sie aber nicht in die Kapelle gegangen, denn um diese Zeit hätte sie sicher noch einige Personen dort antreffen können: Schwestern, Kollegen, aber auch Schüler. Das wollte sie jedoch unter keinen Umständen. In der Kapelle zu beten, das passte nicht zu dem Bild, das man sich von ihr machen sollte: Sie brauchte von niemandem Hilfe, auch nicht von Gott. Sie wollte knallhart, unbarmherzig und absolut von niemandem abhängig sein. Es gelang ihr auch hervorragend, so eingeschätzt zu werden. Und wie es in ihr wirklich aussah, das ging niemanden etwas an.

Das hatte sie an dem Tag beschlossen, nachdem sie Reinhold Gulden geheiratet hatte, den Mann, in den sie so unsagbar verliebt gewesen war. Es war ein rauschendes Hochzeitsfest gewesen. Allerdings ein Fest, auf dem auch dem Alkohol reichlich zugesprochen wurde. Der Bräutigam verhehlte nicht, dass er zum Auftakt seines neuen Lebensabschnitts nicht nur einen guten Tropfen nicht verachtete, sondern durchaus bereit war, die Qualität der Quantität zu opfern. So kam es, dass es gegen Ende der Feierlichkeiten weniger lustig als schon peinlich mit ihm war. Aber man tröstete die Braut damit, dass das einfach dazugehöre und sich bei Reinhold der Ausnahmezustand eben auf diese Weise äußerte. Karla hatte beschlossen, das zu glauben. Und als sie dann nach dem Fest gemeinsam im

Bett lagen und sie ihm trotz allem liebevoll über das Gesicht strich, sagte der Bräutigam lallend, aber doch noch gut verständlich: »Mach schnell das Licht aus, damit ich wenigstens heute Nacht deine dämliche Fresse nicht sehen muss!«

Nach diesen Worten war Reinhold sofort eingeschlafen. Karla aber lag die Stunden, die bis zum Aufstehen blieben, weinend neben ihm.

Als sie am nächsten Tag frühstückten, war sie innerlich über Nacht zum Eisblock gefroren und konnte mit ihrem Mann nur völlig gleichgültig kommunizieren. Reinhold, der sich an nichts mehr erinnerte und ein Aspirin nach dem anderen schluckte, sah sich mit einem Rätsel konfrontiert.

Hieran dachte Karla Gulden, als sie auf ihre neuerliche Befragung – oder war es eine Vernehmung? – wartete. Danach kam ihr wieder der fragliche Abend in den Sinn. Gleich würde sie noch einmal von ihm sprechen müssen.

Sie hatte noch viel Zeit im Sportbereich verbracht, dort für Ordnung gesorgt und Listen geschrieben, welches Material nachbestellt werden müsste. Gegen 22 Uhr war sie dann tatsächlich in die Kapelle gegangen. Denn in Wirklichkeit brauchte sie dringend die wohltuende Stille in der Kapelle und diese Atmosphäre, die ihr das Gefühl vermittelte, auf Gottes Hilfe zählen zu können.

*

Als Kommissar Schmitt sie endlich gegen 15.50 Uhr zu sich ins Zimmer bat, war Karla Gulden ziemlich zermürbt. Das war auch neben den anderen Überlegungen Schmitts Absicht gewesen.

Und so rückte Gulden ohne längere Umschweife mit

der Wahrheit heraus. Einer Wahrheit, die selbst Schmitt zunächst sprachlos machte.

Karla Gulden war gegen 22 Uhr in die Kapelle gekommen und hatte entgegen ihrer Erwartung in der ersten Reihe am Mittelgang eine Schwester knien sehen. Es war der Stammplatz von Schwester Lea, deshalb ging sie davon aus, dass es sich tatsächlich um Schwester Lea handelte.

Sie selbst schlich sich rechts an den Bankreihen bis ungefähr zur Mitte der Reihen. Im Nachhinein vermutete sie, dass sie von niemandem bemerkt worden war.

Auch nicht von der Schwester, die kurze Zeit später genauso leise die Kapelle betreten hatte und die erst in Guldens Blickwinkel kam, als sie langsam den Mittelgang nach vorne ging. Sie presste einen Gegenstand an ihren Körper, aber Gulden konnte nicht sehen, was es war.

Und dann hatte Karla Gulden mit eigenen Augen gesehen, wie Schwester Bianca ihre geliebte Schwester Lea mit der Marienstatue erschlug.

Warum sie das nicht sofort gesagt habe, wollte Schmitt wissen, nachdem er sich wieder gefasst hatte.

Weil Schwester Bianca ihr einfach leidgetan habe und sie sie irgendwie doch verstehen konnte, gab Karla Gulden als Begründung an.

Kommissar Schmitt war gerade dabei, Gulden klarzumachen, dass sie ein Verfahren wegen Strafvereitelung zu erwarten habe, da läutete sein Telefon.

Man teilte ihm mit, dass Schwester Bianca den Pfarrer Timotheus van Houten getötet hatte.

Zum zweiten Mal binnen weniger als zehn Minuten war Schmitt zunächst sprachlos. Dann sagte er zu Karla Gulden:

»Schwester Bianca hat Pfarrer van Houten getötet. Das

hätten Sie verhindern können, wenn Sie rechtzeitig geredet hätten.«

Karla Gulden stieß einen leisen Entsetzensschrei aus. Etwas zu sagen war ihr unmöglich. Auch Schmitt blieb einige Zeit stumm. Schließlich stand er auf.

»Sie können jetzt gehen, Frau Gulden. Aber kommen Sie morgen um zehn Uhr wieder aufs Präsidium, Zimmer 105. Sie müssen das Protokoll unterschreiben. Und halten Sie sich zu unserer Verfügung.«

Karla Gulden verließ wortlos das Zimmer.

KAPITEL 46 (MONTAG, 27.07.2015)

»Es hat wirklich den Falschen getroffen«, war Schwester Dignas erste Reaktion, als Norbert Schmitt sie über die Katastrophe informierte. Sie hatte van Houtens weltoffene Art sehr geschätzt und ihn oft als den einzigen glaubwürdigen Priester, den sie kannte, bezeichnet.

Schwester Bianca war nach der Tat umgehend in die Psychiatrie gebracht worden, und Schwester Digna hatte sie noch am Montagabend dort besucht. Aber ein Gespräch war nicht möglich gewesen, nicht zuletzt weil Bianca mit Psychopharmaka ruhiggestellt worden war.

Anschließend hatte sie sich mit Kaplan Molitor getroffen, der sich, was man bei ihm nicht kannte, in einem sehr aufgewühlten Zustand befand. Er hatte Schwester Digna gebeten, sich mit ihm im Sprechzimmer des Klosters zu treffen, das Pfarrhaus wollte er möglichst meiden.

Es war schon nach 20 Uhr, als Schwester Digna Konrad Molitor anrief, um ihm zu sagen, dass sie jetzt Zeit für ihn habe. Binnen zehn Minuten war der Kaplan zur Stelle. Digna hatte noch nicht einmal das Zimmer lüften können, das den ganzen Nachmittag bei geschlossenen Fenstern permanenter Sonneneinstrahlung ausgesetzt gewesen war. Als Molitor kam, riss Digna zwar sofort alle Fenster auf, aber die brütende Hitze blieb – und passte eigentlich hervorragend zu der bedrückenden Situation.

Von Biancas schrecklicher Tat wurde nicht viel gesprochen. Aber Konrad Molitor musste etwas anderes loswerden:

Als er seine Doktorarbeit zum Thema »Petri Fischzug im 21. Jahrhundert. Wie Geistliche junge Erwachsene heutzutage für den Eintritt in ein Kloster motivieren können« schrieb, hatte er hierfür auch Experimente durchgeführt. Im Rahmen dieser empirischen Untersuchungen hatte er in der Studentengemeinde von Freiburg einen Kurs angeboten mit dem Titel »Im klösterlichen Leben Erfüllung finden«. Eine Daniela Behrendt sei auch in diesem Kurs gewesen. Mit dem Namen »Bianca« sei sie später in den Orden der Franziskanerinnen von Stuttgart eingetreten. Er selbst hatte den Kontakt zu Schwester Lea vermittelt. Dass Bianca ihn nicht mit der damaligen Kursleitung in Verbindung brachte, lag einerseits daran, dass er damals noch Müller hieß und er sich andererseits auch äußerlich sehr verändert hatte, denn zu der Zeit hatte er noch eine üppige Lockenpracht und keine Brille.

Schwester Digna hatte ihm schweigend zugehört. Sie konnte Molitor nicht ausstehen. Aber jetzt tat er ihr leid.

»In jeder Biografie gibt es dunkle Punkte, die man im Nachhinein auslöschen möchte. Aber das ist unmöglich. Man muss mit ihnen leben.«

Hiermit wollte sie Molitor trösten, war sich aber bewusst, dass dieser Tröstungsversuch von vornherein zum Scheitern verurteilt war.

Um Molitor doch noch etwas Gutes zu tun, bot sie ihm an, in einem Gästezimmer des Klosters zu übernachten, damit er nicht im leeren Pfarrhaus schlafen musste. Molitor nahm das Angebot dankbar an.

Schwester Digna ahnte nicht, wie bald sie die Worte, mit denen sie Molitor hatte trösten wollen, zu sich selbst sagen würde.

KAPITEL 47 (DIENSTAG, 28.7.2015)

In ganz Konstanz hatte Schwester Biancas Tat helles Entsetzen ausgelöst.

Natürlich war jetzt auch für die Schüler und deren Eltern das Fass zum Überlaufen gebracht worden. Wie sollte man guten Gewissens sein Kind auf eine Schule schicken, in der es innerhalb kürzester Zeit zu so furchtbaren Todesfällen gekommen war? Dabei war noch nicht einmal bekannt geworden, dass auch Mahlers Tod nicht als reiner Unfall zu betrachten war.

Am 29. Juli wäre eigentlich der letzte Schultag gewesen. Schulleiter Dr. Helmut Schuster hielt es jedoch für völlig unmöglich, das Schuljahr wie geplant zu beenden. Er hatte das Kollegium deswegen noch am Montagabend für den Folgetag um sieben Uhr zu einer Kurzkonferenz einberufen und ihnen dort nahegelegt, diesen Tag als Beendigung des Schuljahrs zu betrachten. Der Vorschlag wurde von dem Kollegium, das immer noch unter Schock stand, einstimmig angenommen. Das Oberschulamt hatte zuvor schon seinen Segen dazu gegeben. Die Schüler sollten sofort nach Schulbeginn die Zeugnisse erhalten, und Frau Schmidt-Kessler hatte in Nachtarbeit schon vorbereitet, wie die Eltern von den Vorfällen und vom verfrühten Ferienbeginn zu informieren waren. Allerdings stellte sich bei Überprüfung der Anwesenheit der Schüler heraus, dass ohnehin viele gar nicht mehr gekommen waren, was niemanden verwunderte. Dr. Schuster rechnete mit einer Flut von Abmeldungen für das neue Schuljahr. Dieselben Befürchtungen hatte Schwester Digna für das Internat. Sie hielt es sogar für möglich, dass man es ganz schließen musste. Das alles wirkte sich noch einmal mehr auf die Stimmung im Lehrerkollegium und unter den Hausangestellten aus, denn sie mussten um ihren Arbeitsplatz fürchten, mindestens um einen Arbeitsplatz in Konstanz, wenn sie verbeamtet waren.

Die Einzige, der das alles nichts anzuhaben schien, war Magdalena Seehofer. Sie befand sich im siebten Himmel, der den Verliebten Schutz bot. Dafür, dass es etwas Dauerhaftes werden konnte mit Maximilian Moser, sprach das, was er am Wochenende zu ihr gesagt hatte. Sie waren mit den Kindern Sol und Luna am »Hörnle« beim Baden gewesen. Dort gab es auch einen Spielplatz. Und während Magdalena und Maxi auf der Decke saßen, die mit Picknick-Utensilien übersät war, und den beiden spielenden Kindern zuschauten, hatte sich folgender Dialog entwickelt:

»Eine originelle Idee, die Kinder ›Sol‹ und ›Luna‹ zu nennen, auch wenn wohl die wenigsten Menschen wissen, dass das die lateinische Bezeichnung für ›Sonne‹ und ›Mond‹ ist. Günther Jauch hat schon recht, wenn er immer wieder betont, wie nützlich Lateinkenntnisse sind.«

»Na ja«, hatte Magdalena erwidert, »es muss ja auch nicht sein, dass es jeder versteht. Es reicht, dass die Kinder es wissen.«

»Ja!« Maxi Moser hatte zustimmend genickt und danach einige Zeit nichts gesagt. Dann holte er tief Luft.

»Weißt du was? Wenn unser gemeinsames Kind ein Mädchen wird, nennen wir es ›Stella‹, der Stern.«

Magdalena Seehofer fühlte sich zuerst wie erstarrt und wusste nicht, was sie darauf antworten sollte.

Dann sagte sie leise: »Und was machen wir, wenn es ein Junge wird?«

»Dann nennen wir ihn ›Martin‹. Das kommt von ›Mars‹ und bedeutet ›der Kämpferische‹.«

Wortlos hatten sie liebevolle Blicke ausgetauscht.

Diese Liebesgeschichte war leider fast das einzig Positive, was sich im Umfeld des Klosters Sancta Trinitas in diesen Tagen ereignete.

KAPITEL 48 (MONTAG, 10.08.2015)

Besonders schlimm sollte es für Schwester Digna werden.

Nachdem sie versucht hatte, die internen Schüler möglichst ruhig in die Ferien zu schicken, und ausführliche Gespräche mit deren Eltern geführt hatte, war Schwester Digna intensiv damit beschäftigt, sowohl mit dem Schulleiter als auch mit der Ordensleitung in Stuttgart über die Zukunft der Schule und des Internats zu diskutieren.

Außerdem besuchte sie jeden Tag Schwester Bianca, die sich immer noch in der Psychiatrie befand. Mit der Zeit war Bianca bereit, sich zu öffnen, und Digna begriff allmählich Biancas Motiv für die Tötung ihres geliebten und verehrten Vorbilds: Bianca hatte die Diskrepanz zwischen Leas Ansprüchen und ihrem tatsächlichen beziehungsweise teilweise von Bianca nur vermuteten Verhalten nicht ertragen können. Vor allem, weil sie selbst sich bis zur Selbstverleugnung an dem von Lea suggerierten Idealbild orientiert hatte. Als sie Schwester Lea nun wieder so fromm in der Kapelle knien sah, nachdem sie die Szene mit van Houten beobachtet hatte, waren bei Bianca alle Sicherungen durchgebrannt.

Doch nach dieser Tat hatte sie allmählich einen Weg gefunden, um Schwester Lea von der vermuteten Schuld freizusprechen: Der wirklich Schuldige musste Pfarrer van Houten gewesen sein. So wie es bei ihr selbst Rainer Maria Mahler gewesen war. Töten wollte sie van Houten ursprünglich nicht. Aber sie fand auch jetzt noch, dass er diesen Tod verdient hatte.

*

Die Ereignisse und deren Hintergründe nahmen Schwester Digna sehr mit. Zudem hatte sie in letzter Zeit große Probleme mit ihrer Narbe am Bauch. Die Schmerzen waren einfach nicht zu beruhigen, mit keinem Hausmittel und mit keinem Medikament.

Eigentlich war geplant gewesen, dass Digna am Anfang der Ferien einige Zeit bei ihrer Familie in Regensburg verbringen würde, aber sie war so beschäftigt gewesen, dass sie die Familie nicht einmal über die Vorkommnisse informierte und auch nicht über die Tatsache, dass ihr Besuch sich verschieben würde. Telefonisch war sie nicht zu erreichen, jedenfalls hatten ihr Bruder und ihre Mutter keinen Erfolg, auch nicht über die Pforte. Schwester Liliana hatte ihnen immer nur recht wortkarg mitgeteilt, dass Schwester Digna unterwegs sei.

Schließlich entschied sich Dignas Mutter für eine E-Mail. So erreichte Digna am 10. August, einem Montag, folgende Nachricht:

Hallo, mein Liebes, wo steckst du denn? Wir machen uns allmählich wirklich Sorgen, weil du auch nie zurückrufst, wenn wir versuchen, dich übers Handy zu erreichen. Außerdem wüssten wir schon gern, wann du nach Hause kommst und natürlich auch, ob du an Mariä Himmelfahrt zum ›Vorderhofer Bierfest‹ bei uns bist.

Im Übrigen wollte ich dich schon längst noch etwas anderes fragen. Vor einigen Wochen hat mir ein gewisser Beat Sommerli geschrieben und nach deiner Adresse gefragt. Er hatte meine Anschrift von Onkel Friedrich bekommen, und er meinte, er müsse aus familiären, ihn persönlich betreffenden Gründen unbedingt mit dir Kontakt aufnehmen. Ich habe ihm deine Adresse und deinen neuen Namen mitgeteilt. Hat er sich inzwischen bei dir gemeldet?

Bitte lass bald von dir hören. Wir sind unruhig.
Liebe Grüße von deiner Mama.

Digna entdeckte die Mail am Abend. Beim Lesen des Abschnitts bezüglich Beat Sommerli stutzte sie zuerst, dann fiel es ihr wie Schuppen von den Augen, und sie hatte das Gefühl, sie werde gleich ohnmächtig. Die Narbenschmerzen wurden fast unerträglich. Mit zitternden Händen antworte sie ihrer Mutter sofort:

Liebe Mama,

bitte entschuldige, dass ich mich so lange nicht gemeldet und euch im Ungewissen gelassen habe. Bei uns im Kloster sind furchtbare Dinge geschehen, aber davon werde ich euch persönlich berichten. Leider schaffe ich es nicht, wie geplant zum Bierfest bei euch zu sein, denn hier herrscht komplettes Chaos.

Trotzdem habe ich noch ein anderes, dringendes Anliegen: Beat Sommerli ist tot. Er ist Anfang März durch einen tragischen Unfall gestorben, und es ist rätselhaft, wie es dazu kommen konnte. Von seiner Suche nach mir habe ich nichts erfahren. Aber dass er mit dir deswegen Kontakt aufgenommen hat, beunruhigt mich doch sehr.

Könntest du mir bitte Sommerlis Brief schicken beziehungsweise ihn einscannen und ihn mir per Mail senden? Zudem würde ich auch gern genau wissen, was du ihm geantwortet hast. Ein Brief von dir an ihn ist nicht gefunden worden.

Bitte, liebe Mama, lass mich nicht lang warten. Ich weiß, dass ihr wegen dem bevorstehenden Bierfest viel zu tun habt, aber für mich sind die Infos bezüglich Sommerli wirklich sehr wichtig …

Nachdem sie die E-Mail an ihre Mutter abgeschickt hatte, saß sie erst lange Zeit regungslos vor dem PC.

Überraschenderweise kam schon nach ungefähr einer halben Stunde eine Antwortmail. Veronikas Mutter hatte auch gerade am PC gesessen und zudem die Dringlichkeit erkannt. So erreichten Digna folgende Schreiben:

Brief von Beat Sommerli an Anna Vorderhofer:

Sehr geehrte Frau Vorderhofer,

mein Name ist Beat Sommerli. Von Ihrem Bruder, Herrn Professor Friedrich Steiner in München, habe ich Ihre Anschrift und den Hinweis erhalten, dass Sie mir weiterhelfen können.

Aus mich persönlich betreffenden familiären Gründen bin ich auf der Suche nach einer Veronika Vorderhofer. Das soll Ihre Tochter sein. Ich wäre Ihnen sehr, sehr dankbar, wenn Sie mir ihre Adresse mitteilen würden. …

Antwort von Anna Vorderhofer:

Lieber Herr Sommerli,

was für ein Zufall! Sie werden Veronika in Ihrer nächsten Umgebung finden, denn sie wohnt jetzt auch in Konstanz. Allerdings heißt sie (leider) nicht mehr Veronika Vorderhofer, sondern Schwester Digna Paulus. Ja, sie hat ihren Namen vollständig geändert, als sie ins Kloster eintrat. Sie können sie in der Schule Sancta Trinitas antreffen, wo sie unterrichtet.

Ich wünsche Ihnen viel Erfolg bei Ihrem Anliegen.

Mit freundlichen Grüßen, Anna Vorderhofer

*

An seinem Todestag musste Beat diese Nachricht erhalten haben, man hatte aber keinen Brief gefunden, weil er ihn in Tausend Fetzen gerissen und in die Mülltonne geworfen hatte.

Von seinen Adoptiveltern hatte Beat nach unablässigem Fragen schließlich erfahren, dass Friedrich und Regula Steiner die Adoption vermittelt hatten und deshalb wissen müssten, woher das Baby stammte. Steiners wohnten inzwischen nicht mehr in Luzern, sondern waren schon vor vielen Jahren nach München gezogen, aber es war nicht schwer, ihre Anschrift zu ermitteln. Es stellte sich heraus, dass Regula inzwischen verstorben war. Sie hätte vermutlich Beat keinen Namen genannt. Auch Friedrich sagte nicht rundheraus, wie Beats Mutter hieß, sondern er schob den Schwarzen Peter ganz absichtlich seiner Schwester zu. Er war damals gegen diese Lösung gewesen, aber er hatte mitgemacht. Jetzt sollte seine Schwester das damalige Vorgehen wenigstens noch mal überdenken und eventuell Konsequenzen daraus ziehen.

Allerdings hatte Anna Vorderhofer die damalige Entscheidung dermaßen verdrängt, dass sie bei Sommerlis Anfrage überhaupt nicht auf die Idee gekommen war, sie könne etwas mit der unglückseligen Geschichte zu tun haben.

Beat Sommerli war durch Anna Vorderhofers Antwort schlagartig klar geworden: Die von ihm so bewunderte Schwester Digna war seine leibliche Mutter. Aber anstatt sich zu freuen, brach für ihn eine Welt zusammen. Die Tatsachen passten einfach nicht in das positive Bild, das er sich von Schwester Digna gemacht hatte – und auch nicht in das negative Bild, das er von seiner leiblichen Mutter bisher hatte. Und da er noch nicht die Hintergründe kannte, die vielleicht Erleichterung gebracht hätten, war er in tiefe Verzweiflung gestürzt, die ihn tränenblind in die Unfallsituation hatte stolpern lassen.

*

Auch Schwester Digna wurde nun der Sachverhalt ohne jeglichen Zweifel klar. Ihre Befürchtung hatte sich bewahrheitet.

Ihr Onkel Friedrich und seine Frau Regula hatten früher in Luzern gelebt, und bei ihnen hatte Veronika fast ein Jahr lang gewohnt, um heimlich ihr Kind zur Welt zu bringen.

15 Jahre alt war sie gewesen, als sie mal wieder mit ihrem Bruder, einigen Cousinen und Cousins einen herrlichen Sommer bei den Großeltern auf deren Landgut im Bayrischen Wald verbracht hatte. Auch ihr Cousin Daniel war dabei gewesen. Daniel, der gerade das Abitur geschafft hatte, erzählte ihr von seinen Plänen. Er wollte Theologie studieren, Priester werden und dann in die Mission gehen.

Auf Veronikas Frage, wie er denn wohl mit dem Zölibat zurechtkomme, hatte Daniel sehr bestimmt geantwortet: »Ich glaube nicht, dass ich da viel verpasse.«

Veronika, die in ihren Cousin sehr verliebt war, konnte den Gedanken kaum ertragen, dass Daniel so unerreichbar wurde. Sie nahm sich vor, Daniel zu zeigen, dass er eben doch sehr viel verpassen würde. Sie zog alle Register, um ihn zu verführen. Und Daniel konnte tatsächlich nicht widerstehen.

Der Nachmittag im Heu war nicht einmal besonders schön, blieb aber nicht ohne Folgen.

Nach drei Monaten, in denen sich alle Familienmitglieder schon über Vronis häufige morgendliche Übelkeit gewundert hatten, vertraute sich Veronika ihrer Mutter an, die ihre Tochter erst einmal so lange ohrfeigte, bis diese aus der Nase blutete. Dann herrschte eine ganze Woche lang Funkstille zwischen Mutter und Tochter. Der Vater und der Bruder verhielten sich wie immer, wussten offenbar nichts von dem Problem.

Nach ungefähr 14 Tagen, in denen Anna Vorderhofer sich schließlich mit ihrem Mann ausführlich besprochen hatte, eröffnete die Mutter Veronika, wie es weitergehen sollte.

Veronika wurde in die Schweiz zu Anna Vorderhofers Bruder Friedrich und dessen Frau Regula geschickt. Niemand in Regensburg durfte den wahren Grund erfahren. So war immer von einem Schweizer Internat die Rede, und Friedrich und Regula waren mit Sicherheit verschwiegen. Zudem hatten sie die Möglichkeit, eine Familie zu finden, die Veronikas Kind adoptieren würde. Dann konnte Veronika nach Hause zurückkommen.

Veronika war verzweifelt. In ihren Albträumen, aber oft auch völlig unvermutet während des Tages sah sie noch nach über 30 Jahren immer wieder das Bild vor sich, wie sie auf der Eisenbahnbrücke von Maria Ort bei Regensburg stand und kurz davor war, sich in die Donau zu stürzen.

Sie hatte sich nicht getraut. Und sie schaffte es auch nicht, sich gegen das Vorhaben ihrer Eltern zu wehren. Aber den Namen des Vaters gab sie nie preis. Diese Stärke tat Veronika heute noch gut. Dass auch Daniel nie erfuhr, dass er Vater geworden war, betrachtete sie allerdings im Nachhinein als großen Fehler, mit dem sie in mehrfacher Hinsicht Schuld auf sich geladen hatte.

Veronika ging also in Luzern zur Schule und brachte einen Sohn zur Welt. Es war eine schwierige Geburt gewesen, die einen Kaiserschnitt notwendig machte. Man nahm ihr das Kind sofort weg und übergab es dem mit Friedrich und Regula Steiner befreundeten Ehepaar Sommerli. Veronika erfuhr nie, wo ihr Kind hingekommen war. Aber auch Sommerlis wussten nicht, wer die leibliche Mutter von Beat war. Das gehörte zur Vereinbarung.

Kurz nach der Geburt des Kindes kehrte Veronika wieder nach Regensburg zurück, wo sie weiterhin in die Klosterschule der »Englischen Fräulein« ging und ihr Abitur mit Auszeichnung bestand. Mit dem intensiven Lernen war es ihr einigermaßen gelungen, sich abzulenken und nicht in ein tiefes Loch zu fallen.

Was sie fühlte, war nie ein Thema. Sie versuchte auch, mit ihren Eltern so normal wie möglich zu verkehren. Es war für Veronika jedoch klar, dass sie zum Studium möglichst weit weg von Regensburg gehen wollte. Hamburg war gut. Aber auch wenn kein Außenstehender es je geglaubt hätte, denn Veronika ließ es in ihrer Studienzeit »so richtig krachen«, litt sie unsagbar.

Nachdem sie nach einer Zeit wilder Eskapaden begriffen hatte, dass sich der dunkle Punkt in ihrem Leben nicht verdrängen ließ, versuchte sie es mit verstärkter Hinwendung zur Religion, die sie schließlich ins Kloster geführt hatte.

Nach der Lektüre der Mails von ihrer Mutter und den daraus resultierenden quälenden Gedanken verbrachte Schwester Digna eine der furchtbarsten Nächte der letzten 20 Jahre.

Sie überkam plötzlich ein schreckliches Gefühl von Übelkeit, und sie musste sich mehrmals übergeben. Danach schmerzte die Narbe noch mehr. Sie lief in ihrem Zimmer hin und her, warf sich aufs Bett, stand wieder auf, trank Wasser, übergab sich. Um drei Uhr morgens entschloss sie sich zu duschen. Danach legte sie sich wieder aufs Bett.

Auch die Hitze war unerträglich. Alles war unerträglich. Nach einiger Zeit schlief sie doch ein. Es war ein unruhiger Schlaf mit wirren Träumen. Auf verschiedene Weise und an verschiedenen Orten wurde ihr immer wieder der Bauch aufgeschlitzt.

Der Wecker riss sie um sechs Uhr zurück in die Realität. Schwester Digna versuchte seit Schwester Leas Ermordung, zum Morgengebet pünktlich in der Kapelle zu sein. Sie bemühte sich, durch ihre Anwesenheit ein Zeichen zu setzen. Das Zeichen, dass die Kapelle trotz des Mordes immer noch ein geheiligter Ort war, der keinesfalls gemieden werden sollte.

Von dem morgendlichen Ritual bekam Schwester Digna aber an diesem Dienstagmorgen nichts mit. Ihre Gedanken kreisten um die Wahrheit, der sie jetzt unausweichlich in die Augen sehen musste.

Sie fühlte sich nicht schuldig daran, dass ihr Kind zur Adoption freigegeben worden war. Mit 16 hatte sie es damals nicht verhindern können. Sie konnte sogar verstehen, dass sie ihren Cousin verführt hatte. Aber sie hätte ihm nicht die Schwangerschaft verheimlichen dürfen.

Sie hatte sich während ihres Studiums in Hamburg schließlich entschieden, dafür und für alle Ausschweifungen, die eine Konsequenz aus dem ersten Fehlverhalten waren, ein Leben lang zu büßen. Sie trat in ein Kloster ein, änderte sogar ihren Nachnamen in »Paulus«, in Anlehnung an die Wandlung, die einst Saulus zu Paulus werden ließ.

Doch Schwester Digna Paulus blieb trotz jahrzehntelanger Anstrengungen immer Veronika Vorderhofer.

KAPITEL 49 (ENDE AUGUST 2015)

Veronika nahm ihre Bibel aus dem Regal. Der Zettel, den sie suchte, steckte zwischen den Seiten, wo auch Mt. 11, 28-30 zu finden war. Es war der Ausdruck von Daniels Antwort auf ihre Mail. Der Auslöser für ihre »Panikfahrt« mit dem Motorrad im Mai. In gefühlt Tausend kleine Stücke zerriss sie das Blatt, füllte die Fetzen in einen Briefumschlag, den sie mit großem Kraftaufwand zerknüllte, und warf ihn in den Mülleimer. Nicht in den Papierkorb.

Sie zog Jeans und ein luftiges T-Shirt an, steckte den Zündschlüssel fürs Motorrad in eine Hosentasche, verstaute 20 Euro, die Papiere und ein Taschentuch in einem Brustbeutel, nahm den Müllsack aus dem Eimer und warf ihn auf dem Weg zu Schmitts Garten in die große Mülltonne auf dem Schulgelände. Hier hatte auch der Brief von Anna Vorderhofer an Beat Sommerli sein Grab gefunden. Veronika konnte das nicht wissen, aber sie vermutete es. Unbemerkt verließ sie das Kloster, und unbemerkt schlüpfte sie in Schmitts Gartenhaus in ihre Motorradkluft und holte das Motorrad heraus.

Ohne auf Geschwindigkeitsbegrenzungen zu achten, fuhr sie wieder nach Gaienhofen und setzte sich auf dieselbe Bank, auf der sie vor einigen Monaten gesessen hatte. Wieder war ihr Blick lange auf das Schweizer Ufer geheftet.

Schließlich beugte sie sich ein bisschen nach links, um in die rechte Hosentasche fassen zu können. Über ihr Gesicht huschte ein Lächeln, als sie spürte, dass es wirklich noch da war. Sie empfand es wie einen Talisman, das Kärtchen aus Plastik. Es war eine abgelaufene Kreditkarte ihrer Mutter. Anna Vorderhofer hatte sie ihr geschickt als Symbol für die neue, schon auf Veronika Vorderhofer ausgestellte, die momentan noch in Regensburg im Sekretär von Veronikas Mutter lag.

Seit das längst fällige Gespräch zwischen Mutter und Tochter vor ein paar Tagen stattgefunden hatte und seit Anna Vorderhofer von den tragischen Ereignissen im Sancta Trinitas erfahren hatte, quälte sie zum ersten Mal ein schlechtes Gewissen wegen der erzwungenen Adoption. Und in ihrer Hilflosigkeit versuchte sie nun, wie schon so oft in ihrem Leben, etwas mit Geld wiedergutzumachen, was sich nicht wiedergutmachen ließ.

Trotzdem empfand Veronika die Geste dieses Mal als hilfreich. Die kleine Karte und die ihr von ihrem Bruder in Aussicht gestellte weitere Unterstützung würden ihr den Weg wenigstens in eine äußere Freiheit ebnen. Es blieb die verschlossene Schuld. Die würde immer bleiben. Das war ihr in diesem Moment bewusst, denn sie spürte wieder ein heftiges Ziehen an ihrer Narbe.

EPILOG

»Wir alle fallen. Diese Hand da fällt.
Und sieh dir andre an: es ist in allen.
Und doch ist Einer, welcher dieses Fallen
unendlich sanft in seinen Händen hält.«

Rainer Maria Rilke

ÜBERSICHT ÜBER DIE WESENTLICHEN PERSONEN IN DER SCHULE

Es gibt folgende Schwestern:

Sr. Digna Paulus (50),
Unterrichtet Mathe und Chemie. Ist Conventsoberin.

Sr. Lea Strindberg (55),
Internatsleiterin.

Sr. Bianca Behrendt (33),
Erzieherin einer Gruppe von Mittelstufenschülerinnen (13–16 Jahre). Vorbild: Sr. Lea.

Sr. Blandina Mertens (41),
Erzieherin einer Gruppe von Mittelstufenschülerinnen (13–16 Jahre).

Sr. Stella Maris Rossknecht (47),
Erzieherin einer Gruppe von Mittelstufenschülerinnen (13–16 Jahre).

Sr. Camilla Heesters (31),
Erzieherin einer Gruppe von Unterstufenschülerinnen (10–13 Jahre).

Sr. Anastasia Gärtner (62),
Unterrichtet Latein und Französisch.

Sr. Luitgard Kornbichler (67),
Unterrichtet Spanisch, Italienisch und Französisch. Leitet seit 40 Jahren die Theater AG mit großem Erfolg.

Sr. Wiltrudis Löwe (42),
(Genannt »The singing nun«). Unterrichtet Musik und Religion. Leitet auch die Bibliothek.

Sr. Sarah Schwab (58), Küchenschwester.

Sr. Liliana Perlmann (79), Pfortenschwester.

Sr. Angelika Giancarlo (73),
War früher Krankenschwester. Nimmt auch jetzt noch diese Aufgabe wahr, wird aber zusätzlich überall eingesetzt, wo gerade jemand gebraucht wird.

*

Weltliche Lehrer:

Dr. Helmut Schuster (61), Schulleiter. (Genannt »Dottore«). Unterrichtet Physik, Chemie, Philosophie.

Rainer Maria Mahler (55), stellv. Schulleiter. (Genannt RMM). Unterrichtet Kunst und Deutsch.

Karla Gulden (50), (Genannt »Dracula«), Unterrichtet Sport und Erdkunde.

Magdalena Seehofer (36), Unterrichtet Biologie und Sport.

Karl-Anton Hofstetter (60),
Unterrichtet Erdkunde und Chemie.

Fidelis Finkenbeiner (ca. 40),
(Genannnt »Finki«) . Unterrichtet Geschichte und Gemeinschaftskunde.

Mandy Pfrogner (ca. 40),
Unterrichtet Deutsch und Russisch.

Rebekka Rohrer (35), Unterrichtet Mathe und Englisch.

BrittaThomsen (ca. 40), Unterrichtet Mathe und Musik.

*

Zwei weltliche Erzieherinnen:

Susanne Dupont (40) und **Tanja Maier-Waldsee** (35)